·全民微阅读系列·

除夕之夜

王维新 著

江苏凤凰美术出版社
全国百佳图书出版单位

图书在版编目（CIP）数据

除夕之夜 / 王维新著 . -- 南京：江苏凤凰美术出版社，2018. 10
（全民微阅读系列）
ISBN 978-7-5580-3969-0

Ⅰ . ①除… Ⅱ . ①王… Ⅲ . ①小小说—小说集—中国—当代 Ⅳ . ① I247. 82

中国版本图书馆 CIP 数据核字（2018）第 051805 号

责任编辑　曹昌虹
封面设计　宁春江
责任监印　唐　虎

书　　名　除夕之夜
著　　者　王维新
出版发行　江苏凤凰美术出版社（南京市中央路 165 号　邮编：210009）
　　　　　北京凤凰千高原文化传播有限公司
出版社网址　http://www.jsmscbs.com.cn
印　　刷　三河市同力彩印有限公司
开　　本　710mm × 1000mm　1/16
印　　张　14
版　　次　2019 年 3 月第 1 版　2019 年 3 月第 1 次印刷
标准书号　ISBN 978-7-5580-3969-0
定　　价　39. 00 元

营销部电话　010-64215835-801

文化自信从读写开始

杨晓敏

近年来，随着互联网技术的不断推广升级，现代信息技术已充斥各行各业。微博、微信、微小说、微电影，各类“微”产品，以网络阅读、手机阅读、电子设备阅读、光盘阅读的形式，进入大众视野，但这种碎片化、快餐式的电子阅读，仅仅可以作为传统阅读的一种有效补充与辅助，却不能完全代替传统阅读。

我国经济建设的腾飞，带动并刺激着文化事业的极大进步，而文化软实力的增长，又为经济跨越式发展，提供着强势的智力资本的支持。正是这种强有力的智力资本支持，慢慢建立起我们的民族文化自信。

学习的基本途径就是阅读。一个人的阅读力量，决定个人学习的力量、思考的力量、实践的力量；所有人的阅读力量，决定一个民族文化的力量、精神的力量、创新的力量。伟大的中华民族复兴之梦，要靠全国人民共同来缔造实现。提高全民素质，提升全民文化自信，繁荣民族文化，从阅读开始。

为了提高全民素质，建设书香社会，政府正采取一系列有效举措，营造阅读环境，倡导全民阅读。譬如开展读书日、读书月活动，一些省市地区通过整合全民阅读资源，打造了一批有广泛影响力的全民阅读“书香”品牌，还有些地区成立“农民书屋”，送书下乡，让书香墨香飘进寻常百姓家。

作为近三十年才成长起来的一种新文体，小小说的质朴与单纯，简洁与明朗，加上理性思维与艺术趣味的有机融合，及其本色和感知得到、触摸得着的亲和力，散发出让青少年产生浓郁兴趣的魅力。小小说是一种新文体的再造，那些优秀的小小说作品，是智慧的浓缩和凝聚，是一种机巧的提炼和展开，小小说是训练作家的最好学校。小小说贴近生活，速地反映生活热点，传导社会信息，是开启社会生活的一扇窗口。小小说可以培养青少年的想象力，让他们展开飞翔的翅膀。近些年来，大量小小说编入高考作文，入选各类优秀阅读丛书，正为越来越多的年轻读者所喜爱，显示出它强大而茁壮的生命力。

北京辰麦通太图书有限公司提供的《全民微阅读系列》图书，至今已编辑出版200多册。它以全力助推全民阅读为宗旨，以务实求精的编选作风，为读者精心遴选了大批风格各异的小小说佳作，引领读者步入美好的阅读丛林。

北京辰麦通太图书有限公司有着具有超前市场运作意识的优秀团队，在图书制作过程中，不但追求内容的丰富多彩，在装帧设计方面，也力求超凡脱俗。在众多中国梦新时代文学丛书系列中，它像一朵充满朝气与活力的奇葩，正逐步形成自己恒久的品牌和名牌效应，为提升全民文化自信、实现中华民族伟大复兴，增砖加瓦。

杨晓敏，河南省获嘉县人，生于1956年11月。河南省作家协会副主席、河南省小小说学会会长。曾在青藏高原服役14年。曾任《小小说选刊》《百花园》主编20余年，编刊千余期，著述七部、编纂图书近400卷。

前　言

《除夕之夜》分为灵魂氧吧、世态百相、情感峡谷、流年碎影四辑，共选录作者2003年至2015年12年间创作的80篇小小说。

如果说文学是一面镜子，那么，歌颂真善美，鞭挞假恶丑，是文学终极的历史使命。借助这面镜子，我们感受人性的善良和生活的美好；借助这面镜子，我们揭示人心的叵测和灵魂的丑恶。一篇小说，三分钟的阅读之旅，如果能让您掩卷深思，或感叹，或唏嘘，或会心一笑，对于作者来说，是一件非常欣慰的事。

目录

第一辑　灵魂氧吧 / 1

第三辑 情感峡谷 / 110

第四辑 流年碎影 / 155

第一辑　灵魂氧吧

一弯浅笑，万千深情，尘烟几许，懿德如春。温良、和善，不仅仅是一种为人的姿态，也是灵魂色彩的折射！

长寿面

一位离了婚的儿媳，如何对待公公的生日？

韩老爷子早年是同仁堂的药剂师，退休后在家颐养天年。

淑华嫁进韩家不久，遇上公公50岁大寿。她以为要大摆宴席，不料他不愿张扬，只是让婆婆给他做一碗长寿面。

淑华跟着婆婆走进厨房，看她如何做长寿面。

她往一个陶瓷盆里盛两勺面粉，用一个细瓷碗盛了半碗温水。右手拿着一双筷子，在面盆里搅拌，左手蘸着水往面盆里淋洒，不一会儿，面粉被拌成了絮状。然后她开始抟面，抟到一块，再反复地揉。她把揉好的面团放在案板上，摁成了一个厚厚的圆饼，取来一个手电筒般粗细的擀面杖开始转着擀。面饼在她的手里很快就成了一个薄薄的面叶。

婆婆抓来一把面粉撒在面叶上，把它对折成一个长卷。然后，她右手持刀，左手掌轻压在面卷上，刀进手退，细如丝的面条在她的刀下现了身。

婆婆点火热锅，一口锅煮面条，一口锅煎鸡蛋、炒葱花。煮熟的面条捞在青花瓷碗里，卧上两个煎鸡蛋，半勺炒葱花热油滋啦一下浇上去，满屋飘香。

淑华把长寿面给公公端去。早已等在餐桌旁的公公大口吃起来。他吃得脸色红润，额头冒汗，看着就舒服、惬意。生日就这样过去了。

公公 60 岁大寿的时候，婆婆身体已经不好，整夜咳嗽，睡不着。但她放不下丈夫的生日。她自己做不了面了，要把这个手艺传给儿媳妇。

她搬了一把椅子坐在厨房，教淑华给公公做长寿面。

面做好了，公公吃了一口，砸巴着嘴，叹了一口气：“还是老了，年龄不饶人啊。”

婆婆只是笑，没说什么。淑华知道自己做的长寿面不如婆婆做得好吃。她决心下次一定要好好为公公做一碗面吃。

不久，婆婆去世了。淑华和丈夫也因为家庭矛盾离了婚。她与韩家没了关系。

老爷子的70岁大寿到了，儿子犯了愁。再没人给他做长寿面吃了。他打算动员老爷子到饭店去庆生。

这天中午，他向单位请了假，回到家里准备带老父亲去饭店。门铃响，他打开门，愣了。

淑华提着一小袋面粉、一捆大葱和几个鸡蛋走进屋里，换了拖鞋，径直到厨房忙乎起来。不一会儿，一碗热腾腾、香喷喷的长寿面端了出来。

公公握筷子的手颤抖着，挑起细细的长寿面大口猛吃。他咂摸着这熟悉的味道，眼角溢出了泪花：

“孩子，这是我一生中吃的最香的一碗长寿面，谢谢你。”

淑华笑着说：“爸，今天是您的生日，只要您过得好，我们都高兴。我祝您福如东海，寿比南山。”说毕，打开门像阵风一样走了。

老头子用拐棍捣着地板，训斥儿子：“这么好的媳妇，你不知道珍惜！”

一直在发呆的儿子突然疯也似的开门追了出去。

外面阳光明媚，万里无云，让人心旷神怡。

诚　信

诚信，立企之基，为人之本。

威远公司在业界是一个龙头老大，经济实力强，社会口碑好。最近，公司要选拔一名财务总监，待遇不菲。财务部一下炸开了锅，很多人都想着这张大馅饼砸在自己头上。

小张进公司已经8年了，他只是财务部的一个小主管，平时只知道干活，不多说什么。他的家庭情况不好，父母年迈多病。自己已经30岁了，刚谈了一个对象，丈母娘非要他买一套商品房。小张自己省吃俭用,有一点积蓄,但距离一套房子的首付款差距还很大。最近，他正在为这事纠结。

这天上班后，小张正准备开始工作，老板的秘书来找他，说老板让他过去。小张跟着秘书来到老板的办公室。老板拿出一张银联卡，对他说："你用这个卡给天津的公司转30万元。"说着，把密码写在一张小卡片上递给他。

小张出去办事了。秘书对老板说："您这样做太冒失了，他正需要钱，要是他拿卡跑了怎么办？"

老板微微一笑："我相信自己的眼力。"

一个小时后，小张回来复命，他把银联卡和密码条交给老板后就出去工作了。

老板把银联卡递给秘书，让她到银行去查账。

两小时后，秘书回来告诉老板，除过打给天津的

30万元，卡里的钱一分不少。

老板笑了。他让秘书通知财务部全体员工到会议室开会。

大家都在猜测会议的内容。老板落座后说："今天，我宣布公司的一项重要决定，正式任命小张为公司财务总监。"

话音一落，有人张大了嘴巴，有人睁大了眼睛。谁也没有想到这好事会落在小张头上。

小张站起来，定了定神，说："感谢公司对我的信任，我还和过去一样，踏踏实实做事，老老实实做人。"

会场掌声雷动。

半截砖头

点心变砖头，到底发生了怎样令人啼笑皆非的故事？

拜年是我国春节期间民间的传统习俗。随着时代的变迁，拜年的方式发生了许多变化。现在人们用微信、短信、贺卡拜年，既方便又时尚。

过去，晚辈给长辈拜年，必须登门磕头。我在县上工作的时候，我们家属院有一户人家，老爷子姓赵，是县上的领导，他们的儿子小赵已经18岁了，在上高三。

正月初二那天，老赵对儿子说："你已经长大了，以后走亲戚的事情由你去做。"说着，他把一包水晶饼装进一个黄色挎包里，打发儿子去城郊的舅家拜年。

小赵背上礼品出了门，路过篮球场的时候，小伙伴们硬拉着他打篮球。他把挎包放在球场旁边的凳子上。一场球打完，他有些内急，去了趟厕所。

就这功夫，他的伙伴们打开挎包，把点心吃了，然后将半截砖包好装进挎包。小赵回来后，背上挎包急匆匆上了路。

外甥来拜年，舅舅妗子十分高兴，三顿大餐热情招待。临了，舅舅和妗子每人还给了他20元压岁钱。

外甥走后，妗子收拾东西。她拿起那包点心觉得不对劲，打开一看，原来是半截砖头。她很生气，跟丈夫埋怨：“你看姐夫这人，如今官当大了，看不起咱们这些穷亲戚。你不来也就罢了，让儿子拿半截砖头来算什么？”舅舅也很不高兴，但也不好说什么，要把那半截砖头扔掉。妻子不让扔。她照旧把它包好，对女儿说：“明天早晨去给你姑父、姑姑拜年，就拿上这份礼品。”

第二天，姑娘带上这份特殊的礼品来到城里。她担心败露，没有坐多长时间，就对姑姑说：“我还要去走几家亲戚，就不在这儿吃饭了。”姑姑急忙给侄女的衣兜里塞了 50 元压岁钱。

姑娘走后，姑姑准备把点心拿到餐厅去。她拿起来感觉不对，打开看，居然是半截砖头。她气得呼呼喘粗气，喊老头子过来：“你看这是我娘家哥嫂做的事情，就是你不说什么，我都觉得丢人。”

老赵说：“无所谓，咱家不缺点心。”妻子多了一个心眼，把这份特殊的点心包好放了起来。

正月十五，城里闹社火。小赵舅舅一家进城看社火，被老赵请来家里吃饭。

他们进了门后，老赵的妻子说：“你们先吃一点点心，歇会儿，我这就做饭。”说着拿来那包点心，当众打开。大家惊呆了。她说：“这是我侄女正月拿来的，我们咬不动，你们吃吧。”

妗子说：“这叫物归原主，是你儿子给我们拿去的。”老赵两口子感到十分诧异，把儿子叫来当面询问。儿子想了想，突然明白了。

“一定是我那些狐朋狗友给掉包了。”

这件事情过后，人们打小赵这儿还发明了一个新的歇后语：背砖拜年——哄舅。

误会解除了，两家亲戚和好如初。

二　姨

一个拾荒的女人捡到巨款之后……

二姨是一位终生勤劳、命运多舛的农村女人。丈夫去世后，她把儿子拉扯大，供他考上了大学。大四那年暑假，儿子回家来看望母亲，恰巧遇上村里一个小孩掉进了水塘。为了抢救落水儿童，他纵身跳入水中。孩子救上来了，他却没能上来。

儿子遇难后，侄女菊花就把孤苦伶仃的她接过去一块生活。菊花在镇上的工厂里上班。她走了后，二姨觉得自己在家也没有什么事情可干，总不能吃闲饭吧。她拎了一个蛇皮袋，出去捡垃圾。饮料瓶、草板纸、泡沫板等，凡是能卖钱的废品她都捡，她想以此挣点钱贴补家用。

有一天，二姨在垃圾山上发现一个黑色的塑料袋，打开一看，吓了一跳，里面全是崭新的百元大钞。她从来没有见过这么多钱，怎么办？她犹豫了一会儿，把钱袋拎回家，等侄女回来。

侄女今天去公园相亲，对象是她师父介绍的，是一个公司的职员，名字叫白杨。不大一会儿，侄女气呼呼地回来了。二姨一看这架势赶紧给她倒了一杯水，笑着说："没有相上不要紧，咱们再找。"侄女气呼呼地说："他就没有来！"

二姨坐在侄女跟前，对她说：“告诉你一个好消息，我捡到钱了。”菊花愣怔怔地看着二姨，摸了一把她的额头：“二姨，您没有发烧吧，大白天说梦话，是不是穷日子过怕了，想钱想出瘾症来了。”

二姨站起来，从她的卧室里拎出一个黑色塑料袋，打开放在侄女面前，整整 20 捆崭新的百元大钞。菊花的眼睛从来没有睁得这么大。她半张着嘴，半天说不出话来。

二姨告诉她在什么地方捡的。菊花突然哈哈大笑：“真是天无绝人之路，我们成有钱人了。”菊花搂住二姨说：“咱用这些钱买一辆小汽车，我拉着您去旅游，让您去见见世面。您活了半辈子连火车也没有见过。”

“可是……”二姨说：“菊花，这钱不是咱们的，不能随便乱花。”

菊花说：“你捡钱的时候，有人看见没有？”

“没有。”

“那就好。”

“不行，这种事情不能做。”

他们两个正说着话，菊花的手机响了。是白杨打来的，声音很大："菊花，对不起，我去晚了，不是故意的。我，我摊上大事了。"

"什么大事？"菊花没好气地问了一句。白杨在电话里带着哭腔说："我取了20万元现金，装在黑色塑料袋里，准备去给人家原料厂付货款。结果上了一趟公厕就把钱给丢了，我要到公安局去报案。"

二姨听到了电话的内容，她又把袋子里的钱数了数，正好是20捆。她说："这些钱可能就是白杨丢的，给他送去吧。"

菊花翻身起来，说："凭什么说就是他丢的？再说，就算是他的，咱们不说，他不会知道。"

"那，那这个对象你还要不要？"

"有了这20万元，我什么对象找不着，干吗非得找他啊。"菊花说着走进卫生间洗澡去了。

二姨坐在那里，思来想去，她总觉得拿了这个钱是不对的。她拿起菊花的手机，给白杨打过去："小伙子，你是不是丢钱了？"对方一个劲问她是谁。二姨说："你不要管我是谁，我捡到一笔钱，不知道是不是你的，你到街心公园的亭子里等我，我去和你对质，如果真是你的，我就给你。”对方连声说“好”。

二姨轻手轻脚出了门，提上钱袋来到街心公园的亭子里。有一个穿短袖衫的小伙子在那里焦急地来回转。

二姨走上前：“你叫白杨？”

“你怎么知道我的名字？”

“这个你别管，你只管回答是或者不是。”

“是。您是？”

“我就是给你打电话的人，你告诉我你的钱有什么特征吧。”

“20万元，每1万元一捆，袋子里有取款小条，不信您看看。”

二姨在袋子里摸索着，找出了一个小条子，账户号码没有问题，就把钱交给了他。

白杨感激地跪在了二姨面前：“谢谢您，您是我救命的活菩萨。”看到二姨简朴的穿着，白杨取出两捆钱作为酬谢硬要塞给二姨。

二姨坚决不要，她转身就离开了。回到家里，菊花穿一身家居服坐在沙发上看电视。门铃响了，菊花起身打开门，白杨拎着两盒礼品走了进来。

“你不去报案跑到这儿来干什么？”

“告你一个好消息，我的钱找到了，这天底下还是好人多。”白杨说：“我是过来给你报告这个喜讯，同时，也为我的失约向你道歉。我第一次登门，想请你的家人出去一块吃个饭。”

菊花说：“我家就我和二姨两个人。”说着，把二姨叫了出来。

白杨大为吃惊：“原来是您！”

菊花有点莫名其妙：“你们两个认识？”

白杨说：“岂止认识，她是我的活菩萨。”

二姨笑了，菊花懵了。

割麦子的姑娘

我是个农村的娃，希望我的父母健康长寿，希望

乡亲们早日富裕起来。

巧儿是我小学时的同班同学。那时候的她，经常穿一件小花布衫，藏青色裤子，方口布鞋。她平时话不多，上课听讲特别专注，总是踊跃地举手回答问题，下课后，和女同学们在一起踢毽子、跳绳，咯咯咯地笑。她扎两个小辫子，头发有些黄，因此，我们叫她“黄毛丫头”。

就是这个当时不起眼的黄毛丫头，后来却成了我们全班 36 个同学中最有出息的人。她现在是一家上市公司的高管，听说她一年的工资在我们老家能盖起一栋三层小洋楼。她是一个孝顺的女儿，经常回到农村老家看望父母。她有最好的手机，但回家以后，她从来不玩手机。

巧儿的父母是地道的农民。

农忙的时候，巧儿又回到老家。她竟然挽起袖子，提上镰刀到地里去割麦子。她说：“我帮不了多少忙，只想让父母少受一点苦。

巧儿热爱故乡，她出资铺设了从村里到镇上的柏油路。四乡八邻的乡亲提起巧儿，总是说“我们”的巧儿。

巧儿每次回到老家，只吃母亲给她擀的面条，还有炒韭菜、炒辣椒，村里给她摆的席她不吃。

她不化妆，也不戴首饰，衣着朴素而大方，从内到外透着高雅。在我的眼里，她是最美的女人。

我问巧儿的梦想。

她笑着说：“我是个农村的娃，希望我的父母健康长寿，希望乡亲们早日富裕起来。”

胆小的父亲

自己父亲的胆小和同学父亲的胆大会有怎样不同的结局？

你不知道，我在学校抬不起头啊。别人接孩子开的是名车，父亲接我的时候，推一辆破旧的自行车。和我最好的同学刘晓刚老笑话我，说我父亲窝囊、死心眼儿。

我父亲是县财政局局长，掌管着全县的财政大权，却坐一辆破旧的普桑。同样是科级干部，刘晓刚的父亲是卫生局局长，人家的车是6缸奥迪。刘晓刚还说，他们家差不多每周要在大饭店聚一次餐，点的都是山珍海味、名烟名酒。吃饱喝足，他爸大笔一挥，账都记在了卫生局的头上。

我家和刘晓刚家住在一个小区里，每逢过年过节，给他家送礼的人出出进进。而我父亲却带着我和母亲回到乡下老家，去帮爷爷干活。

有一次，我问他："爸爸，您为什么那么胆小呢？您是局长，您说了算，花点钱怕啥？"

父亲有些奇怪地望着我，愣了愣说："你一个小孩子哪来的这种想法！我是财政局局长，但这钱是公家的，能随便花吗？公家的钱要花在刀刃上，农村有些学校的校舍需要维修，'三无'困难户需要救助，工业项目需要投入……需要钱的地方很多很多，钱用在正路上，我这个老百姓的出纳才算是合格的。"

我虽然觉得父亲说得对，但心里还是扭着个结。

转眼到了年底，天下起了大雪，到处是一片洁白。我冒雪回到家中，母亲在饭桌上已经摆满了香气诱人的美味。她拿出一瓶酒递给我："给你爸爸敬杯酒，他被评上廉政标兵了，这是我们家的大喜事。"

我刚把酒瓶拿到手，听见有人敲门。我打开门，进来的是刘晓刚，他垂头丧气，一脸沮丧。

他说他父亲被警察押走了。母亲和人家吵，也被叫走了。他没有地方去，就到我们家来了。母亲赶紧给他拿来碗筷，让他和我们一块吃饭。

父亲神情严肃，慢慢咀嚼着嘴里的饭粒。

除夕之夜

万家团圆的除夕夜，不能和家人团聚，却收获了一份意外的感动。

雪已经下了三天，小镇的除夕夜格外寒冷。外面不时传来的鞭炮声，给小镇带来了一些年夜的气氛。

墙上的石英表已经指向23：40分，再有20分钟新年的钟声就要敲响了。在小镇卫生院的急诊值班室里，火炉烧得正旺。炉子上面放着一个不锈锅，锅里冒着热气。火炉旁桌子上整齐地摆放着四排饺子，旁边立着一瓶普通红酒。正在值班的高艳琴准备在值班室里过除夕了。

突然，门被推开了。伴着一股嗖嗖的冷风进来个浑身泥水的男子。他一身工装，头戴安全帽，挎着一个工具包，左手捂着右手，右手手指在流血。

他叫张志刚，是镇上电管站的电工，刚去西区排除故障时，手指被划破了。

高艳琴赶紧给他消毒、包扎，弄好后让他坐在火炉边暖和身子。

这时新年的钟声响了。她洗了手，把饺子下到沸腾的锅里，转身对张志刚说："你也在这里吃饺子吧，我包得多，一个人也吃不了。医院领导还给我送来一瓶红酒，慰问值班的大夫。"

张志刚搓着粗糙的手掌说："那怎么好意思。"高艳琴笑着说："我们不能和家人团圆的'天涯沦落人'

凑一块儿过个年呗。”

她把煮好的饺子盛到盘子里，放在一把椅子上，又找来两个小碗倒上红酒。一种别样的温暖在小屋里荡漾，红红的炉火映照着两个微笑的脸庞。

高艳琴举起酒杯，笑着说：“新的一年到来了，让我们一起祝愿小镇上的朋友们健康平安幸福！”

他们正吃着饺子，小镇敬老院院长打来电话，说一个老人的血压特别高，降不下来，还有发烧的症状，请她去给看一下。高艳琴放下话筒，穿上白大褂，背上出诊箱，就要出门。

张志刚站起来说：“我陪你过去吧，深更半夜的，你一个人出去不安全。”

高艳琴默许了。

外面是一片银白的世界，大雪将夜空下的山川、沟壑、树木、田野、房屋全给覆盖了。

敬老院在半山腰。上坡的时候，脚下直打滑，高艳琴一个趔趄差一点摔倒。张志刚一把抓住她的胳膊，拽着她爬上了坡。

院长把高艳琴领进患病老人的屋里。她测血压、量体温、喂药，好一阵忙乎。半个小时后，血压降下来了。高艳琴又给他开了些退烧的药，嘱咐一些注意事项。

把病人安顿好后，高艳琴转身出门。没想到，张志刚竟站在门外等着她。她很惊讶："你怎么没有走啊？那，那为什么不进来呢，外面这么冷。"

张志刚憨厚地笑着说："你是医生，我进去算干什么的。我担心你下坡时会滑倒。"

一股暖流涌进高艳琴的心田，她的眼眶湿润了。在小镇医院干了 15 年，她第一次享受到如此细致入微的关爱。

天气依然寒冷，但高艳琴心里热乎乎的。

金钥匙

一把钥匙开一把锁，心锁还得真心开。

北京九道湾胡同有一个四合院，灰砖灰瓦，雕梁画栋。北房比其他房子高出一些，有七个踏步，是李志栋、安慧琴老两口的卧室和客厅。东房住着儿子李富强和媳妇何让果，西房是女儿李梅的闺房，南房是客房和储藏室。院子里有一口井，井旁有一棵柿子树。深秋时节，红灯挂满枝头，非常漂亮。

李志栋是一个读书人，家中的事情都是妻子做主。安慧琴讲究出身门第。可事不遂愿，她的儿子偏偏从平谷农村领回来一个姑娘。安慧琴说什么也不同意，任凭何让果怎么亲近她，她都吊着脸不答应。

这样的处境，让何让果很难过。她以为婆婆嫌弃自己没工作，在家吃老本儿。于是，她动员丈夫到早市批发了蔬菜和水果，到胡同口去卖。

这些蔬菜、水果又新鲜又便宜，很受欢迎。不料这一幕被李家的一个邻居看见，她跑回去告诉安慧琴。

安慧琴是一个非常要面子的人，立刻跑到巷口去，一边大骂一边掀翻了菜摊。

看到这么好的蔬菜水果被糟蹋，何让果心疼地流下了眼泪。李富强对于母亲的粗暴行为无可奈何，他只是觉得对不起妻子，让她受了委屈。

后来，两人趁母亲不在家的时候，离家出走了。他们乘火车来到石家庄。李富强早年的一个同学在那里开一个小工厂，他们本来是想投奔他去的。可是，到了那里，他们看到的是一片废墟，工厂不知搬到哪里去了。他们身上只有30多元钱，维持不了几天的生活。丈夫动摇了，他劝妻子返回北京："咱们回去吧，何必在这里受这份难！"

何让果说："我们要靠自己的双手创业，自力更生，依靠父母养活没有尊严！"

两人晚上在车站过夜，白天到街上捡废品。饿了买一份盒饭，两个人推来让去地充饥。

他们一边拾荒，一边找工作。有一天，何让果发现仙客居餐馆的门口贴着一个招工启事，要招一名洗碗工。何让果和丈夫进去找老板："把我们两个都收下吧，我们不要工资，只要管饭就行。我洗碗、帮厨，他能干力气活。"

老板是一个憨厚的中年人，看到她说得如此诚恳，就答应了。他们从此有了落脚之处，不用饿肚子，受冷冻了。

仙客居餐馆环境干净，价廉物美，人气很旺。何让果除了洗碗，有空就到后厨去帮忙摘菜。她干活利落，不嫌脏累，深受厨师长喜欢。

李富强每天擦桌子、扛面袋、拎油桶，重活、累活抢着干。

老板是个实在人，第二月就给他们发了工资，而且，半年还会涨一次。到了第5年年初的一天，老板把他们叫到办公室说：“我看你们都是老实人，好人，不能让你们打一辈子工。我在火车站盘了一家早餐店，你们自己去经营，租金等你们赚了钱再给。”

他们接手之后，开始只卖包子、稀饭、豆浆、油条，生意还不错。

后来，他们的生意越做越大，还开了几个加盟店。几年下来，收入几百万元。

他们有了自己的房子、车子，日子过得富足幸福。可是，何让果发现丈夫老是坐在门口望着街上的行人发呆。她知道丈夫的心思，他一定是想家了，虽然石家庄距北京不是很远，但是自从离家出走后，一直与父母没有联系。

她对丈夫说："你想家了，就回去看看。"丈夫没有说什么。就在这个当口，妹妹李梅打来电话，说母亲病重住院，想见儿子一面。李富强对妻子说："你照顾好生意，我回去看看。"

何让果说："妈病了，我作为儿媳应该回去照顾她，尽一份孝心。"

李富强说："她不待见你，让你受了不少委屈，我心里也很难受，你回去，她如果不理你，那多尴尬。"

何让果说："她是你的母亲，也是我的母亲，她不接纳我，我不怪她。"

两个人收拾一下回了北京，直接到协和医院住院部。婆婆浑身浮肿，躺在病床上，失去了早先精干高傲的模样。父亲坐在床边，愁容满面。他对何让果说："你妈妈的这个病，医生说做手术要十几万元。这些年家里只有支出，没有收入，也已经空了。"

何让果说："爸，您放心，我妈的手术一定要做，一会儿我就去缴费，找最好的医生给她做。"

何让果端来热水给婆婆擦了身子，梳了头，扶她躺下。安慧琴的眼角流出了一行热泪。她拉住儿媳的手说："妈对不起你，你不要怨恨我。"

安慧琴的手术很成功，恢复了一些时日就出院了。家门口，李富强掏出钥匙去开那个老旧的铜锁，却怎么也打不开。

何让果接过钥匙，插进锁孔，活动了几下，锁"啪"地就开了。

妹妹李梅说："咱家的百年老锁，只有嫂嫂能打开。"

发错的短信

一条发错的短信，一个被拯救的生命。

程控电话兴起那会儿，逢年过节接个拜年的电话，感觉挺新鲜的。后来，手机迅速普及，短信拜年又成为一种时尚。

今年除夕，亲朋好友的祝福短信纷至沓来。

其中有一个陌生人的短信，当时，我也没有在意。

谁曾想，五一、中秋、国庆、元旦，那个号码逢节都会给我发来短信。我有些奇怪，就回信问她："你是谁呀，是不是发错了？"她回过来说："我是叶青青，没有发错，就是发给你的。"

叶青青，我在自己过去的同学、同事、朋友中搜寻了一遍这个名字，结果没有。她却坚持说她认识我，而且一定要约我到南湖公园的亭子里见个面。她说她挎一个白色坤包，并让我拿一本《意林》杂志作为碰头暗号。

她不会是骗子吧？我怀着一种戒备心理来约定的地点。她已经到了，一身黑色的泡泡装，年纪不超过30岁，坐在木质条椅上朝路口张望。

她看见我后，立刻站起来让座："何大哥，见到你我真高兴。"我更加奇怪了，她怎么知道我姓何？她看出了我的疑虑："一年前，是你的一条祝福短信救了我的命。""我不认识你，我怎么会给你发短信呢？"她熟练地说出了一个手机号码："这是不是你的手机号？"

我说："号码倒没有错，可能是我发错号码了。"

她说："也许是吧。那是我正走背字的时候，投资失败，工作丢了，男朋友吹了。我躺在冰冷的出租屋里，身边放着一瓶安眠药，我在等待那个时刻……"

"什么时刻？"我不由得问了她一句。她好像沉浸在对往事的回忆当中，神情肃默地说："新年的钟声敲响的时刻。我把它当作自己生命的丧钟。没有想到，我收到了你的短信，这是我收到的唯一一条祝福短信。看到那些热情的话语，我突然感到在这个冷酷的世界上，还有人希望我幸福，还有人惦记我。"

随后，她把那条短信抄在纸上，和安眠药放在一起。每每遇到困难的时候，她只要拿出来看一看，就会重新扬起生活的风帆。现在，她有一份体面的工作，还找到了自己心爱的人。

她把一直收藏着的那条短信翻出来让我看。

短信全文如下：向前走，莫回头，幸福在向你招手；向前看，花烂漫，新春好运又一年；好朋友，多惦念，除掉烦恼过新年；莫孤独，莫幽怨，励志成熟好梦圆。

老板的密码箱

老板总是带着他神秘的密码箱，不知里面装着什么奇珍异宝。

他是我们集团的董事局主席，姓潘，身材高大魁梧，看问题一针见血，高屋建瓴，令人佩服。

他名下有十几亿的资产，集团的子公司遍布全国20多个省市。一般人都会以为，这样的富豪一定过着花天酒地、钟鸣鼎食般的生活。

五年前，刚过了春节，集团办公室把我从南京子公司调到北京总部，给潘总当秘书。他走到哪里，我就跟到哪里。

潘老板有一个黑色的密码箱，六成新，A3纸那么大，三指多厚。不管走到哪里，他总是拎着它，不离左右，连我都不让碰。有人说箱子里面可能是现金，有人说里面可能是银行卡，还有人说里面可能是项目计划书，是商业秘密。到底是什么，谁也不知道。

别人以为我当了他的秘书，一定享受的是高管的待遇，其实不然。我们在外出差，除了请客吃饭讲究一些，通常我们两个都是吃快餐。

住的也不是高级酒店和豪华房间。他总是让我登记最便宜的房间。有一次，我们去海南。下飞机后已经半夜，机场宾馆只有一间房子一张床。他让我睡在床上，自己在地上铺了一条单子，枕着密码箱睡了。他说他有椎间盘突出，睡硬地更舒服一些。

我们出差一般坐高铁、飞机。但是，每次坐飞机，都在晚上。后来，我才知道晚上的红眼飞机机票便宜。

有一次，他随国家领导人去欧洲访问。我送他去机场的时候，见他又拎着那个密码箱。我说：“潘总，密码箱就不用带了吧，省得受累。”

他口气坚决：“那不行，必须带上。”

后来，我们到四川绵阳参加一个子公司的庆典活动。酒店电梯坏了，只能走步梯。走到三楼，老板一脚踩空，手中的密码箱被甩开了。

我赶紧跑下楼梯去捡。箱子里面只有一条红蓝相间的方格布单子和一块一尺多长的宽竹板。竹板非常光滑，呈黄色，一头的中间还有一个孔。我拿起竹板一看，只见上面烫着两行字："潘氏家训：清贫戒馁，富贵戒奢，做官戒霸，为商戒奸。"

颜　值

当颜值成为衡量一个人能力的标准时，事情就变得滑稽起来。

兰花和刘玲自小生活在一个大杂院里，关系好得像一对亲姊妹。

到了 18 岁以后，兰花身材苗条，皮肤细白润嫩，出落得非常漂亮；刘玲则鼻子塌，颧骨凸，长成个丑女孩。她们两个经常走在一块，对比更加鲜明。刘玲的丑更加衬托出兰花的美，兰花的美更显刘玲的丑。

一家公司招聘工作人员，她们都去报名应聘。笔试成绩出来了，刘玲考了 83 分，兰花考了 72 分，两人都在录取线以内。但面试的结果让她们非常诧异：第一名的刘玲落选，第三名的兰花却被录取了。

这件事情让刘玲想不通，她感到非常委屈，通过一个同学找人打听原因，得到的答案是：她在颜值上被扣了分。人家说："我们是大企业，员工的颜值代表着公司的形象。"

刘玲没有想到走出校门的第一步就遭受如此挫折，她不服输。她以留学之名到韩国花巨资做了个整容手术。

虽然自己的遭遇不是兰花的错，但是，刘玲总觉得是兰花抢了自己的工作，心里非常不痛快。

从韩国回来，刘玲简直像变了一个人。鼻子又高又直，还割了双眼皮。她连自己的名字也改了，叫鲁冰花。

不久，威力公司又招聘员工，刘玲去应聘。这时候的兰花已经升为主管，负责面试。

面试很顺利，兰花对她说："欢迎你到我们公司工作，今后你就在人力资源部上班，主要负责外联事务。”

从此，刘玲就和兰花在一起上班了。

俗话说，江山易改，本性难移。时间一长，兰花总觉得鲁冰花的生活习惯、说话语气、习惯动作都和她过去的朋友刘玲非常相似。有一天，两人去三里屯喝咖啡，兰花说：“鲁冰花，我看你像我过去的朋友刘玲。”

刘玲不想捅破这层窗户纸，说：“世上相像的人多了去了。”

30 年后，在一次同学聚会上，兰花和刘玲分别后第一次相见，两人都已经成为典型的黄脸婆，青春不再，风韵不存。

借　条

一张借条，一次灵魂和德行的博弈。

58 岁的李云成，从住院部被拉回留坊寨老屋时，已经奄奄一息了。他把自己的两个孩子叫到床前，一个是女儿李庆芳，一个是儿子李庆功。

李云成对儿子说：“你妈走得早，把你们姐弟俩留给了我，你姐姐为了帮我撑起这个家，供你上大学，放弃了学业，嫁给了她不喜欢的人……”

李庆芳泪流满面地跪在父亲的床头，拉着父亲干枯的手，哽咽着说：“爸，你别说了，我知道您不容易。我妈去世时，您只有45岁。您担心我们姐弟受委屈，一直没有再娶。爸爸，我知道您的难处。”

李云成说：“医生说我是肝癌晚期，最多活不过一月，我的病我自己知道，趁我现在头脑还清楚，有些事情需要给你们交代清楚。我借了你舅舅10万元，原本打算我慢慢还的，可是，我得了这个病，来不及了。这个钱是给庆功买房时借的，那就由庆功来还……”

说着他把借条从枕头下取出来给儿子递过去。李庆功没有接借条，从凳子上忽地站起来：“我以为你要分遗产，我正好买一辆车，没有想到你竟然让我还账！我没有钱，不还！”说罢，摔门而去。

李云成眼眶里噙着泪水，良久无语。李庆芳替父亲擦了泪水，从他手里接过借条，说："爸爸，你别难过，借条给我，欠的钱我来还。"

李云成用枯瘦的手，用力攥着女儿的手，脸上露出一丝笑意。

李庆芳知道父亲的日子不多了，在自家的三轮车上装了个棚子，拉上父亲一路东行，边走边看。他们昼行夜宿，五天后来到西安。她带父亲看大雁塔，看大唐芙蓉园，看钟楼，给他买各种稀罕吃食。

从西安返回千阳老家后，父亲的精神状态出奇地好，街坊邻居都夸庆芳是个孝顺的孩子。

立秋的前一天晚上，父亲走了，十分平静地走了。

父亲去世 49 天之后，李庆芳来到葫芦铺舅舅家。

寒暄过后，李庆芳掏出那张借条说："舅舅，我爸他老人家走了，他借您的 10 万块钱，您不用担心，我替他还。我本来有 4 万元，安葬我爸花了将近 1 万元，剩下的这三万元先还给您，其余的，我慢慢还。我蹬三轮车每天能挣 100 多块呢。"

舅舅看着外甥女，眼含热泪："谁说女儿不如男，我外甥女真是一个孝顺的好孩子。”他用粗糙的手掌擦了一把泪水，道出了一个让李庆芳做梦也想不到的原委：“孩子，你爸没有欠我的钱，倒是有一张存了10万元的卡在我这里放着。他想用借条来检验你们的孝心。他说了，不管是男是女，谁答应还借款，这笔钱就归谁。”

舅舅说着把银行卡放在了李庆芳的手里，顺手从她手中拿过借条，撕碎扔进了垃圾桶。

李庆芳没想到事情会是这样。她沉默了片刻后对舅舅说：“这笔钱要不就和我弟弟平分吧。”

“不行！”舅舅态度坚决，“这是你爸留给孝顺孩子的奖励，如果平分了，就失去了意义。不怕他胡闹，你爸的遗嘱在我这里放着，已经公证，受法律保护。”

舅舅点燃一支香烟，深吸了一口后，语重心长地对李庆芳说：“孩子，这笔钱是你爸坐在街边，几十年一锥子一锥子给人补鞋挣来的，你可要花在地方上。”

“舅舅，您放心，这个我懂。”李庆芳喝了一口水，起身将炕上的床单、被罩拿到院子里洗干净、晾好。

他对舅舅说："等我爸过了头周年，我拉您出去看看。"

过了几天，在留坊寨幸福敬老院募捐的红榜上，头条醒目地写着一行字：李庆芳、李庆功捐款10万元。

反　转

婆婆厌恶的前儿媳却救了她一命。

吴淑珍是一个强势的婆婆，自从何玉曼和儿子耿富强结婚后，她横竖看儿媳不顺眼。婆媳关系紧张，把儿子夹在中间十分为难。在孙子6岁那年，吴淑珍撺掇儿子和儿媳离了婚。

老伴耿文斌和儿子耿富强各自开着一个手机店和一个洁具店，在店里吃住，很少回家。吴淑珍带着孙子耿海涛住在小区的单元房里。

一天中午，吴淑珍头疼，想着躺下休息一会儿。不知过了多长时间，她的手机响了，孙子让她接电话，叫了半天叫不醒。小海涛吓坏了，给耿富强打电话：“爸爸，我奶奶叫不醒了！”

“奶奶可能累了，等一会儿再叫，爸爸忙，先挂了。”

耿海涛又给爷爷打电话：“爷爷，您快回家来吧！”

“涛涛，怎么啦？”

“奶奶她怎么也叫不醒来！”

“奶奶睡觉，你别吵她。”

爷爷的手机也挂断了。情急之下，耿海涛给已经离开耿家的妈妈打电话：“妈妈，奶奶叫不醒了，嘴唇青了。”

“别着急，我马上过来。”

何玉曼上过卫校，现在在一家药店当营业员。当她冲进这个熟悉而陌生的家时，看到前婆婆躺在床上，脸色灰暗，气息微弱。她背起前婆婆，朝着儿子喊道：“拎上奶奶的鞋跟我跑。”

到了附近医院的急诊室，何玉曼喘着粗气一边跑一边大喊：“医生！医生！赶快救人！”

经过一个多小时紧张的抢救，吴淑珍从死亡线上被拉了回来。当她睁开眼睛看到那张她曾经厌恶的漂亮的脸蛋时，有些不知所以。

医生笑着说："幸亏你女儿送得及时，如果再晚半个小时，错过最佳抢救时间，你就没命了。"

吴淑珍难堪地说："她不是我的女儿，是前儿媳，唉，我没有脸见她啊……"

听吴淑珍讲了她和前儿媳的矛盾和结局，医生唏嘘不已。

在楼道，医生小声问何玉曼："她不待见你，你为什么还要管她？"

何玉曼微微一笑："不管怎么说，她曾经是我的婆婆，现在还是我儿子的奶奶，我总不能见死不救吧。"

吴淑珍出院后，忏悔自己的过去，想让儿子和何玉曼复婚。周末那天，她打扫房间，让老头子去买了鸡、鱼、水果，在家里做了一桌子好菜，打发儿子去叫何玉曼来家吃饭。

耿富强来到顺安药店，却不见何玉曼的人影。店里的人说，何玉曼辞职到深圳去了。

情　怀

的哥捡到了一个外宾的钱包……

他是一位普通的出租车司机，叫刘玉平，留着板寸平头，街头巷尾遇见了邻居，总是笑呵呵地打招呼。他妻子身体有病，家里两个老人，三个孩子，全靠他每天早出晚归挣钱养活。

一天，他在王府井步行街的南头拉了一位从北京饭店出来的外国客人。这位外国朋友会说汉语，他说要到奥林匹克水上公园。一路上，在等红灯的间隙，刘师傅给他讲述老北京的名胜古迹，客人听得津津有味。到了奥体东门，客人的手机响了，他下了车，一边接电话，一边拉着箱子急匆匆地进了公园。

刘师傅刚喝了一口水，一个姑娘上车坐到了后排座位上。

姑娘发现座位上有一个钱包，她把钱包递给刘师傅："师傅，您的钱包。"

刘师傅接过钱包打开一看，吃了一惊，里面有一沓子百元人民币，还有一些美元。

为了钱，他早出晚归；为了钱，他省吃俭用；为了钱，他受了不少委屈；为了钱，家里人没有少埋怨他……

这可是一笔横财！怎么办？如果昧了这笔钱，可以解决家里的急需，却失了德，丢了北京人的脸，给中国人抹了黑。他想了想对姑娘说：

"这不是我的钱包，肯定是刚才下车的外国客人的，他到公园去了。对不起，请您另打一辆车吧，我把钱包给他送过去。"

姑娘二话没说下车走了。

刘师傅锁上车门，买了一张门票，从东门进了奥体公园。他把里面的每一个景点都转了个遍，一直到下午太阳快落山的时候，才在一个池塘边找到了那位外国客人。

"哈罗！您的钱包。"那人先是一怔，既而恍然，他用中文说道："中国的哥！"

当他把钱包递给他时，他感到非常意外，感激地伸着大拇指，连声说："谢谢，谢谢！太感谢了。"

刘师傅说："您检查一下，看里面少没少东西。"外国客人打开钱包看了看，说："钱包里的东西一样没有少。真的太感谢您了。"

说着掏出几张美元递给刘师傅。刘师傅婉言谢绝了。

那个外国客人再次伸出大拇指："中国的哥，好样的！"

刘师傅说："我们北京有许多好玩的地方，欢迎你和你的朋友常来。"

铜　锁

柜子里有什么秘密?

富丽萍有三个儿子。大儿子蔡金锁在美国加利福尼亚州开一家律师事务所；二儿子蔡银锁在工商所上班；三儿子蔡铜锁，与佘秋风结婚后，第二年就到广西边界当兵去了。佘秋风和婆婆富丽萍住在老屋里。

蔡铜锁临走时，佘秋风送给他一块手表。铜锁送给媳妇一把精致的小铜锁。铜锁走后，婆媳俩一直相处得非常和谐，别人还以为她们是母女俩。

有一天吃晚饭时，婆婆叹着气埋怨："铜锁也不给家里打个电话，这个浑小子。"

听到这个话，佘秋风的眉毛跳了一下，很快又恢复了平静。"妈妈，您想您的老儿子了。他肯定忙，会给您打电话的。"

富丽萍叹了一口气："我们蔡家对不起你，让你受委屈了。"

"妈妈，你是世界上最好的婆婆。我不觉得委屈，铜锁保卫国家，也是保卫咱们自己的家。"

第二天一早，佘秋风给二哥打了个电话："二哥，你以铜锁的名义给妈打个电话吧，她老念叨他。"

"我明白。你一定要保密，那件事情不能告诉她，她的心脏病犯了可不得了。"

这天中午，蔡家客厅的座机响了起来。富丽萍急忙拿起话筒："喂，谁啊？铜锁？你这个浑小子，这么长时间也不给家里打个电话，忘了我这个老娘可以，如花似玉的媳妇你也不想吗？"

"妈，我记着您和她呐，等我转业了，回来好好报答你们。"

"你的声音怎么变了？"

"我，我最近感冒了……"

"那吃药了吗？"

"吃了。"

挂了电话，蔡银锁出了一头汗。

一天，富丽萍从菜市场回来，走到门口时听到儿媳在屋里哭。看见她回来，儿媳抹了把脸，装着没事儿似的，找了个借口忙乎去了。更让她纳闷的是，家里立柜中间的抽屉上了一把小铜锁。家里只有她们婆媳二人，从前柜子、抽屉都是不上锁的，现在，为什么要锁呢？

她到底锁的是什么呢？是不是儿媳看了电视上的防盗节目，担心家里值钱的东西被盗，才把户口本、身份证、银行卡、现金都锁起来了吧。等到她上班走了。

婆婆打开没有上锁的两个抽屉，发现家里值钱的东西都放在左边抽屉的铁盒子里。

哪是什么呢？铜锁当兵走了快十年了，难道她独守空房，耐不住寂寞，有了外遇？

婆婆越想越担心，小儿子不在身边，作为母亲要帮他守住媳妇。她打电话叫来二儿子，让他打开抽屉的铜锁。

蔡银锁面有难色，叉着话头，不想打开铜锁。

“妈妈，别这样，秋风是世界上最好的儿媳，你打着灯笼也找不到第二个。”

“我没有说她不好。你给我打开抽屉！”

“我不打！”蔡银锁说，“个人的隐私是受法律保护的。”

“我就犯这个法了！”老太太说着举起榔头“咔嚓”一下砸掉了铜锁。她拉开抽屉，里面放着一块手表和一张烈士证，照片上的铜锁望着她笑。

富丽萍一个趔趄，刚进门的佘秋风一把婆婆抱在了她的怀里……

姑姑的陪嫁

娘家的传家宝什么？

父亲说，过去我家是一个大家族。

可姑姑出嫁时，父亲只拿一块匾作为陪嫁送给姑姑。

我感到有些奇怪，当时最时兴的是手表、自行车、收音机、缝纫机，把一块木板送给姑姑，姑父会不高兴吧。

父亲说这是我们的传家宝，他一定会喜欢的。

姑姑是个勤快的人，她心灵手巧，在家一直帮妈妈干活，也非常疼爱我们兄妹几个，我们都很喜欢她。她要走了，我们都有些舍不得。

姑姑走了，带着亲人的眷恋，带着家乡的风俗，带着那块匾额出嫁了。

第二年暑假，我让爸爸送我到姑姑家去玩。姑姑的婆家是一个很美的农庄。

姑姑家的院子特别干净。那块匾被悬挂在堂屋的门框上方，上面刻着“勤俭持家”四个字，那字是蓝色的，非常鲜亮。

姑父说，我们陪嫁的不是一块普通的牌匾，而是一种宝贵的家风，是一笔精神财富，比什么都珍贵。

一晃五年过去了，我也长大了。春节的时候，我跟着父母又一次来到姑姑家。我发现他们家的门框右上方多了一块“五好家庭”的牌子。

木棉花

当荣誉和责任面临取舍时，你将如何定夺？

1979 年 2 月，云南边境。排雷兵秦厚德勇敢滚雷，上级决定授予他“特等英雄”的称号。

政治部宣传干事小刘领着军报女记者林美兰到营房来采访身负重伤的秦厚德。林记者问他：“你当时是怎么想的？难道没有想到危险吗？如果地雷爆炸了后果不堪设想啊！”

秦厚德说：“我不是有意滚雷，是不小心摔下去的，只能顺势滚下去。”

小刘急忙拦住他的话头：“可不能这么说，你‘特等英雄’的称号已经报上去了，你就说是主动滚雷吧。这既是你的光荣，也是全团的光荣。你说是不小心摔下去的，不仅荣誉没了，恐怕连军装也穿不成了。”

秦厚德沉思了片刻，说：“我不能为了荣誉说谎，忠诚是一个军人最基本的素质。”

小刘非常生气，回到团部，给政治部主任作了汇报。很快，团里传出消息，说让秦厚德复员。

这一天，秦厚德正在病房输液，林美兰抱着一束木棉花来到病房看他。秦厚德感到很意外。林美兰落落大方地把木棉花插在床头柜上的瓶子里，对他说：“木棉花是英雄花，它开得红艳但又不媚俗，它壮硕的枝干，挺立的姿态，像个英雄。我把它送给你，对你的诚实表示敬意。我已经写了内参，你不会被复员，放心治疗。”

秦厚德选择了诚信，也收获了爱情。

原来，林美兰的父亲就是该野战军的军长，看到女儿写的内参后，他受到强烈震撼。

后来，秦厚德成为林美兰的丈夫。

若干年后，他们有了一个如同母亲一样美丽的女儿，名叫林云娟。她学了医，成为一名妇科医生。有一天快下班时，来了一位名叫张煜辉的中年妇女，她说腹部不适，寝食不安。林云娟本来收拾东西准备和闺蜜孙梅梅去聚会。这时候来了病人，她有点心不在焉，匆匆忙忙检查了一下说："你子宫里可能长了个肌瘤，要尽快动手术。"

听到这话，张煜辉的脸一下白了。回到家里，和家人一商量，决定尽快做手术。

手术很快就安排了，由林云娟主刀。无影灯下，打开病人的腹部，向子宫深处探察时，她突然惊呆了：天啊！子宫里竟然不是肌瘤，而是个胎儿。

患者在全麻状态，如果把胎儿拿掉，告诉病人家属，手术很成功，肿瘤已经摘除，他们一定会感激万分。如果，承认是胎儿，是误诊，那将是什么后果，她想想都害怕。

怎么办？如何抉择？

她想起了父亲讲给她的那个故事，她记住了父亲的那句话：诚信是做人之本。她毅然决然选择了后者。

走下手术台，回到医务室，她为自己的失误痛哭了一场。

病人苏醒后，林云娟来到病房，站在病人床前。

"对不起，是我搞错了，你只是怀孕，没有肌瘤。"林云娟深深地鞠了一躬，接着说："刀口已经缝合，孩子安好，你一定能生下一个健康的小宝宝。所有费用由我赔偿。"

病人和亲属全惊呆了。沉寂了片刻，张煜辉的丈夫突然冲过去，抓住林云娟的领口要打她，被护士长拦住了。

事后，孙梅梅约她出去喝咖啡，埋怨她太死板。

林云娟苦笑道："天知，地知，良心知道！"

考虑到医院的声誉，林云娟主动辞职。孙梅梅介绍她到一家私立医院上了班。

后来，张煜辉生下一个健康的男孩子。孩子满月的时候，林云娟被请去喝喜酒。她来到张家，发现张煜辉的婆婆竟然就是自己上班的私立医院的院长。她送了林云娟一束火红的木棉花。她说："如今，像你这样诚实的人不多了，我们不怪你，真正的英雄不是看他怎么说，而是在荣誉和责任面前，有没有担当。”

林云娟热泪盈眶。她当了这个孩子的干妈。

美娇娘

那个婶子的真实身份是什么?

张美容是周原市的形象大使，她不仅具有沉鱼落雁之美貌，而且，心灵纯净如山泉水。

她的对象是来自靠山屯的一个普通大学生，叫李海林。这个“白马王子”让许多人艳羡和嫉妒。

他们新婚那天宾客盈门，特别热闹。张美容的母亲看见有一个农村装束的老太太站在饭店门口不远处一直朝这边看，并不靠近。觉得应该是李海林家的什么亲戚，于是叫来李海林辨认。

当忙得晕头转向的李海林看见这个老太太时，他脸上的表情怪异，半天，才结结巴巴地说：“她，她，她是我老家的一个婶子。”

张美容的父母急忙让女儿和女婿过去把老太太请过来坐席。他们说，大喜的日子，老家来了人，要热情招待。

婚礼举行完毕，老太太默默离开了。

婚后李海林一直很郁闷，老是不高兴。过年的时候，当他看见电视上播放全家团圆的画面时，竟然流了泪。张美容吓了一跳，问他哪里不舒服，是不是生病了？他说没有，他只是想起老家的婶子，一个人冷冷清清，怎么过年？

第二天一大早，张美容一个人搭车来到靠山屯，打听李海林婶子的事情。

原来，这个老太太并不是他的婶子，而是一手把他拉扯大，供他上大学的母亲。

那年，他大学毕业后考入市直机关某单位当了公务员。他的一位上司给他介绍了自己的外甥女处对象。她是自小在城里长大的独生女儿，养尊处优，特别娇情。他们相处一段时间后，李海林领着她回到老家靠山屯去见母亲。那个姑娘一看这个小山村如此偏僻，如此贫穷，他的母亲又是一个地道的农村老太太，觉得很丢人。之后，她就悻悻然与他分手了。

母亲说是自己害了儿子，她叮嘱儿子以后对外人就说自己父母已经去世，而她只是村里的一个婶子。

担心自己的婚姻再次告吹，李海林一直没有敢把事实真相告诉张美容。

了解到这些情况后，张美容难过极了。她找到李海林的家，扑通一声跪在老太太面前，泪流满面："妈，我对不起您，那天我们结婚，就不该让您离开，我特意来接您回家。"

母亲吃惊地望着跪在泥地上的儿媳，一边拉她起来一边说："这里的路那么难走，你是怎么找来的？"

张美容说："山路再难走，也没有您老人家养育儿子所受的磨难多。妈妈，咱们回家，以后您就和我们一起过。咱们现在一起到城里去过年。"

母亲拉着儿媳的手："你不嫌弃我这个农村老太太？"

"怎么会呢，家有老人是我们年轻人的福分。妈妈，回家吧。"张美容说到这里，突然发现李海林呆呆地站在院子里。她急忙喊道："还不进来帮妈妈收拾行李！"

母亲脸上的愁云消失了，她拉着儿媳的手不松开。李海林看见妻子和母亲如此亲热，看见母亲饱经风霜的脸上的由衷的笑容，他的热泪不由得从面颊上滚落下来。他跑过来，三人拥在了一起……

中国魂

在异国他乡，一面五星红旗使华人心潮澎湃。

这是发生在援非期间的一个真实故事。

在工程进行中途，利比亚境内突然发生动乱。一时间狼烟四起，战火与骚乱像狂风一样席卷这个北非国家，到处是一片狼藉。当地人拖家带口，奔走逃命。

脸庞黝黑的李国强还在工地上忙碌。他是中国援建班加西项目的总经理。作为这个跨国项目的总指挥，面对恶劣的施工环境和死神的威胁，他却异常淡定。

局势混乱，险象丛生。雇佣军从门口匆匆经过，枪声、炮声此起彼伏，不绝于耳。李国强对 2 号标段员工的安危放心不下，执意要冒着战火前往探望他们。

从他所在的 1 号标段驶往 2 号标段，有 27 公里路程，沿途危机四伏。大家担心发生意外，阻拦他不要冒险。李国强想着那里的工友，依然决然地和当地司机瓦利德驱车前往。没有武器，瓦利德带着一把砍刀防身。

走在枪声不断的路上，李国强擦了一把脸上的汗水，对司机说："万一我死了，你一定要想方设法把车后备箱里的一件宝贝送到我们工友那里，他们看到那个宝贝，就像看到亲人一样，会鼓舞起他们战胜困难的勇气。"

瓦利德惊讶地瞅了他一眼："李经理，战火纷飞的，命都难保，你还把宝贝看得那么重？是什么文物吗？"

"比文物还宝贵，那是我们中国人的灵魂。"李国强棱角分明的脸颊上是一种坚毅镇定的神情。瓦利德一边开车一边琢磨：这个中国人的宝贝到底是什么东西啊？

汽车有惊无险地驶进了 2 号标段。只见工地被炸得乱七八糟，成了一片废墟。工友们惊恐不安躲在掩体里，惊魂未定，有的人甚至在哭泣。大家看见李经理来了，一下子把他围了个水泄不通，担忧、恐惧、悲伤的情绪，像潮水一样汹涌。

李国强向大家扫视了一眼，对瓦利德说："请您打开后备箱。"

李国强从后备厢里拿出一面五星红旗。他站在高处，双手擎起，大风呼啸，红旗猎猎。工地顿时沸腾起来。大家仰望着鲜艳的国旗，就好像回到了祖国，扑进了母亲的怀抱。工友们热泪盈眶，情不自禁地唱起了《我的中国心》。

李国强双手举着国旗，大声说道："工友们，我们是中国人，祖国和人民时刻在关注着我们的安危，有祖国在，什么艰难险阻我们也不怕！"

很快，李国强接到了中国驻利比亚大使馆的撤侨通知。在生死攸关的时刻，他毅然决然地说："55 岁以上的老同志、女同志先撤，我和中青年员工、党员护卫大家撤离。"

在李国强所负责的工程区域里，还有来自越南和孟加拉国的劳务人员，他们分散居住在 10 个营区里。面对这些心慌意乱的外国工友，李国强对他们说："请你们放心，我们中国人走，你们也走；你们走不了，我就不走。"

在祖国和人民的关切和努力下，撤侨顺利进行。

当李国强和中国工友登上中国的飞机时。机长热情洋溢地说："同胞们，这趟专机，是祖国派我们来接大家回家的，亲人们，大家尽管放心，你们已经安全了。"

就在那一刻，李国强和他的工友们泪流满面，在万米高空，工友们激动万分，齐声高唱《歌唱祖国》：

五星红旗迎风飘扬，

胜利歌声多么响亮，

歌唱我们亲爱的祖国，

从今走向繁荣富强……

夜半敲门声

当门打开的时候，也揭开了一场可怕的骗局。

除夕之夜

毕文华与靳芝霞好不容易在望京买了一套单元房，虽说是二手房，面积也不大，总归是自己的安乐窝，终于结束了许多年漂泊、租房、搬家的游荡生活。两人十分高兴，还隆重地庆贺了一番。

靳芝霞在超市当收银员，每天早出晚归。毕文华是地铁检修工，每天晚上 11 点以后，地铁停止运营，他则开始上班，一直忙到第二天凌晨首趟列车发车。

每天晚上，靳芝霞一个人在家。最近一段时间，每到半夜，她总听见咚咚咚的敲门声。她不敢睡了，彻夜开着房灯，蒙头缩在床上。

又是一个夜深人静的夜晚，敲门声又响起来了。靳芝霞吓得浑身颤抖。她给丈夫打电话让他请假回来陪她。

第二天晚上，毕文华请假待在家里。

睡到半夜，敲门声又响起来了。毕文华拎着榔头轻手轻脚走到门口，突然打开单元门，只见一个穿制服的保安站在门口。

毕文华怒吼道："你干什么？"

保安朝门上指了指。

毕文华一看，只见钥匙还插在门上。

“钥匙记着拔，插在门上不安全。”保安说毕转身走了。

毕文华惊出了一身冷汗。谁要进来太容易了！靳芝霞担心钥匙被复制，天一亮就让丈夫找人换了门锁。

这天晚上，敲门声又响起来。靳芝霞胆战心惊，只好打开电视给自己壮胆。

第二天，靳芝霞说什么也不一个人睡了。毕文华想了想，就把他上警校的表妹何帧雯叫过来给妻子做伴。

这是一个天不怕地不怕的丫头。她对表嫂说：“今晚，你放心地睡觉，我当你的保护神。我倒要看看是哪个坏蛋捣鬼，抓住他，让我好好练练拳脚。”

何帧雯躺在客厅的沙发上，身旁放着电警棍，闭目听着门外的动静。到了半夜时分，随着一阵儿脚步声，敲门声再次响了起来。

何帧雯手执警棍冲到门口，突然打开房门，只见门口跪着一位白发老太太。她一边磕头作揖，一边呢喃：“还我救命钱！”

这是怎么回事？

何帧雯拉起老太太，将她扶进屋里“大妈，这是怎么回事？”

原来，老太太是一个国营厂的退休工人，在跳广场舞的时候，有一个熟人给她介绍了一个资金增值的项目，说在华贸城有一家名叫寰宇商贸股份有限公司，他们声称要回馈社会，年投资回报4%。老太太手里有30万元的积蓄，如果投进去，十年就可以净增12万元，够给外孙买一辆车了。她没多想就把30万元投了进去。他们送给她一桶食用油、一袋大米。第一年，她拿到了12000元红利。

老太太高兴极了，她想着十年后到手的42万元，心里乐滋滋的。谁料想，第二年她拿着收据去领分红，老板马梦楼说企业亏损了，现在没有钱支付，等以后企业盈利了一块儿算账。她回家把这件事情给老伴说了，老两口第二天跑过去找这个公司时，已经人去楼空。他们就报了案，可是，找不见马梦楼。

她多方打听，有人说他在松江小区有一套房。老太太白天跑了好几趟，屋里没有人，只好半夜来找。她看见里面有灯光，就是敲不开门。

何帧雯让靳芝霞把买房的手续拿出来，一看原房主果然名叫马梦楼。靳芝霞说她也不知道马梦楼到哪里去了，不过留有他的手机号。当初说好，过户的时候，他必须过来，还有10%的房钱没有付清。

“那就好办。”何帧雯想了想，给老太太和靳芝霞如此这般策划了一番。

在房管所营业大厅的门外，老太太站在树影下注视着行人，靳芝霞拿着户口本、身份证和房屋交易发票，站在门口等待马梦楼的出现。不一会儿，一辆豪华轿车停在了广场上。马梦楼下车后和靳芝霞寒暄几句，就往大厅里走，这时，门里冲出何帧雯和两个男警察，拦住马梦楼。

“你叫什么？”

“马梦楼。”

“你涉嫌诈骗，跟我们走一趟。”

何帧雯对老太太说：“大娘，你回去休息吧，骗子抓住了，总会给你一个说法。以后不要相信天上掉馅饼的事情了。”

第二辑　世态百相

大千世界，无奇不有。世间万象，角色纷呈。也许，他们就在你的生活里。

忙　人

他很忙，但是不知道在干什么。

他摇着头，摊着手，似乎无可奈何，好像什么事情也离不开他一样。其实，人们从他埋怨的语气中却明显感觉到一种得意和满足。

他有三多，电话多、会议多、应酬多。还有三个特点，爱讲话、爱训人、爱吹嘘自己。他经常说，“想当年我们如何如何”“我说那件事情应该怎么办，有的人就是不听，结果怎么样，不出我的所料”。事情如果办成了，那是他的功劳；事情如果出现了问题，埋怨别人执拗，不按他的意见办事。

他有许多讲究，特别注意排名的次序、主席台名牌的位置。他坐车必须是好车，才显得体面，合乎自己的身份。

他在忙什么呢？谁也说不清。他的台历上提前几天就排满了日程，邀请他剪彩、揭牌、颁奖的请帖在办公桌上放着一大沓。

他就这样在忙碌中度过了一天又一天，一年又一年。他觉得风光无限，乐此不疲，兴味盎然，就像上足了发条的马蹄表，嘀嘀嗒嗒转个不停。

他退休了。站在大镜子面前，望着自己的白发和松弛的眼袋，一种恓惶的情绪涌上他的心头。回到家里，他若有所失，就像断了线的风筝，灵魂无所依附。忙忙碌碌了半辈子，突然闲下来，无所事事，他心中充满了迷惘和茫然。

第二天早晨，他和平常一样，吃了早点，夹着公文包走出了家门。老婆追了出来："你干什么去？""上班呀。""退休了还上什么班。"他忽然清醒过来了，拍着脑门呢喃道："我怎么忘记自己已经退休了呢。"

女儿来看望父亲，见他就像丢了魂似的无所适从。她知道父亲的心思。她和母亲腾出一间屋子，给父亲做办公室。把电话也从客厅移到了这间屋子，还给他买了文件夹和报纸。文件夹里夹的是外孙的作业本。家里的人都走了，他在屋里走来走去，对着空旷的屋子讲话。他讲得非常投入，拉着他特有的腔调。

有一天，女儿背着家人把父亲原单位的下属请到酒店吃了一顿饭。家里开始人来人往。"老领导，我们太想念您啦。我们的工作离不开您啊。我们最爱听您讲话了……""您虽然已经退休了，有些工作搞不下去，我们还得请教您，您一定要不吝赐教。"他看着这些人、听着这些话心里就舒坦。

时间一长，那些人渐渐都不来了。他又成了闲人。

他看到很多退下来的同龄人又找到工作上了岗，于是也四处去应聘，结果都碰了壁。人家问他会电脑、懂网络吗？他摇摇头。人家就安慰他说："您年龄大了，好好享享清福吧。"他回到家里，坐在沙发上一言不发。

后来，女儿为父亲找到了一个工作：在一个私人小厂看大门。他见了人就解释说："我不为挣钱，就是来帮个忙的。"

手艺人

年龄是爱情的桎梏吗？

皇城边上走，京味香可留。

千年手艺人，浪漫谁无忧？

北京城里有一家老字号餐馆，名叫德福楼。它名气大，客源满，是因为这里有一位传奇式的大厨高登榜。

这个人中等个头，喜欢留板寸，穿着干净利落，看上去十分精神，比他实际年龄要小许多。他厨艺精湛，有一种不达目的不罢休的劲头。他的口头禅是："我就不信……"

高登榜老家在通州运河边上，他祖上是在渡口摆渡的船家。高登榜 15 岁时跟随他的一个姨夫到前门大街全聚德烤鸭店当学徒，后来在王府井、三里屯、白沙沟等地的酒店、餐馆辗转学艺。白案、红案他都干过，凭着一股钻劲，学会了湘菜、川菜、闽菜、淮扬菜系的精髓。他曾经被请到北京饭店，当过国宴厨师。

高登榜在京城有一帮子朋友，都是手艺人，有做糖葫芦的，捏糖人的，拉洋片的，绱鞋的，修眼镜的，补锅的，箍瓮的，做鞍辔的。平时大伙在一块拉家常，都担心自己的手艺后继无人。是啊，他想让儿子高岩学习厨艺，儿子不屑一顾，说：“北京纯爷们一辈子围着锅台转，有什么意思！”

高登榜眼睛瞪得像铜铃：“老辈的人说了，家有万贯，不如薄技在身，到什么时候人总得吃饭吧。”

高岩说：“我有远大的理想，我要围着地球转！”

高登榜本来打算把手艺传给儿子，可是，儿子不按自己的意图规划他的人生，这让他感到郁闷。

德福楼来了一名烹饪技校毕业的姑娘，名叫贾秀红，年轻漂亮，聪明手快。她被安排给高师傅打下手。

贾秀红一心想学艺，但是，高师傅平时只是让她择菜、洗菜、切菜，炒菜的勺子都不让她碰。

贾秀红的心思高登榜是看得出来的，他很矛盾，一时拿不定主意。他把自己的心思说给妻子，妻子说："有人愿意学，你不传，难道想带到棺材里去不成？"

妻子的话给他吃了定心丸。他返回德福楼之后，开始一招一式地教她。贾秀红心灵，进步快，不久就拿上了二级厨师证，还在全国烹饪大赛中夺得了第二名。

有一天，他突然闪现出一个念头：如果，她做了我的儿媳妇，我的手艺不是也算传下去了吗？他把后厨的张嫂叫过来，委托她当红娘。

贾秀红和高岩在禅茶阁见了面，高岩一看到眼前的大美女，心花怒放，恨不能马上和她结婚，但贾秀红没有表态。

后来，高登榜让张嫂问一下贾秀红的意见，贾秀红说："我心中另有人选。"

一月后，高登榜的妻子病逝，贾秀红来到高家帮忙料理丧事。她深情地望着师父，目光里充满了爱怜。

上班后，贾秀红每天给师父泡茉莉花茶，空闲的时候，陪着他聊天。

有一天，高登榜问她："告诉师父你心中的人是谁，让师父帮你把把关。"

贾秀红满脸通红，羞怯地说："这个，这个不好说。"

"这孩子，这有什么不好说的。"

贾秀红秀发一甩："就是您，我想照顾您的后半生。"

"什么？"高登榜大吃一惊："你要到我家当保姆？"

"不是！"贾秀红口气坚定地说："我要当您的妻子！"

"开什么国际玩笑！"

贾秀红咯咯地笑了："现在都什么年代了，你还顾及那么多，两个人只要在一起幸福，年龄不是障碍！"

这事一时成了酒店的热门新闻。

不久，高登榜与贾秀红的婚礼在一家教堂举行……

藤

这种人就在你身边，你回头看看，他正在窥视着你。

夏至那天，我回到老村去，看到村头的藤蔓已经很粗，还缠在榆树主干上，把它也缠出了弯弯曲曲的沟壕。我突然感到它就像我熟悉的一个人。

在我几十年的从政生涯里，转换过 8 个单位，用过 11 个司机，每个人的长相、性格、脾气、为人、做派各不相同。其中有一个人，他叫于海儿。

我与于海儿的交情缘于一个偶然的机会。当时，我刚调到一个新的单位，原来的司机退休了，小车没有人开。一次，主管领导宋志华要用车，我说有车没有司机，他说他给介绍一个。很快，一个高高瘦瘦的男子来到我的办公室。他就是于海儿。

于是，他成了我们单位的小车驾驶员。开始他还比较遵守时间，渐渐地就不行了。

有领导对他意见很大，要求换掉他。有人说他妻子在西门外开了一个商店，他整天在那里做生意，把单位的事情不当一回事。他们都等我表态。我说："让办公室跟他谈一次话，让他注意一下。大家也要体谅他，他一个人挣钱，老婆没有工作，四个孩子，还有两个老人。"这样大家都不吭气了。

那年秋天，宋志华住院动了手术，我问于海儿："宋县长住院了，你去看望他了吧？"没有想到，他竟然说："我才不去看他呢！"

我说："你的工作可是他给安排的，做人要知道感恩啊。"

他却说："我让他给我老婆安排一个工作，他总是给我讲原则、讲政策，不办事！"

我在想，交一个朋友不容易，得罪一个人在不经意间就完成了。

大概过了半年时间，一个周末，于海儿手里捏着一盒皱巴巴的金丝猴牌香烟来找我。他说："宋县长私人有点事情，明天想让我开咱们局里的车去一趟省城。"

我自然同意了。周一在县委开会，我碰见宋县长，问他：“你上了一趟省城？”他说：“是于海儿拉我去省里给他联系调动的事情。”

后来我才知道，省里一个检查团来县上检查工作时，他从一个司机那里得知省财政厅袁厅长想找一个司机。袁厅长原来和宋志华在一个县里搭过班子，是很好的朋友，于海儿便拉他去给自己当说客。

我对于海儿的人品有了看法：用到人家了就去找，人家遇到困难的时候，他却躲得远远的。这是什么人啊！

袁厅长手握重权，他便借机敛财，很快暴富起来，在县里、省城买了三套商品房，还买了一辆中型面包车承包给别人挣钱。

他像藤条一样把袁厅长缠得紧紧的。

不料，东窗事发，袁厅长被双规了，他也受到牵连。

大树轰然倒下，藤条也没了依附。

多年后，宋志华已经退休。我在公园散步时碰见他。他说：“于海儿落难了，我准备去看看他。”

我想想于海儿的所作所为，对老领导肃然起敬。

精明人

聪明反被聪明误，精明人的下场令人唏嘘!

刘慧敏是精明人。她发迹前，是一个卖鸡蛋的村姑。她每天提着一篮子鸡蛋，站在公路边，看见汽车过来就给司机招手，人送外号“招手停”。

一次，她进城到一个同学家里送鸡蛋。同学的爸爸是单位的一把手。他看到这个姑娘清纯漂亮、泼辣能干，突然有了录用她的冲动。她便成了这个单位的打字员。她每天坐在明亮宽敞的办公室里，过得很是惬意。

只是，每月发工资时，她就感觉低人一等。因为她是临时工，比别人拿的少许多。

为了自己的前途和命运，她大胆地向一把手投去橄榄枝。没有想到，这个男人却不花心，他爱自己的老婆和家庭，委婉地谢绝了她的“美意”。

后来，新来了一个一把手，名叫孔书诚，看见漂亮女人小眼睛就眯成了一条缝。

一天上午，刘慧敏给他送一份文件，他盯着她的胸口看了半天，突然说："从今天开始，你就不要做业务工作了，给我当秘书吧。"

"秘书是干什么的？"她微笑着看着领导有些异样的脸。

"就是接接电话，陪我去应酬。"

"好！"她高兴地翘起脚尖打了一个芭蕾舞式的旋儿，将一股带着香水味的风儿送进了领导的鼻孔。

很快，一个打扮时髦的妙龄女郎出现在公众场合。她的娇艳，她的妩媚，她的风骚，无论如何也不能于往日的村姑画等号了。

她依靠她的精明，和他走进了婚姻殿堂，还生了个儿子。

天有不测风云，人有旦夕祸福。儿子8岁的时候，总是喊头疼，去医院检查，结果，让她出了一身冷汗：脑瘤！

医生对他们夫妻说："你们要有精神准备，他维持不了多长时间，最多三个月……”

犹如晴天霹雳，孔书诚辗转反侧，难以入睡。妻子因患宫颈癌子宫被切除了，不能再生了。

刘慧敏说：“不用发愁，我们借腹生子。”

孔书诚大喜。刘慧敏从娘家亲戚里找了一个姑娘，名叫余素文。“你和我们家老孔生一个孩子，我们把太阳宫那套单元房作为酬劳送给你。”

余素文想了想答应了。她说：“你们要保密，不能让我家里人知道，另外，必须把房产手续过户到我的名下才行。”

这些条件刘慧敏都照办了。于是，孔书诚开着车在两个女人之间穿梭。

余素文生下孩子之后，孔书城就整日守在她身边。

一天，孔书诚回来跟刘慧敏说：“我那边孩子老是生病，最近我就不回来了。”

刘慧敏说：“你不回来还好，省得我做饭。”她整天去公园唱戏跳舞，饿了就下饭馆。

端午节前，她弟弟来，想借钱盖房。

刘慧敏想给弟弟取钱，却不见了银行卡。她急忙给丈夫打电话。手机关机，办公室座机也没有人接。

刘慧敏慌了神，急忙叫了出租车，来到太阳宫，半天，才有人开门，颤巍巍出来两个白发老人。她惊呆了：“你们怎么住在这里？”

那老头说：“我们前些时候买的，原来住的人全家移民到澳洲去了……”

刘慧敏扶住门框，牙齿咬得咔嘣响。

中间人

一个令人回味的故事，一段奇特的人生经历。

北京良乡有个小村子叫东沟，村里有个人叫陶三爷。他年轻时是一个挑着担子走村串巷的货郎。

有一年夏季，遇上雷雨天气，陶三爷在风雨中急着赶路，不小心一脚踩空掉下山崖，把右腿摔断了。经过治疗，虽说保住了性命，但是落下了残疾，走路一瘸一拐的。他瘸了后在镇上摆摊修自行车。

有人劝他抱养一个孩子。陶三爷捋着山羊胡子说："孩子不好抱养，抱小的，我养不了；抱大的，他不恋我。"他打算把自己家里的房子和地送出去，谁要谁就得给自己老养送终。

这个消息传出去以后，有一个小伙子找上门来。他叫柱子，家里弟兄三个，地方紧张，他没有屋子娶媳妇。

陶三爷惊喜地浑身打颤，他担心柱子变卦，要求要找一个中间人担保。

柱子找到乡上司法办的小刘，他们平时经常租柱子的车，是熟客。双方签订了契约文书，约定：陶三爷下世后，这个院子的地皮和三间破瓦房归柱子所有，柱子负责安葬陶三爷。

当年中秋节，柱子买了稻香村的月饼和张一元的花茶去看望陶三爷。柱子眨巴着三角眼说："陶三爷，不瞒您说，我急着盖房娶媳妇，再等下去，怕媳妇跟人跑了。这样吧，村头有一辆僵尸面包车，里面挺宽敞的，您先搬进去，我给咱盖一栋三层小洋楼，盖好后给您一间。盖房不用您花一分钱。"

陶三爷心想这也是一件好事，就同意了。柱子帮陶三爷把他的东西搬到面包车里。他叫上两个哥哥和几个亲戚，夜以继日拆房、处理地基。

一天晚上，他们在天井的地方挖出了两大罐银元，足足3000块。柱子和他的两个哥哥统一了口径：绝不能让陶三爷知道。他分给哥哥每人500块，自己拿了2000块。

二哥和牌友喝酒时说漏了嘴，消息很快传到陶三爷耳朵里去了。他一瘸一拐地来找柱子："怪不得你愿意为我养老送终呢，原来你知道我家地下有货！我告诉你，这是先人留给我的，你没有资格拿去！"

两人闹得不可开交，柱子只好又叫来中间人小刘调解。小刘说："给两个哥哥的就算了，剩下的2000块，你们两人一人一半。虽说这是你家的，但柱子如果不买你这个地方，不盖房、动土，它就永远埋在地下。你百年之后还不知让谁挖去了呢，那时你连一块也得不到。"

两人勉强接受了这个调解结果。陶三爷把这1000块银元拿到银行换成了人民币，存入自己的卡里。

陶三爷有了钱后不再修自行车了，整天在街上转悠，看人家下棋打牌。每天中午拎着半瓶二锅头去饭馆吃饭。

饭馆里有一个漂亮的女服务员，名叫张小红。她见陶三爷老来吃饭，就问他：“你怎么不在家里吃饭呀？”

陶三爷瞅着张小红：“本大爷没有媳妇做饭，你给介绍一个？”

张小红说：“你一瘸一拐的，又没有正当营生，谁跟了你还不得饿死？”

陶三爷诡秘地闪着眼睛小声说：“你不知道，我有钱。”说着举起了一根手指头。

“1万元？”

陶三爷点点头。

过了几天，陶三爷又来吃饭。他问张小红：“你给我找了媳妇没有？”

张小红告诉他已经找好了，让他晚上7点带上银行卡去红桃旅社的110房间。

陶三爷兴奋异常，好不容易挨到了晚上7点。他敲开 110 的房门，见张小红穿着睡衣躺在床上。她说：“我给你当媳妇怎么样？”

陶三爷激动地说不出话来：“那，那我还不幸福死了。”说着就往床上扑，被张小红拦住了：“银行卡先给我。”

陶三爷从怀里掏出一个手帕，打开手帕，一手给她递卡，一手去搂张小红。

就在这时，房门被踢开了，柱子领着两个彪形大汉闯了进来：“胆大的死瘸子，竟然敢非礼我的未婚妻，看我不打断你的左腿！”说着从陶三爷手中夺过银行卡。陶三爷吓得浑身发抖。

柱子说：“你看是私了，还是让我给派出所打电话？”

陶三爷结巴地说：“私，私了吧。”

柱子把银行卡装进了自己的衣兜。

第二天早晨，人们发现陶三爷换上旧衣服，推着独轮车又到镇上修自行车去了。

虚拟的阔绰

虚荣的显摆，打肿脸充胖子式的自我满足。

郑家沟在中原算不上大村子，但出了不少名人。唯独郑福文家三代都是默默无名的农民。儿子郑玉彤从小在心里就埋下了一定要翻身的种子。他高考落榜后就去北京闯荡。

郑玉彤到北京混了三年，还是一个穷困潦倒的打工仔。

第四年腊月，姐姐要出嫁。无可奈何，他决定回一趟家。

为了证明他在北京混得不错，他租了一辆奥迪小轿车。

气派的小车停在郑家门口，赢来不少乡邻羡慕的目光。在亲友的夸赞声中，郑玉彤的虚荣心得到了极大满足。他说这车是自己挣钱买的，说他在北京还有别墅。以后谁到北京去就给他打电话，他开小车去接，还负责吃住。

他父亲郑福文是个农民诗人，也非常爱面子。看到儿子如此有出息，他觉得自己在村里在亲戚面前脸上有光。他让儿子开上车，自己坐在副驾驶位置上，开着车窗，在村子里转了三个圈。他逢人就说：“这是我儿子买下的，从首都开回来的，我们郑家有自己的小轿车了。”他还特意安排侄儿去买了一挂一万头的鞭炮，高高地挂在家门口的树上，噼噼啪啪响了好长时间。

办完喜事后，郑玉彤返回北京。有一天，他接到父亲电话，说表弟蔡建明要来，让他开着小车去机场接。郑玉彤发了愁：他现在连房租都快交不起了，哪还有钱去租车呢。可大话说出去了，只能打肿脸充胖子。

表弟见表哥开车来接他，心花怒放，咋咋呼呼地嚷嚷着：“表哥就是有派！”郑玉彤苦笑着无语。上了车，郑玉彤问表弟：“想吃什么？”表弟想了一下说：“满汉全席就免了，凑合吃点烤鸭、大闸蟹什么的吧。”郑玉彤心里暗暗叫苦。

饭毕，郑玉彤把表弟领到自己的出租屋。他一进门就大喊：“就这么巴掌大一点的地方？”郑玉彤说：“这是我临时休息的地方，为了上班近一些。别墅在北五环。”表弟说：“那好啊，你开车带我到别墅去享受一下吧。”郑玉彤说：“你先住这儿，我忙完手头的活儿再去。”表弟勉强住了下来。

三天后，郑玉彤无钱缴房租，又不好明说，就玩人间蒸发——突然失踪了。

房东找人把蔡建明抬起来扔出门外，锁上了门。

表弟给郑玉彤打电话，无法接通。他饥肠辘辘，身无分文。他想赶快找个地方打工，挣一口饭吃。

有个加油站的洗车场招聘工人。他按照广告上提供的地址找了过去。

到了那里已是中午，他发现一个男子穿一身蓝色洗车服，踩一双高筒雨鞋，背对着他蹲在一旁啃馒头。一个油头粉面的人走过来训斥他：“赶紧吃，别磨洋工，不想干就滚蛋！”

他走过去问：“老板，要干活的吗？”那个蹲着的人闻声转过身来。“啊？怎么是你？”表弟非常吃惊！

郑玉彤有些尴尬:“我,我……”那个人又过来骂道:“不好好干就滚蛋！听见没有！”郑玉彤满脸通红，无地自容。

蔡建明回河南老家去了，他对姑父叙述了他在北京看到的情况。郑福文说：“这些话给外人不能说，永远不能说。”

不久，郑玉彤接到父亲的一封信，打开一看，上面写着一首诗：

都市繁华的背后，
孕育着红尘血泪，
车轮滚滚，
碾碎的是虚荣的泡沫和陶醉。

病　根

心病还得心药治。

房门被猛地推开，一个彪形大汉闯了进来。他一屁股坐在我桌子对面的椅子上，像簸箕一样的手掌在桌子上拍着："大哥呀大哥，我找你好几次了！"

"怎么啦？"

他有些混浊的眼睛里充满喜悦："大哥，我告诉你一个好消息……"

他打住话头，盯着我的脸。

他叫阿斗。我和他原本并不熟悉，只是前年冬天我住院的时候和他在一间病房住过一段日子。他是北京南城的农民，每天开一辆三轮车，从新发地往他们附近的菜市场贩菜。

他得的是一种不好的病，很消沉。有一天半夜，他在睡梦中大哭起来，把我吓了一跳。我叫醒他，两个人谁也睡不着了，就拉起家常。我说："你是不是有什么伤心的事情？"

"我想我的儿子。"

他靠着床头，给我讲了他儿子的故事。

十年前的春节期间，他领着五岁的儿子去圆明园逛庙会。他和儿子本来在湖上滑冰。儿子突然看见路边有人卖红灯笼。他嚷嚷着要父亲给他买一只。等他把灯笼买回来时，不见了儿子的人影。他像疯了一样，四处寻找。能找的地方都找了，还是没有儿子的音讯。他到打印社印了许多寻人启事，走到哪儿贴到哪儿，但儿子始终没有一点儿消息。

“你不要卖关子了，什么喜讯，是买彩票中大奖了？”他哈哈大笑：“告诉你，我有儿子了！”

“啊！真的吗？”我为朋友而高兴。

“那当然。”他用手掌擦了擦鼻子：“我今天来告你一声，回头带你去见见他，咱们好好庆贺庆贺。”

隔了三天，他通知我到一个小茶馆。这里非常安静、优雅。我们落座以后，进来一个三十多岁的光头男子。

事后，我问他：“这是你儿子吗？他的年龄比你没小多少啊？”

“他不是丢了的那个，但他说了，只要我给他买一套房，他就是我儿子了。”

“原来是这样啊！”

他说，他虽然出院了，但感觉不好。

他，知道自己的病根是什么。

变 质

变质的良心比变质的食物更可怕。

刘道贵是一个精明透顶的人，头发稀疏，点子很多。

白松镇居于四乡八村中心地带，优越的地理优势使刘道贵看到了潜在的商机。他在镇上开了间副食门市部，起名叫茂源商店。

他到批发市场去进货，总是拣最便宜的进。有些食品早已经过了保质期，他看到价格便宜，就整批买下来。回到店里再悄悄打上新的日期卖。因此，他的商品永远都不过期。

刘道贵有两个女儿，大女儿刘大毛已经出嫁，小女儿刘小毛尚未婚配，在一所职业学校教书。

中秋节前夕，刘道贵回家里取换洗衣服，发现厨柜上放着一箱牛奶。他一看日期，是自己改过的，心里一惊。他问老伴：“这箱牛奶是哪里来的？”

“是你小女儿同事送来的。他来咱们村上招生，听说我身体不好，就来看望我。”

他记起来了，是有一个小伙子到他的店里买过牛奶。他对老伴说：“这箱牛奶你不要喝了，我拿回店里卖了吧。”

老伴瞪了他一眼：“老财迷！”

刘道贵回到店里，把这箱牛奶放到显眼的位置上。镇上小学的张校长要去看望一位老领导，刘道贵就把这箱特殊的牛奶推荐给他。张校长提着这箱牛奶，来到县医院看望他的老领导，自然寒暄一番，安慰一番。

张校长走后，那位领导的儿媳妇来了。她是刘道贵的大女儿刘大毛。领导说：“中秋节快到了，听说你母亲身体也不好，你把这箱奶带回去给亲家喝了吧。”

刘大毛把这箱牛奶提回了娘家。第二天早晨，她母亲喝了一袋奶后过了不一会儿，突然感到腹部剧痛，上吐下泻。

刘大毛赶紧把母亲送到镇上的医院检查。医生说她是食物中毒。医生给她洗了胃，开了药。之后，刘大毛把母亲送回家。

刘道贵听说老伴病了，回到家里探望。听大女儿如此这般一说,他把牛奶箱提过来一看,心里都明白了。

刘道贵眼珠子一转，跺着脚假意骂道：“这是哪个挨千刀的卖变质食品祸害人！”

老伴捂着腹部对刘道贵说：“你可千万不能卖变质食品，干这种缺德的事情啊！”

刘道贵脸上的肌肉抽动着，有点难堪地说：“我是什么人？诚实守信、守法经营的我怎么会干这种事情呢！”

等老伴的病情稳定了，他骑上自行车赶回镇上。

当他走到商店门口时，发现那里站着两个穿制服的人……

渑池会盟

智慧和胆略是克敌制胜的法宝。在强势的秦王面前，蔺相如如何让他心悦诚服？

春秋战国时，秦昭襄王多次发兵攻打赵国，赵国虽然处在劣势，但武有老将廉颇，文有上大夫蔺相如，短时期内难以攻克。秦国在对赵国实行军事重压的同时，又展开政治外交攻势，以期达到吞并赵国的目的。

公元前 279 年，秦赵两国议定在渑池举行会盟。

当时渑池尚是韩国的邑地，位于韩秦边境，距离秦国较近，而距离赵国较远。因为楚国国君不久前曾经被秦国扣留，赵王担心自身安危，不想前往。廉颇和蔺相如商议后，劝他说："陛下是一国之君，如果不敢前往，就显得我们赵国力小而胆怯，不敢应对，那样，必然有失赵国尊严。"

为了赵国的社稷和威严，赵王听从了廉颇和蔺相如的建议，带着蔺相如等大臣一起去渑池赴盟。

大将军廉颇将赵王一行送到边境。分手时，廉颇对赵王说："这次大王去渑池，路上来回的行程，加上会见的时间，估计不会少于三十天。为了防止意外，要是过了这期限您还没有回来，请大王下旨让我们立太子为王。"赵王颔首默许。廉颇安慰他说："这只是以防万一而已，大王尽管放心，我在边境上部署了大批精锐军队，防备秦国的武力挑衅，配合大王您的这次会盟。”

蔺相如也安慰赵王：“大王您不用担心，我就不信我们会败给秦王。”

赵王到了渑池，和秦王了见面。双方行礼后，喝酒交谈。秦王有意想取笑赵王，对赵王说：“我听说你喜欢弹瑟(弦乐器，似琴)，我这里有瑟，请你弹一曲给我们听听！”碍于情面，赵王只好弹了一曲。这时，秦国的御史走来，把这件事情写在竹简上：某年某月某日，秦王和赵王在渑池相会，秦王命令赵王弹瑟。

蔺相如认为这是对赵国的莫大侮辱，心里十分恼火。于是，他上前对秦王说：“赵王听说秦王擅长秦国的乐器，我献上一个缶(肚大两头小的瓦罐)，请你敲击缶，让大家快活快活。”

秦王勃然大怒，死活不肯答应。

蔺相如说：“现在我离大王只有五步之遥，如果大王不答应我的请求，我只好拼着不要脑袋，也要以颈血溅你一身。”意思是他要和秦王拼命。

秦王的侍卫看到这般情景，拔出刀来逼近蔺相如。蔺相如瞪大眼睛，大声喝道：“你们想动武，好啊，廉颇将军带领大军在边境上恭候你们，只要我们赵王一声令下，你们谁也别想活着！”

秦王只好喝退自己的卫兵，不得已勉强在缶上敲了几下。蔺相如回头叫来赵国的御史，也把这件事记录下来：某年某月某日，赵王和秦王在渑池会盟，赵王命秦王为其击缶。

秦国的大臣们见秦王没有沾到便宜，想挽回面子，就说：“今日两国国君相会不易，请赵王献出十五座城池，替秦王祝寿！”

蔺相如扫视了一圈秦国的大臣们，说：“先请秦王把国都咸阳献出，替赵王祝福如何？”

对方一时无话可说。为了缓和尴尬局面，秦王只好哈哈一笑，和赵王比赛喝酒，酒过三巡，秦王告败。

秦赵两国国君会谈成功，双方偃旗息鼓，盟誓停止战争，化干戈为玉帛。为了表示诚意，双方捧渑池黄土成丘，掩埋了兵器和盟书。

一串葡萄

货币数字化之后，你有无如此的尴尬?

杨美兰高考落榜后，一时没有工作。

母亲为她发愁，整天唠叨。她心烦，拉起行李箱到北京闯荡。

她到北京后，刚好赶上新建的惠民超市招收收银员。她前去报名，被录取了。

从此，她穿上绛红色的马甲，站在收银台前，一干就是八年。由于她眼疾手快、细心热情，颇受顾客好评，后来就顺理成章地当上了副经理。

这一天，她值班。一位穿着中山装的老人买了一串葡萄。收银员小林称重后，告诉他："12 元。"老人从裤兜里掏出十二元纸币递给小林。小林没有收："我们这里不收现金。您用手机微信、支付宝扫二维码，或者刷银行卡都行。"

老人说：“我的手机是老式的，没有微信、支付宝，我也不会那些玩意儿。”

小林忙着其他顾客结账，随口说：“这是规定，我也没有办法。”

老人有点不高兴了：“我这是人民币，又不是假钱，为什么不要？”

小林在忙，没有搭他的茬。

“不要算了！”老人说着拎起葡萄朝超市门口走去。刚到出口，被保安小高拦住了：“大爷，您留步。”

“怎么啦？”

“商品没有付费，不能带出去！”保安脸带微笑，但就是不松口。

“不是我不给钱，他们不要！”

两人吵起来，很快，许多人围了上来。

听见吵闹声，杨美兰赶紧过来。她问清了情况，对老人说：“我的手机里有微信，我替您支付。”

她领老人来到收银台，扫了二维码。老人拿出12元递给杨美兰。

杨美兰说：“老人家，您让您的孩子给您买一部智能手机，现在到处支付都是数字化，也很方便。”

老人叹息道：“我们老了，跟不上时代了。”

杨美兰说：“没有关系，下次您买东西如果遇到麻烦，就找我，我叫杨美兰。”

“好，谢谢你。”老人和杨美兰打了招呼，满意地离开了超市。

杨美兰把小林和当值的保安小高叫过来，对他们说：“以后这一类事情会很多，支付方式的转变有一个过程，我们要想办法让用户满意，不能简单粗暴地拒绝，如果他是你的父母你也这样吗？”

两人羞愧地低下了头。

面　试

三个高端人才谁能取胜?

为了扩大经营规模，提升企业发展的后劲，董事会决定招聘一批高素质人才。薪酬很高，前来应聘的报考者很多，经过层层筛选，入围三人，由总经理亲自面试。

一个叫李永禄，祖籍天津，是清华大学的硕士研究生，他曾经在美国留学，在香港一家金融机构工作过三年。今年为了照顾年迈的父亲，回到北京。

第二个叫张一凡，是复旦大学的本科生，性格活泼，好奇心很强。他觉得是自己学金融的，而且玩过股票，通过面试应该没有问题。

第三个应聘者学历最高，是博士后，叫刘玉丽，打扮得花枝招展，说话嗲声嗲气。她觉得自己就是一枝花，开在哪里都绚丽。

总经理名叫董雨涵，是一个非常细致的女人，凡事有自己的主张。这次面试安排在总经理办公室，与其他面试不同的是，让他们三个人一同面试。

这三个人也感到纳闷：三个人都在现场，不就泄题了吗？

董雨涵走进办公室，对他们说：“我临时有点急事，需要出去一下，可能时间较长，请你们耐心等待。”说毕就急匆匆地走了。

办公室里留下三个暗自较劲的应聘者。无聊之余，刘玉丽打开书架翻看总经理的相册，一边看一边自言自语，还打开她的化妆品闻一闻；张一凡在屋里兜了几个圈子后便翻起总经理辅柜上的文件盒；李永禄坐在大班台对面的沙发上，从包里掏出一本《金融市场与金融机构基础》读起来。

不大一会儿，董雨涵走进办公室，应聘者以为现在要开始面试，目不转睛地盯着这个风度优雅的女人。令他们没有想到的是：总经理突然宣布，面试已经结束。三个人大为吃惊，面面相觑。

原来，董雨涵并没有走，而是在监控室看视频。三个人在办公室的表现她看得一清二楚，于是就拍板做了决断。

她说："我不在办公室的这一段时间里，你们自然的表现就是面试内容。很遗憾，刘玉丽，张一凡没有被录取。公司决定，录用李永禄为行政和人力资源总监，年薪 20 万元。"

这次面试，给这三个人留下了终生难忘的记忆！

暴富之后

李连成有了钱之后，在他周围发生了怎样的故事？

人生在世，谁无梦想。有的人幻想一夜暴富，有的人幻想青云直上，有的人幻想红运当头。可是，一旦梦想成真，他便会感慨地说，平凡是福。

我有一位小学同学，叫李连成，打小一块长大，关系一直很好。

李连成是个不修边幅的男人，头发乱蓬蓬的。他喜欢把外套披在身上，耳朵夹支香烟。我经常骂他像个二溜子，他嘿嘿一笑也不生气。其实，他是一个老实的农民，为人厚道，虽然辛苦劳动，家里依然很穷。

周二的上午，我去宝鸡办事，刚走到半路，李连成打来电话，说有要紧的事情想见我。我让他在电话里说，他非要当面说不可。没有办法，我只好让司机调头返回。

他把我叫进茶室，选了一个小房间，要了一壶菊花茶，反复叮咛服务员不要让其他人进来。我心里有些纳闷：什么事情搞得这样神秘？

我望着他憨憨的面容，等他说话。他突然抓住我的手，脸涨得通红："老同学，我发财了，咱成有钱人了！"

"你抢了银行？"

"打死我都没有那个胆！"

他看了一眼关着的房门，凑近我小声说："我买彩票中了头奖，500万，整整500万啊。"

"真的？"我有些不相信。

"我还能骗你？那天我干完活儿，闲得没事干，到砖厂附近的投注站去转，那个女人让我试试手气，我说我不懂，也不会选号。她机选打了两注递给我。我本来不想买，可是，担心旁边的人笑话，只好掏了4块钱给她。谁能想到其中一注还中了头奖。"

我朝他肩膀打了一拳："好家伙，我买了三年彩票连个五等奖都没有中过，还是你运气好。"他嘿嘿地笑着："咱瓜人有瓜福哩。"缴了100万元的税，他还剩 4 00 万元。

我问他打算怎么花这笔钱，他说还没有想好。他一再叮嘱我保密。我问他都告诉过谁，他说只告诉我一个人，连他媳妇都不知道。

第二天下午，我在东大街碰见李连成。他完全变了模样，头发显然是刚刚理过的，而且吹了风，梳起了“洋楼”。他穿着一身名牌西服，里面的白衬衣领子有些脏，领带的扎法也很别扭，有点像女人围的纱巾。他从西装的衣兜里掏出香烟递给我一支，喜滋滋地问我：“你看我包装得怎么样？”

我打量着他：“好似一个假洋鬼子。”

他笑着说：“人凭衣裳马凭鞍。现在的社会以衣帽取人，原来我穿得烂，到你们机关去，门卫把我当成上访的往外推。我现在换了衣服，到你们院子去上厕所，保安还给我敬礼哩。”

我无言以对，只好调转话题。我说：“你现在有钱了，第一个想换的是啥？是不是想换老婆？”他严肃地说：“老婆暂时不能换，我那个老婆虽说长相一般，但是她会过日子，能吃苦，这些年跟着我受了不少罪，我要报答她。”

我说：“算你娃还有良心。”他抽着烟，说想把家里的土房拆了，盖一栋三层楼房，带内置楼梯那样的。我劝他把拖拉机卖掉，买两辆康明斯雇人跑运输挣钱。他不同意，说拖拉机还要用。说了一阵话，我们就分手了。

之后较长一段时间我们再没有见面，后来发生的事情是他告诉我的。

中奖后的一天中午，他舅父杨七娃提着一桶散装白酒来到他家。

杨七娃不会侍弄庄稼，又嘴馋身懒，日子过得越来越穷，儿子年龄大了，还没有成家。

杨七娃把酒桶放下就冲着外甥嚷嚷：“连成，你这个没良心的，发了财都不给你老舅说一声！”李连成小心翼翼地望着杨七娃：“发啥财哩，您听谁胡说的？”

杨七娃发怒了：“连成，你把我当大头哄哩，我一清二楚。我不要你多少，你给10万元就行了，我到山里去给你表哥拾掇个女人，再盖三间瓦房。”

实在没有办法，李连成拿了10万元出来。他把钱递给舅父，叮嘱道："您千万不能给别人说。"杨七娃笑着满口答应。

纸里包不住火。来找李连成的人络绎不绝。做慈善的找他捐款，村上的干部找他出钱修路，多年没有来往的亲戚也都来找他借钱济困。很快他手里的400万元就所剩无几了。

谁能想到，更大的麻烦在后头。有一天，已经晚上9点多了，他的儿子李茂放学还没有回来。等到10点多，还不见儿子回来。他给学校打电话询问，老师说早都放学了，孩子7点钟就应该到家了。

他心神不安，担心发生什么事情。突然，他的手机响了。那边是一个怪腔怪调的声音，说李茂在他手上，让李连成准备200万元，明天12点以前放在泰山庙石碑的后面，否则，他就撕票。

李连成吓得浑身发抖，妻子贾彩转哭得像个泪人儿。为了解救儿子，他连夜开着拖拉机到亲戚家里去借钱。打门拍窗户把人叫醒，一晚上没有借到一分钱。

李连成没有办法，早晨给我打电话。我让他赶快报案，经过刑警队策划，一个戴着墨镜的男人取钱时，被埋伏在附近的警察擒获。李茂从一个废旧仓库里被解救出来。人们没有想到的是，绑匪竟然是李连成的小舅子贾彩奎。

后来，人们发现李连成又换上那身旧衣服，开着那台破拖拉机到山里拉矿石去了。

刻　碑

谁的名字能刻上石碑？这里有怎样的观念嬗变？

渭河北岸有一个古老的村子，名叫张家湾。村里有一户人家，人丁兴旺，是村里的大家族。张家奶奶一辈子生了四个儿子，两个女儿。如今，四个儿子都娶了媳妇，生下两个孙子，两个孙女。两个女儿都已出嫁。

张家奶奶 80 岁那年去世了。按照当地风俗，在她三周年忌日那天，要立墓碑。家族的人商量后，由老大联系刻碑，老二起草碑文。

碑文草拟好后，在全家人当中传阅。按照惯例，落款的立碑人，只写儿子和孙子，女儿、孙女的名字一律不刻在碑上。这个碑文传到两个女儿手里，她们强烈反对。大女儿是妇联干部，小女儿是乡民政助理员。她们说，如今是新社会新时代，男女平等，刻碑不写女性孝子的名字，就是男尊女卑的思想在作怪。

意见不一致，碑文定不下来，无法刻碑。老大提议家里男女各选一个代表，去找村支书，由他决断，他怎么说，我们就怎么办。大家一致同意这个做法。

大儿子和大女儿被选为家庭代表，他们两人拿着碑文来到支书家。村支书是个复转军人，还兼任村里红白事理事会的理事长。

村支书听了他们的述说，沉思片刻，说："男女平等要体现在各个方面，立碑也是一样。女儿也是传后人，应该都写上。从你们家开始，今后，张家湾的后人给已故老人立碑都要将儿女的名字刻上。这是咱们村移风易俗的一个突破口。"

这件事在张家湾传为佳话。

掌声再次响起

先进如何评选？谁说了算？

陈局长走马上任，当了市民政局局长。经过了解，往年年终表彰的优秀干部都是局务会或者局长办公会确定的，其他干部没有话语权。陈局长觉得这样不够民主。基于这个考虑，在局务会上，陈局长提议今年的优秀干部由全局干部投票产生。这个提议受到大家一致赞同。

星期一上午，优秀干部选举在五楼会议室进行。全局干部与会，共 36 人。

候选人实行海选，无记名投票，名额是 3 人。每个人只能写 3 个名字，可以写他人，也可以写自己。

办公室刘主任是总计票人，两名干事是计票人，局纪检组张组长是监票人。第一轮投票结束后，军转站马主任获赞成票32票，救灾科科员小何获赞成票29票，区划科副科长刘琦获赞成票26票。结果公布后，陈局长说："这三名都属于本局表彰的优秀干部，要再推选一名优秀干部给市委组织部，市委、市政府要表彰奖励。"

于是，刘主任又组织第二次投票，除了刚选出的局优秀干部外，也可以新提候选人，但是每一个投票者只能写一个人的名字。

市优秀干部不但奖金可观，听说还有可能被提拔重用。这一票可不简单啊，大家都慎之又慎。

40分钟后，投票结果统计出来了：前面三个人都没有过半，地名科黄科长得票36票，社区科副科长于得水得票36票。

有人建议，由局领导在这两个人里选一个报上去算了。

陈局长说："还是由大家民主评选比较公道，不能让老实人吃亏。"

第四次投票的结果依然是平局：35 ∶ 35。大家建议把两个人都报上去。这时候于得水站起来真诚地说：

“我退出评选，建议把黄科长报上去，他在这个岗位上勤勤恳恳干了30多年，马上就要退休了，这是最后一次机会。我相对年轻一些，以后还有机会，感谢大家对我的鼓励！”

全场响起雷鸣般的掌声！

陈局长站起来说：“这次民主评选优秀干部，评出了民主和风格。我提议，今年本局表彰名额增加为四名，授予于得水同志特别优秀奖，大家有没有不同意见？”

会场再次响起响亮的掌声！

我在哪里见过你

为了某种目的，他是怎样与陌生人套近乎的？

我自以为自己的记忆力是比较好的，凡是我经手过的事情、接触过的人，一般是不会忘记的。可是，这些年来，在路上、街道、商场等各种场合，经常有陌生的人和我热情地打招呼，他们显得与我非常熟悉的样子，我却怎么也记不起来在哪里见过他们。为了不使自己和对方尴尬，凡是与自己搭话的人，我都热情地和他们寒暄一番。只是不敢和对方交谈得过于具体，因为，我并不知道他姓甚名谁，住在哪里，是个干什么的。这样糊里糊涂与别人瞎扯半天，有时候细想起来，感到有些好笑。

我有早晨散步的习惯。六点钟起床，慢慢悠悠到河堤上去溜达半天，在那里看看山，看看水，呼吸呼吸清新甜润的空气，活动活动自己的筋骨，浑身感到清爽和放松。有一天早晨，我照例来到河堤上晨练。对面走过来一个微胖的老头，他的头发稀疏，镶着两颗金牙。他拉住我的手摇着，满脸堆笑：“你好啊！”我看着他的脸，努力回忆可怎么也想不起来在哪里见过他。“您是不是认错人了……”“我怎么会认错人呢？！”他一直握着我的手不放，继续说：“我们是老朋友了，您怎么把我忘了呢……”我只好应酬着，和他说了一阵闲话。

我后来才知道，此人名叫萧思民，在县电信局当仓库保管员。

有一天快下班时，萧思民来到我的办公室，依旧是那样的热情。“您是咱们邮电系统的能人，一定要帮帮我啊！”

我让他坐下，给他泡了一杯茶。萧思民点上香烟，又呲着嘴喝了两口茶，说了半天闲话，才道明了来意。

原来，他的儿子今年转业回到县上，被分配到一家县属企业。他打听了一下，那家企业员工轮流上班，很不景气，他想让儿子到电信局，要我去给有关部门做做工作。他说了许多感谢的话。

我答应替他问一问，如果符合政策，能办就给他办了。他一脸兴奋，要请我出去吃饭，我谢绝了。

因为事情在政策允许的范围内，所以办起来不难。这件事情办好以后，我再也没有见过萧思民。

有一个周六，我上街去买菜，走到东大街，忽然发现萧思民从对面走了过来。好久没有见到他，我想问一问他儿子的工作情况。没想到，他装着没有看见我的样子，迅速转身进了路边的一家商店。

这时，我才知道什么叫小市民，什么叫势利眼，什么叫忘恩负义。

有一天，我去电信局参加计划生育电视电话会。刚走进院子，萧思民就迎了上来。他又装出那种虚假的热情，伸出大巴掌要和我握手。我冷冷地望着他没有伸手。

他有些尴尬地把手缩回去挠着后脑勺，对我说："帮人帮到底，孩子出事了。"他将我拉到墙角，说他儿子贪污公款，参与赌博，局里要开除他。如果他丢了工作，媳妇要离婚，这个家就完了。

我对他说："上回是因为符合国家政策，我就帮了。这回可不一样，我帮不了。"说毕，我头也未回上了楼。

第三辑　情感峡谷

亲情、爱情、友情是滋养我们生命的重要精神元素。血浓于水的亲情，真挚不渝的爱情，肝胆相照的友情，使我们的生活变得更加美好。

火龙果的滋味

一个留守儿童和他奶奶的故事。

亮亮的爸爸妈妈去南方打工了，许多年没有音讯。他和奶奶住在城中村里，相依为命。亮亮在小学读书。奶奶每天到批发市场去批一些水果，然后背到车站去摆地摊。

有一天放学后，亮亮和奶奶一起卖水果。他看见一种纺锤形状的粉红色水果，问奶奶："这是什么水果呀？"奶奶说："这是火龙果。"

"火龙果是什么味？"

"奶奶也没有吃过。"

亮亮咽了两口唾沫，没有再说什么。

有一天晚上，睡到半夜，亮亮醒来对奶奶说，他梦见自己吃上火龙果了，特别脆，特别甜。

奶奶有点难过，她说："你好好学习，只要期末考出好成绩，奶奶就留一个火龙果给你吃。"

为了能吃上火龙果，亮亮更加刻苦地学习。

期末考试后的一天，亮亮告诉奶奶，说老师明天发成绩单，他考了全年级第一名。奶奶特别高兴，两眼眯成了一条缝，说："你明天把成绩单拿回来，奶奶就给你吃火龙果，让你解解馋。"

第二天，奶奶把一个有伤疤的火龙果留了下来。她正收拾了摊子准备回家时，一个人跑过来对她说，校车发生了事故，亮亮受伤了，正在医院抢救，让她赶快过去。

奶奶一下子懵了。她抱着那个火龙果赶到医院。

急救室的门紧闭着，门口站满了老师和学生。等了半天，一个戴口罩的医生出来说，亮亮颅脑出血太多，他们尽力了，让家长进去见他最后一面。

奶奶跌跌撞撞进了抢救室，她看见亮亮躺在手术台上，头上和脸上都是血。他闭着眼睛，一动不动，手里还攥着血染的成绩单。奶奶扑过去抱住他放声大哭："亮亮，奶奶给你拿来火龙果了，你快起来吃啊……"

奶奶给亮亮洗了澡，换上干净的衣服，把他的骨灰和火龙果一起葬在了清水河畔的山坡上。

从此，人们总看见一个头发全白，弓着腰的老奶奶坐在那个已经长满荒草的土堆前，絮絮叨叨地说着什么。

小林之死

失去亲情，对于一个孩子而言，他的世界就崩塌了。

明天就是小年了。镇上的小学放了寒假，孩子们都准备回家过年。可是，突然有一个不幸的消息传来：9岁的小林吊死在了学校男厕所的横梁上。这个突如其来的噩耗使人无法接受，给本来喜庆的节日蒙上了一层阴影

小林本来是一个活泼开朗、学习又好的乖孩子，惹人疼爱。可是，自从父母离婚以后，他的性格完全变了，整天沉默寡言，脸上没有笑颜，走在路上蔫蔫的，让人心疼。

小林本来有一个幸福的家。母亲在镇上的商店当售货员，父亲在厦门打工。后来，父亲和一个外地的女人同居了。事情被小林的母亲发现后，他们离了婚，各自组成了新的家庭。

母亲那边，那个男人不要小林；父亲这边，那个女人也不要小林。他无家可归了。

外公外婆疼爱小林，把他收留过去，在一块生活。小林好歹也算有个家了。前两天，舅舅要接外公外婆到北京去生活，可舅妈不让他们带小林一起去。

两个老人非常为难，他们在商量这件事情的时候，

不料被门外的小林听见了。他呆呆地在大门口的石头上坐了半天。他突然感到特别寒冷——他成了这个世界上多余的人。

他没有进屋，径直又回了学校。几个同学嘻笑着走过来。一个问：“放假了，你还不回去，跑到学校来干什么？”一个说：“他爸爸妈妈不要他了，他就像流浪狗一样没有人疼。”

“你！”小林握紧了拳头，怒目相视，想揍他一顿。可他忍住了，因为老师说过好孩子不打架、不骂人。

他们中的一个又说：“去年我压岁钱就收了3000多元，妈妈给我买了新衣服，买了鞭炮和礼花，还领我去大饭店吃年夜饭。”

另一个说：“那有什么，我爸今年要领我坐飞机，到国外去过年！”

听着他们的话，小林不由得想起自己小时候的幸福生活。那时候，他放学回家，总看见妈妈系着围裙在给他做好吃的。最开心的时候是正月里闹社火的那几天。爸爸领着他去看社火，人多看不见，爸爸就把他举起来，架在自己的脖子上。他嘴里嚼着甜甜的芝麻糖，看着精彩的表演，咯咯地笑。

而如今，一切都不复存在了。他已经五年没有见过爸爸，三年没有见过妈妈了。

自己太孤独了，没有人疼爱，甚至做错了事情也没有人管一管。想到这些，他的眼泪再也止不住了，一颗颗地从脸蛋上滚落下来。

世界的一切幸福和快乐，都似乎与自己无缘了。他抽噎着，低头走进男生厕所后再也没有出来。

当人们把小林放下来时，他手里捏着小时候和爸妈在一起的一张旧照片。

师道尊严

尊师重教是我们的传统美德，师道尊严不容任何人亵渎。

兰坪县中学初中三年级一班正在上历史课。老师梁百年在黑板上写字，坐在第一排的李海成把画了一只乌龟的一张纸片抹上胶水贴在了梁老师的背上，然后偷偷溜回自己的座位，朝同学们做了一个鬼脸。

学生中有人忍不住笑了出来。梁老师以为自己写错字了，又仔细检查了一遍。一个学生起身撕下贴纸递给老师。

梁老师一看，气愤极了。他脸色铁青，把贴纸拍在讲桌上，问："谁干的？"

李海成见大家都在瞅他，满不在乎地站起来，和老师对视着。

"你给老师贴这个是什么意思？"

"没意思，我就贴了，怎么着吧？"李海成嘟着嘴，一点也不示弱。

"你给我出去！我不欢迎你这个没有教养的学生。"梁老师气愤地拍着桌子大吼。

"你敢让我出去？"李海成恶狠狠地说："等着，我爸会收拾你，你准备卷铺盖滚蛋吧！"

他拎起书包回家去了。

李海成仗着爸爸是县长，平时在学校耀武扬威、捣蛋生事。

下课后，梁老师拿着贴纸去找校长。在教务室里，老师们炸了锅，纷纷表示这教师没法当了，一点尊严都没有。一个语文教师说，他布置了一篇作文，题目是《二十年后》。一个学生写的作文是：二十年后，一个大雪纷飞的冬天，一个蓬头垢面、衣衫褴褛的叫花子在大街上乞讨，走近一看，原来是语文老师……

有人替梁老师担心，说李海成跟县长告了状，教育局怪罪学校，学校肯定要处理梁老师。

几天后，县长领着儿子李海成来到学校。校长忐忑不安地迎了出来。

县长脸色沉稳地和校长寒暄了几句后，要见梁百年老师。校长急忙说："你有什么话就对我说，是我的失职。完后我让他给您道歉、检讨。"

县长一挥手："不行！我要和他当面说。"

县长的态度如此坚决，校长赶紧打发一个年轻教师去叫梁老师。

梁百年进屋后站在县长的对面："县长，您好。"

县长站起身来主动和他握手："您就是梁老师啊，

您是咱们县上的名师，久仰了。”说着请梁老师坐下谈。梁老师说：“我还是站着吧。”

校长也打圆场说：“县长让你坐你就坐吧。”

梁老师坐下了。县长站起来，和儿子站在一起，面对着梁老师说：“我今天是来向您道歉赔罪的。子不教父之过，我没有教育好儿子，他的错也是我的错。”

校长和梁老师，还有在场的老师们都愣住了。县长对儿子说：“海成，赶快给老师鞠躬、赔礼。”

随后，他对赶来的教育局长说：“我们要在全县弘扬尊师重教的风气，这是件大事。今天先从我儿子身上开刀，以儆效尤。”

教育局长连连点头称是，校长和老师们的脸上有了笑容，李海成红着脸低下了头。

重　逢

相思入梦情更切。只愿天下有情人终成眷属。

北京南城亦庄公园门口有一个补鞋的河南人，名叫章显之。夏季的时候，他把摊摆在树阴下，一边干活一边乘凉；冬天的时候，他就坐在阳光下一边干活一边晒太阳。

没有活儿的时候，他就眯着眼睛，打开小音箱听豫剧。这天上午，他正在听《朝阳沟》，一双白皮鞋递到他的面前，一个时髦的女人坐在了他对面的小凳子上。

“师傅，给俺修一下这双皮鞋。”

“中，听口音你也是河南人？”

“我是新乡的，听你这里放豫剧，就知道你是老乡。”

他一边摆弄鞋子，一边和她说话。当他问她来北京的原因时，女人气咻咻地说："都是那个死鬼把我害的，我们本来是私奔的，结果他不见了人影。"

他心里咯噔一下，仔细打量了一下面前的这个女人。这不是自己的初恋白芙蓉吗？看样子她没有认出自己。"你的白马王子长得怎么样？"

女人骄傲地昂起了头："可英俊了，浓眉大眼的。"

"你看我像不像？"

女人鄙夷地瞟了一眼他："你？拉倒吧！他还是个老师呢。"

章显之没说什么，心里很难受，想起了自己当年的遭遇。当时，他在乡下一个小学当代课教师。有人给他介绍了一个对象，是公社的电话接线员。她父亲是教育局的领导。父亲说，只要和她成亲，他会有一个光明的前程。可是，他没同意，因为他另有心上人——县豫剧团的旦角演员白芙蓉。

她也喜欢多才多艺的章显之。可是，白芙蓉的父亲和他的父亲有点过节。白父坚决不同意这门亲事："如果你跟了他，我就不认你这个女儿！"

两个年轻人面临人生的重要选择。是顺从家庭的安排，和自己不相爱的人凑合一辈子，还是为了爱情而与家庭决裂？他们选择了后者。两人商量好，私奔去北京。

出发那天，章显之走到半路，遇见一个老人犯病昏倒在路边。他背起老人跑到医院去抢救，等他把老人安顿好后跑到火车站，那趟车已经走了。

第三天，他到了北京，找了好长时间，也没有找到白芙蓉。为了生存，他先后干过代课老师、锅炉工和现在的修鞋匠。当然，他一边干活儿，一边不忘寻找白芙蓉。

章显之不知道白芙蓉这些年在北京是怎么过的，她是否已经成家。

白芙蓉穿上修好的白皮鞋，瞅了一眼他身旁的小音箱："你这么喜欢听豫剧？"

他笑了笑："我是戏迷。"

她说："我是唱豫剧的出身，我们票友经常在一块唱戏。如果你喜欢，欢迎你来听。"

"那太好了。"他摩擦着粗糙的手掌。

女人掏出一个小本子和一支签字笔，让他留下名字和电话号码。

“啊？你是章显之！我怎么没有认出你呢？”

他苦笑着说：“我整了容。”

“奇怪！”女人说：“人家都是往美里整，你怎么整难看了？”

“你不知道，城里的女人可猛了，不整丑点，我担心自己被抢跑了。”

“那你根本就不是章显之。”女人瞥了他一眼。

他着急地有些语无伦次：“我，我怎么不是？！我明天就去整容，把你喜欢的那张脸找回来……”

女人起身哈哈大笑，飘然而去，像京城里刮过的一阵风。

他咯噔一下醒了，原来是一个梦。

天赐姻缘

一个轻松愉快的喜剧故事。

人世间有许多事情，细究起来不可思议，然而，它确实是已经发生了的事实。瘦男子和胖女人的故事就是这样。

他们两个人如果站在一起，即使什么话不说，也具有强烈的戏剧效果。男的又瘦又高，像个麻秆，戴一副比瓶底还厚的眼镜。女的又矮又胖，没有脖子，整个人像一个立着的大号橄榄球。

他们俩的初次相识有点儿像滑稽剧。

那是在春节回家的旅途中。瘦男子和胖女人坐在同一列火车的同一个车厢里，而且是面对面。胖女人咧着厚嘴唇在那里睡觉。瘦男子发现胖女人的嘴唇上爬着一个大苍蝇，他一巴掌扇过去，把胖女人打醒了。她愣着神，瞪着铜铃似的大眼睛，问他："你为什么打我？"

"我没有打你，我打苍蝇。我看你张着嘴，嘴边落着一只苍蝇，怕它进你嘴里，一着急就出手了。"

胖女人捂着腮帮子，乐了："你什么眼神！那是个痦子！不过你的心还挺善良的，你是干什么的？"

瘦男子有些羞涩地说："其实，我是个农民。只不过喜欢写作，被县广播站聘为记者，现在也算是个爬格子的。”

胖女人一脸崇拜：“我给你说，我最羡慕那些会写文章的人了。我上学的时候不会写作文，一看见作文题就头疼。”

瘦男子从挎包里掏出一个报纸的剪贴本，递给胖女人:“这是最近发表的,其他的都放在家里。我们县里、市里、省里的电台经常广播我的稿子呢。”

胖女人在翻看那些文章的时候，心怦怦地跳。她感觉自己遇到了梦中的白马王子。

胖女人说：“既然你是秀才，那你把我的脸盘形容一下。”

“你的脸？”瘦男子迟疑地问了一声。胖女人点点头。“你的脸像包子。”“啊？那，那我笑一下你看像不像一朵花？”

瘦男子憋着笑说：“像包子炸开了口。”

“你真坏！”胖女人在瘦男子的腿上捶了一拳。

两个人越聊越热乎，最后互相留了联系方式。胖女人发誓非对方不嫁，瘦男子发誓非对方不娶。

可是，双方家长坚决反对。胖女人的母亲说：“死女子，你如果跟了这个农民，我就不认你这个女儿。”瘦男子的父亲说：“你把这个胖女子领进门，我就打断你的狗腿！”

怎么办呢？两个热恋中的年轻人走到了人生的十字路口。分手还是继续？严峻的考验摆在了他们面前。

两人没有动摇，携手走进了婚姻殿堂。第一年，在卿卿我我中很快就过去了。第二年，柴米油盐的日子有点无聊，有点无奈。第三年，彼此发现对方越来越多的缺点，有点反感，有点心烦。

平淡的日子过得也快，不知不觉五年过去了。胖女人怀孕了，用瘦男子的话说，“包子里有了仁儿”。生米已经成了爆米花，双方的家人还在冷战中。一直到胖女人生下孩子，还没有缓和的迹象。

她让丈夫给娘家报喜。

电话拨通了，瘦男子一听是岳母的声音就说：“我是您的女婿，给您报喜了，您升级当姥姥了。”

“什么？”

“您那个胖女儿生了。”

“生了个什么？”

“生了个武大郎。”

“怎么不生个武松呢？”

“这样好，穿衣省布料，坐车还能买半票。”

胖女人用拳头在瘦男子的背上一阵猛擂：“你这个活宝呀！”

50年后，城市已经改变了过去的模样。从一个小区里走出来两位老人。老爷子瘦瘦高高，弯着腰，头发和胡子全白了；老太太矮胖，银发挽着一个鬏。老爷子牵着老太太的手，一边颤巍巍地往前走一边叨咕着什么。

重　生

被引诱误吸毒品的姑娘在闺蜜的帮助下走出泥潭，开始了自己的新生活。

玉儿是一个非常漂亮的姑娘，是能上杂志封面的那种。她性格开朗，活泼幽默，热情大方，喜欢唱歌跳舞。

大学毕业后，她在一家公司的公关部工作。我们有幸在一座城市里生活，关系密切到了形影不离的地步。

玉儿有一个幸福的家庭，有一个非常爱她的老公，有她喜欢的事业。我为自己朋友的美好人生而高兴。

我做梦也没有想到，她的命运会忽然发生逆转，让人惊诧唏嘘。

玉儿在业务交往中认识了一个叫小丁的男士。他气宇不凡，出手大方，言谈举止颇具绅士风度。

有一个周末的夜晚，小丁约请玉儿去跳舞。玉儿叫上了我，我们被一辆大奔接到盘山枫林旁边的一个高档会所里。

走进金碧辉煌的厅堂，我惊呆了。这是一个什么地方？如此豪华！如此奢侈！给我们上饮品点心的餐具都是镀金镀银的，喝的是洋酒，吃的好多东西我从来没有见过。在这里潇洒的多数都是年轻人，他们穿着怪异的服装，留着怪异的发型。他们似乎都很阔绰，个个脖子、手腕上都是很粗的金链子。

小丁似乎非常看重玉儿，陪她吃东西，陪她喝饮品，陪她跳舞，甚至陪她抽烟。

这样的活动，我参加了两次。每次回到家里后，我一直非常兴奋，彻夜不能成眠。我感到有点奇怪，就告诉了老公。他说那样的地方你以后不要去了，恐怕是个温柔的陷阱。我觉得老公说的对，就再也没有去。玉儿邀请我的时候，我总会找借口推脱。

我提醒玉儿小心防备，最好也不要去参加那些活动了。没有想到玉儿误会了我，说我嫉妒她有一个富人朋友。她不听我的劝阻，去的次数越来越频繁，在不知不觉中染上了毒瘾。到了她自己发觉不对的时候，已经来不及了。起初小丁把摇头丸、冰毒藏在饮食中，后来就直接让她吸食。她上了瘾，就逼着她掏钱购买。

毒瘾发作，她就躺在地上打滚，撕扯自己的衣服。玉儿把家中的积蓄全部掏空后，就变卖家产，以筹集毒资。老公最终和她离了婚。

毒品毁掉了玉儿的美丽，她变得瘦骨嶙峋；毒品毁掉了她的幸福，她孑然一身、孤苦伶仃；毒品毁掉了她的事业，单位知道她吸毒后，将她除了名。她对生活失去了信心，萌发出轻生的念头。

看到她落到如此境况，作为朋友，我们心里很难受。几个同学商量后，把她送到了戒毒所。听管教说，毒瘾染上容易，戒掉很难。但是，戒毒是她走向新生的唯一正确的出路。

经过痛苦的熬煎，她终于摆脱了毒魔的困扰。

她出来那天，我去接她。她背着包，走出那扇沉重的大铁门。她身后的墙上，八个大字豁然醒目：珍惜生命，远离毒品！

她比进去时精神多了，这很让我高兴！噩梦结束了，新的生活在等着她。

当我转过身来的时候，突然发现玉儿的老公从街边笑吟吟地朝她走来，我看见玉儿的眼角挂着晶莹的泪珠……

传　承

入赘后负气离家出走，回来后他看到了什么？

除夕之夜

北京灯市口大街金鱼胡同有一户姓谭的人家，是做冰糖葫芦和吹糖人的世家，祖传的这门手艺养活了一代又一代谭家人。虽说不是高门大户，但也是家底殷实的富庶人家。可是，人总有不如意的地方。到了谭桂生这一辈，两口子已经快40岁了，只有一个女儿谭云香，没有男孩子。谁来继承家业成了谭家的头等大事。老两口愁得睡不着觉，后来想了一个办法，在谭云香16岁那年，父亲决定给她招一个上门女婿。

这个人选不能随便找。他们想在自己亲戚的孩子里找个合适的人选。最后选定谭云香的表哥徐伊朗。他家住在怀柔长城边上。徐伊朗的母亲是谭云香的姑姑。他们家里有许多山楂树，谭家做冰糖葫芦，一直买徐家的果子。

徐家家境一般，城里的姑娘根本不愿意嫁到他家。这门亲事，徐家非常满意。选定吉日良辰，徐伊朗就进了谭家的门。

谭桂生没把徐伊朗当成儿子，倒当成长工一样使唤。徐伊朗心里憋着一股气，也不好发作，因为他现在的岳父也是他的舅父。

后来他们生了一个女儿，在女儿的姓氏问题上，他和岳父发生了严重分歧。徐伊朗要求女儿姓徐，谭桂生坚持要孩子姓谭。

徐伊朗一气之下离家出走，到张家口拉骆驼贩羊肉去了。谭桂生骑上白马，带着干粮，到口外去跑了一圈也没有找到。

光阴荏苒，5年过去了，徐伊朗还是没有音讯。这时候，谭桂生半身不遂起不了床。谭云香既要经营生意，又要照顾老小，实在忙不过来。老父亲做主让她另找了一个丈夫。

这个小伙名叫孟云涛，在老北京布鞋作坊当学徒。老家在门头沟一个小山村里，家境贫寒，弟兄多，无力娶媳妇。

谭桂生对孟云涛唯一的要求是，孩子必须姓谭。孟云涛满口答应。时间不长，谭桂生就去世了。谭云香让孟云涛辞去了作坊的差事，回到自己家里来学做糖葫芦、吹糖人。一家三口和和美美，倒也相安无事。

令人意想不到的事情发生了。除夕那天，徐伊朗坐着一辆豪华马车回来了。谭云香一看前夫回来了，急忙向两人解释。徐伊朗怒气冲冲，只是喝闷酒不言语。

“表哥，不管怎么说，你能安全回来就好。事已至此，我也不能把云涛撂到半道上，这样吧……”她望着徐伊朗说，“咱们一块过年，开了春，我给你一笔钱，你再娶一个，我们还是亲戚。”

徐伊朗答应了。他拿到这笔钱之后，在谭家的对门租了一间店铺，开了一家徐记糖葫芦铺，与谭家唱对台戏。

后来，经人介绍，徐伊朗娶了同仁堂抓中药的一个女人。一年后，他们生了一个儿子，起名叫徐京生。

徐京生虽然比谭妞妞小 5 岁，但他们同住一个胡同，同在一个学堂读书，青梅竹马、两小无猜。但他们不知道自己是同父异母的姐弟。他们的故事才刚刚拉开序幕。

放 手

呵护是爱，放手也是一种爱。

姚晓琪是一个大家公认的乖乖女，自小听从父母的话，从不惹事，从不淘气。她爱学习，肯钻研，一直是优等生。晚琪考上大学那年，母亲在全县露了脸。她大学本科读完，又考上了硕士研究生、博士，一直读到了博士后，成了赫赫有名的女学者。母亲以女儿为荣，经常用她的事例教育儿子姚晓明，要他向姐姐学习。

女儿学有成就，母亲张小侠非常欣慰。可是，女儿的婚姻问题也让她头疼。

上大学的时候，有同学追求她，她问母亲怎么办。母亲说："现在是上学时间，不能谈恋爱，不能分心。如果你们谈了，将来工作不在一个城市，又得分手，受伤害的只能是女方。"

姚晓琪听从了母亲的话，拒绝了对方。后来有人给她介绍对象，都没有通过母亲这一关。眼看着同学们一个个步入了婚姻殿堂，她还是孑然一身。她感到苦恼极了，又不好意思说。

有一天，她问母亲："我找一个什么样的对象您才满意？"母亲说："标准很简单——长相要像演员，身体要像运动员，职业要是官员，学历对等，汽车、房子、存款一样也不能少！"

女儿说："世上哪有这样的人。"其实，她也知道，母亲是把她自己一生未实现的梦想都寄托在了女儿身上。

她感到非常苦闷，又不想惹母亲生气。这样，她一直耗到38岁，还是单身一个。这一下，母亲急了，找人做了一个牌子，上面写着："我女儿是博士！"她举着这个牌子到公园替女儿相亲。

为了回避母亲的逼婚，姚晓琪报名参加了选调生招考，她被派往河北一个叫金家河的村子担任村官。她在村里鼓励农民发展温室大棚，种植蔬菜。在工作中，她结识了一个农村青年。他叫金山鸿，听说他原来有一个对象，叫李雪菊。她考上大学以后，和一个同学好上了，甩了金山鸿。

姚晓琪鼓励金山鸿科学种田，给他联系扶持资金，帮他建起了一个大型日光温室，4个塑料大棚，教他种植有机蔬菜。工作中，他们俩也确定了恋爱关系。这件事情被县委宣传部的通讯员写成报道，登在省报上，题目是：女博士爱上了土农民。

张小侠在办公室听见几个医生议论女博士找农民的话题，她接过来说："那个博士一定是神经病！"同事们哈哈大笑。她拿过报纸一看：我的老天爷，原来说的是她自己的女儿！

张小侠满脸铁青，在电话里把女儿骂了个狗血喷头，还让她立刻滚回来。女儿说她很忙回不来。张小侠就呜呜地哭起来："你不回来，我就和你断绝母女关系！"

春节的时候，姚晓琪带着金山鸿和两筐新鲜蔬菜，回去和母亲过年。母亲不认可金山鸿，不理他。金山鸿喊他妈，她说："我不是你妈，你也不要套近乎。劝你早点死了这条心。人贵有自知之明，你凭什么找我女儿呢？你什么学历，什么身份，就想找博士当媳妇？我告诉你，只要我不死，你们就拿不走户口本，结不了婚。”

金山鸿说：“恋爱自由，您干涉女儿的婚姻是违法的。”

张小侠说：“女儿是我养大的，你说我违法，那你把我拘了！”

面对丈母娘的发飙，金山鸿倒吸了一口凉气。回到金家河，他和一个哥们喝酒，说出了自己的苦恼。朋友劝他趁早分手，这种事情没有好的结果。金山鸿动摇了。

有一天，他把姚晓琪约到小河边，对她说：“咱们分手吧，我会一辈子记着你的。”

“为什么？”姚晓琪瞪大了眼睛，望着自己的恋人。

“我不想让你为难，也不想为了咱们的事情影响你们母女关系。”

“我不同意，我不再当乖乖女了，我要为自己的幸福和自由而斗争。”

后来单位开了介绍信，他们领了结婚证。

三个月后，姚晓琪被任命为副县长，主管农业和农村工作。

金家河村的大棚菜生产在金山鸿的带动下，远近闻名，不时有全国各地的代表团前来参观学习。

这年秋天，村委会换届选举，金山鸿被选为村主任。三年后，金山鸿通过考试，被录用为乡镇公务员。他继续兼任村主任，担任副镇长。

李雪菊大学毕业后，被派到翠柏镇担任民政助理员。她在镇政府大院里碰见了金山鸿，颇感意外。“你到镇上来办事？”“我瞎转悠。”

第二天，在机关全体人员大会上，李雪菊发现金山鸿居然坐在主席台上。她小声问身边的同事。那人告诉她：“他是咱们的副镇长，人家找的媳妇是博士，还是副县长。”

李雪菊跑回宿舍大哭一场。

女儿的婚姻让张小侠伤透了脑筋，她把希望寄托在儿子身上。没有料到，儿子也背着她找好了对象，她就是李雪菊。

儿子告诉她，媳妇比他大两岁，自己必须倒插门，因为她是独生女。

张小侠气愤异常，她骂道："你们一个个都想气死我！我白养了你们！我碰死算了。"

儿子嬉皮笑脸地说："那个千万不要，你若去了，将来谁给我们看孩子呢？"

冬天来临了。窗外的梅花在寒风中吐露花蕊，散发出阵阵芳香。

月台上的印痕

要学会体谅别人，养儿才知父母恩。

高彩云下车后，火车停了一会儿后喘着粗气启程奔向前方去了。

旅客们迅速散去，站台上格外清静。她瞅着脚下斑驳的水泥地板，好像要寻找逝去的温馨和美梦。

她不知道有多少次从这里离开家乡，又从这里回到家乡。月台上留存着她深深地记忆。大学毕业后，她回到故乡，在一个乡镇担任妇联主任，后来找了一个叫郭云生的复转军人组成家庭。她怀女儿雪儿的时候，反应特别强烈，不断呕吐，吃不下饭。生她的时候疼得拽烂了床单。女儿非常漂亮，浓眉大眼，皮肤细白，胖乎乎的，十分惹人喜爱。

抚育孩子的岁月是消磨母亲青春的辛苦日子。为了她，高彩云省吃俭用；为了她，高彩云起早睡晚；为了她，高彩云低头求人。当她依偎在自己的怀抱里撒娇的时候，高彩云感到非常幸福和满足。

记得那是一个冬天，大雪纷飞，天寒地冻。高彩云正在镇上开会。丈夫打来电话，说他临时出差，让她回去照顾女儿。

她请了假，骑上自行车，从20里外的镇上往家赶。路上滑倒了两次，她顾不上膝盖和胳膊上的伤，忍痛跑回家。女儿蹲在屋檐下，脸蛋冻得通红。她慌忙打开门，把女儿抱进屋，搂在怀里。女儿仰望着母亲挂满泪痕的脸，轻轻地说："妈妈，您的怀抱真暖和。"

她家住在7楼顶层，夏天夜里，房间像蒸笼一样，闷热难耐，无法入睡。她坐在女儿的床边，整晚用纸扇扇着风，看着女儿睡觉。

暑假的时候，她带女儿去姥姥家。车上人多没有空座。她和女儿站在过道上，女儿掏出作业本想写作业，她就转过身去，蹲下来，把自己的背给女儿当临时书桌。女儿爬在母亲背上，写了一路作业。下车时，她的腿麻木得站不起来了。

渐渐地，女儿长大了，母亲变老了。18岁的女儿第一次要脱离母亲的呵护。临别的那天晚上，高彩云失眠了，她翻来覆去睡不着，担心女儿离开家不会照顾自己。

就是在这个月台上，她把女儿送上火车，依依不舍地嘱咐了女儿许多事情。火车开动时，女儿哭了，探出窗口不断向她挥手。她心里更难过。她每天都想给女儿打电话，又怕影响她学习，惹她烦。没有女儿在身边的日子很难捱。

四年后，女儿毕业后和她的男朋友留在了南京。又过了两年，女儿有了自己的女儿。小外孙名叫梅子，圆圆的眼睛像黑葡萄，头发黄黄的像个洋娃娃。已经退休的她背着大包小包，千里迢迢来到南京，帮助女儿料理家务。

照顾一个婴儿比上班还累，时时处处要担心她的安全。晚上无法安睡，每隔两小时要起来给她化奶粉、换尿布。拂晓时分，她还要早早起来准备早点。等女儿两口子上班走了，她又要打扫卫生、洗衣服，背着孩子上街买菜……日复一日，就这样6年的时间过去了，她发现自己苍老了许多。女儿似乎并不觉得她有多辛苦，连一点感恩的意思都没有，还时不时埋怨她这也没有做好那也没有做好。她心里很不舒服。

这6年，老公一个人留在老家，没人照顾。她想回老家去。

吃晚饭的时候，她提出了她的想法：“我来南京已经6年了，梅子也上小学了，你爸爸身体不好，把他一个人留在家里，我不放心。”

听到母亲要回去，女儿显然有些吃惊，沉默了片刻说：“让我爸爸也到南京来？”

“不会的。”她口气坚定地说，“他是北方人，不适应南方的生活习惯，我早先叫他一块儿来南京，他说什么也不来。”

看来无法挽留母亲，女儿无奈地说：“那您就回吧。”

在母亲陪伴的6个春秋里，女儿并没有感到母亲对于这个家庭的重要性。她突然离去，一切都紊乱了。早晨起来没有饭吃，晚上回到家也是冰锅冷灶，衣服没有人洗，卫生没有人搞，为了接送梅子他们常常迟到早退。她突然间似乎明白了。她回想起母亲一次次欲言又止的神情和她夜里痛苦的呻吟，后悔自己当时咋就那么麻木呢？

雪儿突然决定，带上老公和女儿，回老家去看望父母。

在火车上，梅子说：“妈妈，老师让家长指导我们写一篇作文，您说写什么呢？”雪儿想起自己在母亲背上写作业的往事，说：“题目就叫感恩吧。”

非常体面

当一个衣衫褴褛的乞丐与你同桌用餐时，你会怎样对待他？

那是一个风雪交加的傍晚。我和几个朋友在小镇的火锅店用餐，这里人气旺盛，客人满堂。在我们相邻的卡座里，坐着一位打扮时髦的女人，看上去非常体面。她在等待上菜。这时候，伴着一股冷风，蹒跚着走进来一个老年乞丐，穿着破烂，浑身脏兮兮的。他蜷缩着身子坐在了时髦女人的对面，搓着冻得发红的手。

女人厌恶地看了他一眼：“谁让你坐在这里的？”

那乞丐喃喃地说：“我冷，只想暖和一下。”

女人用一只手堵着鼻子冷冷地说：“走开！你坐在这里让人怎么吃饭？”

乞丐没有动。

女人转身冲着吧台大喊：“服务员！服务员！”

一个系着围裙的姑娘跑了过来，她叫李小燕。墙上卫生公示栏里的照片下面写着她的姓名。

女人指着乞丐对李小燕说：“你把他给我赶出去。”

李小燕微微地一笑，并没有赶那个乞丐，而是倒了一杯热水给他。

女人把枪口又对准了李小燕。我看不过去，把乞丐叫过来坐在我们的卡座里。

吃完饭，朋友们走了，我有意留了下来。等店里人少些时，我对李小燕说：“你坐这里歇一会儿，我有话问你。”

李小燕给我倒了一杯热水，面含微笑，静静地坐在了我对面。

我说：“那个女人让你把乞丐赶出去，你为什么没有赶？”

李小燕搓着手说：“我看他可怜，这么冷的天。看见他，我就想起我的外公。当年家里生活困难，外公为了我们活命，就曾经到街上去讨要残汤剩饭……”

“你这样做不怕老板炒了你的鱿鱼？”

“不会的。”

“为什么？”

“我们老板说了，同情弱者是一种美德。”

大概过了一年多时间，几个同学从外地回来，我们相约在这家火锅店聚会。

来到这里，不见李小燕的人影。我问一个熟悉的服务生，他说，李小燕交了鸿运。去年冬天来饭店取暖的那个乞丐，原来是一个特别有钱的大老板，他叫郝志成，创办了一个慈善托孤院，李小燕被他请去当院长了。

红唇印

一封奇怪的信件，让家庭蒙上了猜疑的浓雾。

张美丽和丈夫倪云生是一对恩爱夫妻，向来相互信任，彼此都有较大的生活空间。他们居住在北京五环边上的一个普通小区里。

物业分配给每家的邮箱放置在一楼门厅里。张美丽和丈夫每人有一把钥匙。他们回家时，都习惯性地打开邮箱看一看。

这天下午，张美丽打开邮箱发现了一封奇怪的信件，是写给丈夫的，下方没有寄信人的地址和姓名，却有一个鲜红的女人唇印。她心里不由得咯噔一下——难道丈夫有了外遇？

她和丈夫的结缘是一次偶然。那时候，她是人民医院外科病房的一名护士，倪云生是消防警官。在一次救火时，为了抢救一个老大娘，他负伤住进了医院。张美丽是他的主管护士。她被他的英雄事迹所感动。他出院时，两人留了联系方式，一来二去，从熟识到结婚，用了两年时间。

如今，自己已经变成了黄脸婆，他是不是移情别恋了？回想起他们一起生活十年的幸福时光，她心里好难过。她真想打开信封，看看里面写的什么，是什么人在和自己争夺老公。可是，又一想，这样不行，不能打草惊蛇，还是理智一点，看看他的反应。她用手机拍了照，把信件又放回了信箱。

回到家里，她没有心思做饭，躺在床上生闷气。听见开门声，她对着镜子调整了一下自己的情绪。丈夫把提包放在鞋柜上，嘴里还哼着小曲。她好像不认识似的上下打量着他。丈夫换上拖鞋，一扭头发现妻子在奇怪地看着自己："有什么好看的，不认识了吗？"她盯着丈夫的提包："你没有打开信箱看看？"

"打开了。"倪云生以为这是妻子设局试探他，就说："里面有一封奇怪的信，是你的大作吧？"

张美丽冷笑了一声："我和你睡一个被窝，还用给你写信吗？搞笑！"

她的心情很复杂，以为丈夫是以这种方式向自己摊牌，泪眼蒙眬地说："你也不要不好意思，如果有姑娘真的爱你，我给你腾地方。"

倪云生过来搂住妻子："说什么呢，我的夫人。"

丈夫说着撕开了信封，原来是一封感谢信。

这是一个大学刚毕业的姑娘，她感谢倪云生四年来对她的资助，使她完成了学业，她无以回报，只能用纸上的红唇印来对他表示一种深深的感激之情。

窗外已是华灯初上，璀璨夺目的都市夜生活开始了。

床头柔和的夜灯亮了，屋里充满着温馨。

父亲的新闻情缘

那个疼爱我的人远去了，他给我留下一笔终身受益的财富。

丙戌年农历十月一日那天，淅淅沥沥下着小雨。我回到故乡为已经去世15年的父亲上坟。

我带了冥币、供品，还有他生前最喜爱读的报纸。

静静地伫立在父亲的坟前，心里沉甸甸的。当报纸化为灰烬的时候，我仿佛看见了父亲那张慈祥的笑脸，听见了他咳嗽的声音。一幕幕往事展现在了我的脑海中。

父亲只上过三年私塾，勉强算得上初小程度。但是，他的字比我写得好，文章也写得纲举目张，条理性很强。他是村上他们那个年龄段的农民当中为数不多的文化人。七一、北坡、景家寨、刘巴沟、孟家庄共为一个大队时，他担任文书，后来当了将近30年的村干部。伴随着历史的风风雨雨，与报纸打交道成了他生活当中的重要内容之一。

小时候，我经常在场面上、井房旁、地埂边、榆树下，听父亲给乡亲们讲述他从报纸上看到的新鲜事。大家端着饭碗，围坐在碾盘上，听得津津有味。

农忙的时候，他白天没有时间看报纸，就在晚上睡觉前看，并且把他认为有用的剪下来，贴在一本旧的《红旗》杂志里面，积攒了厚厚的一本，放在炕头。

我记得自己当报务员时，业余学习写作，父亲看到报纸上发表了我的文章，非常高兴。他说他年轻时也是新闻爱好者，而且是《陕西农民报》通讯员。他说着打开了我家那个已经脱了漆的老式木柜，从里面拿出一个铁盒子，打开盒子，取出来一个红本本。他用粗糙的手掌抚摩着那个陈旧的通讯员证，眼睛里流露出一种兴奋和激动的神情。

深秋的一天，我去千河河滩劳动。回来时，门卫老李和我说："你父亲来看你，带着一个麦草垫子，在值班室呢。”我撂下工具，跑进值班室，只见父亲正坐在桌前低头读报，用手指指着一行一行的字，那么专心，以至于我进来了半天他也没有察觉。“爸，你什么时候来的？”听见喊声他抬起头，笑着说：“你娘说你的褥子薄，秋凉了，让我结个草垫子给你送来。”我抱起靠在墙角的麦草垫子，领着父亲回了我的宿舍。

父亲帮我铺好床以后，看到我桌子上有一篇还没有写完的新闻稿。他说：“写新闻不要用形容词，不要用套话和官话。报纸上有的文章写得非常好，你要好好看，好好学。”我答应着父亲，给他沏了茶，留他吃饭。他说队上忙，喝了两口茶就急匆匆地走了。

父亲的去世很突然。那是1991年6月18日，我正在县招待所参加一个座谈会，堂哥急匆匆地跑来找我，催我赶快回家，说我父亲病重。当我走到我家院门口时，窑里传来了弟妹们撕肝裂肺的恸哭声。这突如其来的打击，使我的精神几乎要崩溃了。

父亲离我们而去了，我要沿着他的足迹，走好自己的人生之路。

和你一起变老

怀念我们逝去的青春年华，为远方的故人祝福。

早上到单位后，我习惯性地打开电脑查看一下电子邮箱。我意外地发现你发来的一份电子邮件。我不知道你是怎样获悉我的邮箱地址的。我们分别已经十多年了。我原以为我们之间再也不会有什么联系了，各人过着各人的日子，唯一相同的是一起在变老。

我永远不会忘记我们第一次见面的情景。那是一个北风呼啸的季节，在经二路西段那栋楼房的三楼会议室里，许多素不相识的文学爱好者聚到了一起。你穿着一件白底蓝圆点的棉袄，围着豆沙色的拉毛围巾，有一双黑葡萄似的大眼睛。你搓着手，朝着大家笑一笑，就坐到了墙角的凳子上。主持人将你拉到前面来，向大家介绍说，你叫舒琴，在《延河》杂志和《北方文学》上发表过短篇小说。

你是羊头庙村一名插队知青，由于表现好，被推荐到高崖供销合作社当了营业员。你用写作打发寂寞的时光，在山外已经小有名气。我为认识你这个同道而高兴。后来，你就被调到城关供销社当了副主任，我们有了相互交流的机会和条件。只是我这个人比较愚笨，在写作上一直没有什么长进。

我记得那是一个星期天，我去生产资料公司送电报。我在院子与人说话，你开门出来，说正准备去找我，趁今天休假，一块儿包饺子吃。我当时拿不定主意。一个单身姑娘和一个单身男子在一块吃饭会不会给你带来什么不利的影响？如果不去，会让你扫兴。最终我还是去了。你住在一间坐北朝南的平房里，里面生着蜂窝煤炉子。我第一次见到这种火炉，火苗从圆孔中直往上蹿，不知道你是用什么方法将它们点燃的。屋里收拾得非常干净、整齐。我坐在凳子上，看着你在屋里忙碌。饺子是羊肉馅的，非常鲜香，我吃了两大盘，再也不好意思吃了。饭后你拿出相册让我看你小时候的照片，还有在农村插队时的合影。之后，我坐了一会儿，就离开了。当时，我犯傻没明白你的心。

也许，我们没有那个缘分。我记得此后不久，你又升了官，成了全县赫赫有名的县级领导。有一天，父亲从老家来到县城，他说政工组的一位老同事要将你介绍给我处对象。由于所谓的自知之明，我委婉地回绝了。

后来，听说你在古城西安找了一个读博士的大龄青年。你请假去美国休斯敦陪读，他和你同居却没有结婚。三年后，你们分手了。回到国内，你父亲的战友在新疆给你介绍了一个副团职干部，他年龄大一些，妻子病故了。你们结婚后，他的那一大帮儿女对你不好，你和丈夫离开乌鲁木齐，来到西安定居。

我没有想到那一次老三界知青返乡探亲活动你也来了。那时候，我在政府办当主任，陪着你们来到羊头庙，看到你激动的神情，我不由得流下了热泪。你站在那间就要倒塌的破房子面前，让我给你拍了照片。

你说你在农村这 6 年是一生中最难忘怀的日子，艰苦的生活环境让你成熟了，也让你学到了许多书本上学不到的东西。我看得出你对乡亲们的感情是那样的深厚、真挚。你是一个好人。

听说，你离开了现职岗位，把多年放弃的文学创作又拾了起来。我相信，经过了几十年的风雨漂泊，你对人生的体验自然会更加深刻，你一定会写出好作品的。有人说，文学是遗憾的艺术，其实人生也是一样。几十年一个轮回，是一次遗憾的旅行。时光不能倒流，请你千万不要怨我。绿水长流不断，岁月催人衰老。孩子们也都大了，有各自的生活和事业，我们还有什么可牵挂的呢。我祝福你晚年幸福，每天快乐，愿意在这山区小县和你一起变老，一起回忆过去的美好时光。

第四辑　流年碎影

时光在雕刻我们的历史，流年播下一串串回忆。怀旧不是因为留恋，只是不想让那些过往的美好被尘封。

罪

春风得意时，他却走上了不归路。

中午时分，从万顺市公安局办公楼上传来一声枪响。副局长黄虎城自杀身亡。

黄虎城在市里可是个响当当的人物。老局长再有三个月就退休了，等着他接一把手的位子。

人们议论着、分析着、猜测着，不明白他为什么要在春风得意时走上不归路。

有人说，他的死与一起冤案有关。

12年前，黄虎城在刑警队工作，他积极上进，很想有所作为。那年冬天，东郊发生了一起命案。一个年轻女工下夜班回家途中，在一个小树林里被人残忍杀害。局里成立专案组，黄虎城担任组长，受命尽快破案。黄虎城认为这是他立功的极好机会。他们抓住一个嫌疑犯，名叫李志刚，他怀疑李志刚就是杀人犯，但没有直接证据。

李志刚大喊冤枉，不承认他杀过人。黄虎城上了些手段后，李志刚认了罪。很快，李志刚在万人大会之后被执行了死刑。

以黄虎城为首的专案组以61天快速破案的佳绩受到嘉奖和表彰。不久，黄虎城顺利当上刑警队队长。三年后，他又被提拔为副局长，分管刑侦和社会治安工作。

李志刚被枪决后，他70岁的老父亲气死了，妻子离婚改嫁了。家里留下60多岁的老母亲和5岁的儿子，俩人生活无着落，只能乞讨为生。

12年后，与万顺比邻的一个市里，抓住一个流窜作案的罪犯。他交代，万顺那个女工是他杀的。当时，他是想劫财，之后看到她挺漂亮，便动了歪心。姑娘不从，他一怒之下就将她杀害了。

此事被记者在媒体上捅了出来，顿时舆论一片哗然。

黄虎城已经有了不祥的预感，几个警察议论的时候，他已经听到了。他上午接到市委组织部打来的电话，让他下午 2 点到市委去一趟，说市委分管政法的副书记要找他谈话。放下话筒，他立刻感到后背发凉。他知道，这个冤假错案一旦定性，对他意味着什么。在办公室呆坐了许久后，他拿起手枪朝自己的太阳穴扣动了扳机……

廉政标兵

有些事，老张实在想不通。

闵县长到处标榜自己是一个不徇私情、两袖清风的廉洁公仆、为民标兵。他在大会上讲廉洁从政的主题时，从国际讲到国内，从古代讲到现代，从正面讲到反面，口若悬河，慷慨激昂，滔滔不绝。听讲的干部都被感染了。

老张是闵县长过去的同事和朋友，有着20多年的交情。自从他担任县长以后，老张从来没有找他办过事。老张觉得自己是一般干部，人家是县长，求人办事一来自己没有面子，二来也不想给人家添什么麻烦。

老张的儿子大学毕业后回到了县上。老伴撺掇他去找闵县长给儿子安排个工作。老张犹豫再三，最后下定决心去找闵县长。

闵县长正在打电话。他看见老张进来，放下话筒，招呼老张在沙发上坐下。

老张见没有别人，单刀直入，说了请给他儿子安排工作的事情。说完后他用充满期待的眼神望着闵县长。

闵县长慢悠悠地喝了一口茶，站起来在屋子里踱着步，郑重地说："你是老同志，受党教育多年，要带头维护党的形象，怎么能走后门给自己的儿子安排工作呢？"他停顿了片刻，又说，"现是市场经济，你让他到企业去应聘或者自主创业也不错嘛。”

老张坐在那里有些不自然了：“闵县长，看在咱们过去的交情上，你就帮帮忙。我参加工作 30 年，兢兢业业地干事，从来没有给组织提出过什么要求，就这个事情，你一定要想想办法。再说，电视上不是说要留住人才建设家乡吗？这也不违背政策呀。”

“你说不违背就不违背了？”县长一脸的不高兴。他端着茶杯，走到大班台后面，一屁股坐在转椅上，慢条斯理地说：“老张呀老张，我不能因为你违反纪律啊！再说了，如果给你的儿子安排了工作，那么多部门、乡镇的领导都找来，我该怎么办？不当家不知柴米贵啊！”

这时候，有人敲门进来请示工作，老张急忙告辞。他满怀希望而去，结果扫兴而归。回到家里，老张对儿子说：“爹没有本事，你还是自己想办法吧。咱不能因为你影响了闵县长的一世清名。孩子，天无绝人之路，自己去闯吧。”

儿子说：“爸，您不要为我的工作担心。我已经投了几份简历，等待面试的通知，现在是双向选择，我要从事实业。你就让我去当公务员，我也不想去。”

老张索性不去管儿子的事情了，也免得再去求人。他这一生最不愿意干的事情，就是低三下四地去求人。

这一天，老张来到桑树塬镇下乡。他在镇政府的院子里看见了闵县长的小儿子。老张问文书：“闵县长的儿子是到这里来找人的？”“找什么人？人家正式安排到镇上工作了，现在是团委书记。”文书叹了一口气，“有一个当县长的爸爸，比啥都强。”

“他？就他能当团委书记？”老张愣住了。说起这闵县长的小儿子，他不学无术，连初中都没毕业。这样的人竟然当了团委书记？

老张实在想不通。

枪声过后

离奇的死亡，隐秘的真情。

1942 年秋季的一天，北平市副市长洪义仁被入室盗窃的卫兵张玉涛枪杀。这个爆炸性新闻一下子成了人们议论的焦点，众说纷纭。

律师宋毅红在北平颇有些名气，参与过很多大案奇案疑案。张玉涛有个舅舅在北平一家银行做董事，和宋毅红是多年的朋友。他出面请宋毅红为外甥辩护。

宋毅红接手后，发现这个案子有许多疑点。张玉涛既然偷东西，为什么要等到副市长在家的时候去偷盗呢？这不合常理。

宋毅红到监所去询问当事人，张玉涛连喊冤枉。

张玉涛说，洪义仁和妻子不和，妻子一直住在教堂不回家。上个月，洪义仁让张玉涛在老家给他找一个保姆。张玉涛把自己的对象刘芳介绍到洪家干家务。那天，是个星期天，刘芳在洗澡。洪义仁打发张玉涛去买茉莉花茶。他返回时，听到刘芳在楼上尖叫。他跑上去，眼前的一幕让他惊呆了：洪义仁赤身裸体坐在床边，刘芳缩在床角哭泣。

看到这个场面，张玉涛热血奔涌，掏出手枪朝洪义仁扣动了扳机……

宋毅红和刘芳约谈时，她精神恍惚，说话前言不搭后语。在宋毅红的再三追问下，她说有人让她按照报纸上写的那样说，否则就会杀了她。

宋毅红说："张玉涛是你的男朋友，你可不能昧着良心说假话，害了他呀！"

刘芳哭得非常伤心。后来，刘芳出庭作证，张玉涛被判处有期徒刑12年。刘芳到监狱看望张玉涛："你这是为了我遭的罪，我在咱们老家等你回来。"

刘芳的话成了他的精神依托和重新生活的希望，他盼望早一天出狱和她团圆。他服从管教，积极表现，获得了两年减刑。

出狱后，他回到老家去找刘芳。她的家里人却说没有见她回来，不知道到哪里去了。

他又回到北平，改名换姓在前门大街的一家果脯店当伙计。每天看着电车当啷当啷驶过，却不见他要找的那个人。

5年时间就这样熬过去了。有一天快打烊时，张玉涛猛一抬头，看见了他朝思暮想的刘芳。她穿着一件蓝色旗袍，卷发犹如乌云，高跟皮鞋把青石地板踏的嘎哒嘎哒响。她一手牵着一个男孩，一手挽着一位穿长衫、戴眼镜的男子。

张玉涛追过去大喊："刘芳，我找你找得好苦啊！"

那女人扭头看了他一眼，愣了愣，瞟了一眼旁边神情诧异的男子，说："先生，你认错人了，我不是刘芳，我叫张兰。"

目瞪口呆

在虚拟世界里心花怒放，没有想到一个黑洞洞陷阱在等着她。

米娜是个漂亮的女人，气质高贵，风姿优雅。可是，她的命运不济，婚姻不幸。特别是丈夫在32岁病故以后，许多人说她命硬克夫，弄得她一直孑然一身，和女儿莫玉儿相依为命。

她是一个头脑灵活，接受新事物快的人。改革开放初期，她就开始做服装生意，赚回了第一桶金。后来，她又把一个国营商场整体租下来，分包给个体户，收承包费。她的生意越做越大，是小城第一个买奔驰汽车的女老板，也是第一个把女儿送到贵族学校去读书的人。

尽管她十分有钱，但是她很寂寞。有了网络以后，她迷恋上了上网聊天。每天再累再晚，不聊天，她就感觉好像少了什么。

在聊天中，她认识了一个网名叫高富帅的男子，对方善解人意，说话彬彬有礼。两人聊得十分投机，她把自己的心里话都告诉了他。日久生情，她从心里已经喜欢上了他，非常希望和他见上一面。

他说："见面往后再说吧，我现在非常狼狈。父亲患病住院，交不上钱。父亲骂我是窝囊废，我很苦恼。"

她问道："需要多少钱？"

"做手术需要 20 万元。"

"别发愁，我帮助你解决。"她不假思索地说，"你把银行卡号发给我，我马上给你转钱。"

"那多不好意思。"他立刻就把卡号发给了她。

她打过去 20 万元。

他回复说："已经收到，我以后一定还你。"

他们继续在网上聊天。

她说："你发一张你的照片给我。"

他说："现在还没有电子版，我回头照一张发给你。"

第二天晚上，她收到他发过来的照片，非常高大英俊。她动心了，心想如果能和他结为夫妻那该多好。她幻想着以后的幸福生活。她打算给他买辆豪车，把婚礼办得体体面面。她春心萌动，但不好意思直接向他提出来。

好长时间不见他上网，她非常焦急。每天在网上盯着，等待他的出现。

他终于上网了。她非常高兴，和他热线聊天。他的情绪却很不好，说他又遇到麻烦了——他的公司被骗，债主逼他还钱，如果还不上，就要杀了他。

她安慰他不要着急，并问他需要多少钱，他说欠人家50万元，没有办法还，只有一死了之。她急忙说："不要这样想，既然咱们是朋友，我帮你想办法。"他说："我再不好意思用你的钱了，以前借的还没有还。算了，你别管了。"

他越这样说，她越觉得应该帮他。再说，他们以后就是一家人了，钱算什么。她毫不犹豫地往他的卡上打了50万元。她准备等他处理完这件事情就约他见面,谈婚论嫁。没想到,第二天,她发现他把自己拉黑了。她立刻给他打电话，语音提示是空号。她的头发都竖起来了。

她拨打110报了警。警察让他提供此人的线索，她把他的网名、手机号和聊天记录给了警察。

一周后的一天，办案民警通知她到刑警队。她坐定以后，警察带进来一个男的。他低个，秃顶，两颗大门牙外露。这不是妹夫吗？警察说：“他就是骗你钱的高富帅！真名叫韩正奇。”

她目瞪口呆，半天无语。“兔子不吃窝边草，你怎么连我也骗？”

米娜上前要打她的妹夫，被警察拦住了。

韩正奇涉嫌诈骗，被判处有期徒刑三年。

她妹妹米梅知道真相后和丈夫离了婚。

不知道为什么，从那以后，米梅与姐姐米娜视若路人，也不再来往了。

插在门缝的纸条

抗战时期，北平地下工作者的另一条战线。

1939 年的深冬季节，北风呼啸，寒气袭人。北平的百姓迎来了入冬以来的第一场雪。

清早起来，南锣鼓巷里响起各种叫卖声。“馄饨，豆腐脑，热乎的早餐！”“鸡毛换灯草！”“老刀牌香烟！”

在房东小金太太的阁楼上，陈先生活动着身子，抬手抽掉木栓，吱扭一声推开双扇木门。他正要跨出门槛，却发现脚下有一张折叠着的纸条。

他弯腰捡起来，打开一看，上面用毛笔写着两行字：“今天上午 10 点钟以前，必须到后海白塔前去见你的老朋友，不去后果自负！”

简直有点莫名其妙嘛，自己从上海到北平来不过半年时间，在这里孤身一人，举目无亲，哪有什么朋友？

他又怕万一真的有事给耽误了。

陈先生犹豫再三，最终还是走下阁楼，坐上一辆黄包车，冒着风雪，来到后海公园。

陈先生在白塔前忐忑不安地转悠了三个时辰，也没有看见什么人来找自己。他有些生气，步行到街口，喊来黄包车，回到南锣鼓巷。

奇怪！当他打开房门时，又一张纸条掉了下来：“你躲过了一劫，有人在你的阁楼下安装了炸弹，10 点种爆炸。你走后，有人把炸弹取走了。这里不安全，你必须赶快搬家！”

我一个文化人，平生与世无争，谁会暗算我？陈先生百思不得其解。

姑且再相信他一次。陈先生带上简单的行李，搬到了东四大街的报房胡同，在那里租了两间房。

陈先生以为这下安稳了，谁知第二天早上他又看到一张纸条从门缝里塞进来：“晚上 7 点到德隆酒吧，有一个拿《新青年》杂志的姑娘等你。”

晚上 6 点 50 分，陈先生走进德隆酒吧。他环顾四周，并没有一位拿杂志的姑娘。他找了一个空位坐了下来。

他打算等一会儿就回报馆去加班改稿子。就在这时，一个穿豆沙色风衣的高个子姑娘飘然而至。她摘掉墨镜，把手中的《新青年》杂志放在桌子上："如果我没有认错的话，您就是陈先生？"

陈先生礼貌性地欠了欠身子："是啊，您请坐。"

姑娘说她叫白雪，非常喜欢先生的文章。她压低声音说："您在《大公报》发表的那篇杂文，戳中了国民党的软肋，戴笠安排特务要暗杀你。获得这个情报后，组织派人保护您。现在局势还在恶化。上级要求我和您面谈一次，如果您愿意，就到解放区去，到延安去。那里欢迎有文化、有民族气节的人。"

陈先生松了一口气，原来是这样！他说："这样吧，容我向报馆交了辞呈后，就动身去延安。"

姑娘莞尔一笑，飘然而去。

突然，有人喊道："快看，特务又抓人了！"

放在露台上的遗书

当真相大白之后，我们首先想到的是什么？

正是课间操时间，操场上一片欢腾。突然，一声尖叫：“有人跳楼了！”

警车呼啸而来。警察在楼顶发现了一封用圆珠笔写在作文本背面的遗书。

我叫林凤梅，今年17岁，出生在潮白河畔的马坡。

我喜欢唱歌跳舞，从小学到中学，我都是舞台上的活跃分子。1973年，我在红堡五七中学读书时，学校成立了文艺宣传队，选了29名男女学生，排练样板戏，准备参加汇演。指导老师有两名，一个是音乐老师柳鸿钧，他父亲是非常有名的作曲家。他自小受家庭环境的熏陶，对音乐非常痴迷，能拉手风琴、小提琴，能谱曲、填词、编舞，他导演的节目经常获奖。另一个老师，名叫肖巴春，是从后勤科抽调过来的。听说他原来是食堂做饭的炊事员，不知道怎么就当了指导老师。

节目彩排的时候，学区的文教专干过来观摩。临走，他当着我们的面，对两个老师说："你们好好努力，只要节目在汇演中获奖，给咱们学区赢得荣誉，你们两个当中就有机会产生一个副校长。"

柳老师对此不感兴趣，只是说："您放心，我一定用心排好节目。"肖巴春听后像打了鸡血，非常兴奋。柳老师学识渊博，品德高尚，他当副校长最合适。大家都这么认为。

有一天下午，肖巴春把我叫到他的办公室，关上门，诡秘地对我说："学区给咱们宣传队分来一个推荐上大学的名额，你想不想要？"

"我当然想！"我高兴地跳了起来。

"你想要的话先得做一件事。"

"什么事？"

他从抽屉里取出几张纸："你把这封信抄几份寄出去。"

我接过来一看，是一封检举信。信中说在某年某月某日某时，柳老师在他的房间以导戏为名强奸了我……

“这不是陷害柳老师吗！这个大学我不上了。”

“你要是不答应，别说上大学了，宣传队也不要你！你也别想走出这个屋子！”说着他从抽屉里拿出一把尖刀放到桌子上。

我吓坏了！“我写，我写，你别杀我。”

他看我答应了，又叮咛道：“信寄出去后，会有人来调查，你必须按照信上写的说，否则，小心你全家的性命。”

之后，果然，有人来找我了解情况，听说肖巴春还写了证言材料。柳老师被开除公职，并以流氓罪被判处三年有期徒刑。

我等了好长时间，也没有通知我上大学的消息。汇演已经结束，肖巴春如愿以偿地当上了副校长。我去找他询问，他怪怪地看着我说：“你影响不好没法儿推荐。”

一听他这个话，我肺都气炸了。为了上大学，我诬陷了柳老师，也把自己搞得声名狼藉。在别人眼里，我是一个坏女孩，我走到哪里，都有人围观、指点。

一看我生气了，他却笑着说："不过，就看你的表现了，如果你让我满意，我会帮你想办法的。"说着走过来要解我的衣扣。我一把推开他："坏蛋！骗子！"

我跑回家大哭一场。家里人想把我远嫁到南方去。我不甘心就这样被毁。我的梦想，我最憧憬的理想生活还没有开始。

现在，没有人相信我。

我只有以这种方式向人们证明自己的清白，同时也向柳老师谢罪。别了，老师、同学、亲人们！

牛大的茶壶盖

"三思而行"这四个字，价值万金。

北京收藏界发烧友牛大，手捏两个文玩核桃，经常在潘家园、琉璃厂、大栅栏等地的大街小巷转悠。

他为人张扬。他淘了一个清代乾隆年间的紫砂壶，据说非常值钱。牛大特别喜欢这个茶壶，也经常在人前炫耀。

有一天晚上，牛大在睡梦中和人打斗，手舞足蹈，糊里糊涂地把茶壶盖拨到地上。牛大非常心疼，心想，没有盖子，茶壶就残缺了，还要它干什么。牛大顺手把茶壶从窗户扔了出去，气呼呼地睡去了。

第二天早晨，牛大醒来一看，茶壶盖并没有摔碎。他惊喜地拿起茶壶盖抚摸着，好像抚摸他心爱的孩子。

可是，他又一想，茶壶都没有了，还要这盖子何用？他气恼中抬脚把茶壶盖踩了个粉碎。

牛大撒完气，感到心中舒畅了许多。他洗漱完毕，梳梳稀疏的头发，整整衣衫，准备去散步。

他背着手，跨过木质门槛，一抬头，发现茶壶竟然完好无损地挂在窗前的苹果树枝上，风一吹还晃悠。

见此情景，牛大气得咬牙跺脚拍脑门。可惜！可惜！可惜！好好的一个盖子让我给踩碎了！茶壶没有盖子，还叫茶壶吗？他后悔死了！

牛大就是牛大，他从树枝上取下那个没有盖子的茶壶，去找文物复制商给他做了一个盖子。他把茶壶拿到一个鉴宝节目，让专家给估价。专家用放大镜看了几遍，说：“这个壶是个老的，很珍贵，可惜盖子是后配的，这样价值就大大打了折扣。”

牛大听了专家的话，悔恨交加，怔在了那里……

意外归来

长亭送别，断桥伤离。离别，对于他俩而言，却有着不同意味。

蔺红莲与她的男朋友蒋环阳双双获得了出国留学的资格，两人高兴地抱在一起雀跃欢呼。就在他们准备行装，打算一起到法国巴黎留学的时候，却收到了院方的通知：只有一个指标，他们两个这次只能先出去一人。

院方让蔺红莲先去学习。可是，蒋环阳说他年龄大了，怕以后没有机会。他恳求蔺红莲把这次机会让给他。他承诺四年后留学归来就和蔺红莲结婚。

蔺红莲心想，反正都是自己人，自己以后再去也不晚。她就把这次机会让给了蒋环阳。

北京国际机场3号航站楼国际出发口，两个年轻人深情吻别。蔺红莲脸上挂着泪珠："你走了，我太寂寞了。"蒋环阳抚着恋人的肩头说："四年很快就过去了，你等着我，一回来咱们就结婚。"

"你要保重身体，别熬夜！"

离别是伤感的，但也是温馨、甜蜜的。

男朋友走后，蔺红莲就开始作结婚准备。她给自己订做了漂亮的婚纱，给蒋环阳订做了西服，买了领带、衬衫、皮鞋。她还买了十字绣，一有空就绣鸳鸯、并蒂莲、红双喜。她在为那个幸福的时刻准备着一切。

四年终于过去了，可是，迟迟不见蒋环阳的人影。蔺红莲有些担心，打了国际长途，他的手机关机，无法接通。

蔺红莲猜想着许多种可能：他的手机可能没有电了，他也许正在飞机上……

过了半个月，还是杳无音信。她有些着急，更是有些担心。她打开电视看新闻，也没有飞机失事的报道。她忐忑不安，就去找蒋环阳一个卖早餐的亲戚打听。

那个人说蒋环阳在巴黎和一个名叫赵曼丽的上海姑娘结婚了。赵曼丽的外祖父在法国经商，把香榭丽舍大街的一套洋房送给他们作了婚房。听说他们还要移民到法国。那人劝蔺红莲不要傻等了。

她满怀希望地等待了四年，等来的却是这个结果。这个消息犹如惊天霹雷，把她击垮了。她欲哭无泪，只有悔恨。她跌跌撞撞回到宿舍，翻出她和蒋环阳的合影，用剪刀把蒋环阳剪得粉碎，又把婚纱、西服、绣品统统拿到垃圾桶里一把火烧了。

打那以后，她变得沉默寡言，老是坐在一个地方发呆。

终于有一天她在过道等到了回来办手续的蒋环阳。他看见蔺红莲之后，有点不自然，马上又故装镇静地说："真巧啊，我打算安顿好了去看你。我给你买了香水，可是忘了带，落在巴黎的公寓了。"

"你为什么背叛我？"蔺红莲盯着眼前这个男人，

两眼冒火。蒋环阳哈哈一笑："世界这么大，我想换个活法。"

"你这个披了一张人皮的薄情郎，人在做，天在看，你不会有好结果的！"

"我现在学位、洋房、汽车、美女全有了，还是现实一点吧。"

"我再也不想看到你！滚吧！"

蒋环阳红着脸赶快离开了，生怕同事看见笑话。

蔺红莲跑到院子里去大哭了一场。

从那以后，她把自己锁在家里用音乐疗伤，下功夫钻业务，这样一天一天打发着日子。

半年后的一天，她听见有人敲门，开门一看，蒋环阳站在门口，一副落魄的凄惨样子。

"你来干什么，你不是移民到法国去了吗？"

"赵曼丽去了，我被卡住了。我们离了。"蒋环阳乞求说，"红莲，咱们和好吧？"

蔺红莲挡在门口，冷笑了一声："你以为你意外归来，我就会感激涕零？我不是感情的叫花子，也不是你的一件衣服，想穿就穿，想扔就扔，更不是你的备胎，落难的时候才想起我。做梦去吧，我就是一辈子不嫁人，也不会跟你这样无情无义的人和好的！滚吧！”说着“啪”的一声关上了房门。

后来，蔺红莲去法国巴黎留学。一个偶然的机会，她认识了赵曼丽，并成了朋友。有一次，蔺红莲问她：“你和蒋环阳离婚只是因为他不能移民吗？”

“不是，他不是男人……”

扶不扶?

不顾别人的误解，勇敢地对临危者施救，你会这样做吗?

北京和平里那地儿，是一个相对集中的办公区。在一栋老式大楼里挂着许多企业的牌子。

陈诚每天骑着自行车去那里上班。他是一个典型的 90 后，一件紫色夹克，一条牛仔裤，一双系带子的帆布鞋，头上扣着一副耳机。

这是一个秋天的早晨，太阳刚刚出来，彩霞染红了东边的天空。陈诚迎着初升的朝阳赶着去上班。

走到和平里中街，他突然发现前面路边的绿篱旁边躺着一个白发老太太，急忙下车前去查看。“大娘，您怎么啦？大娘……”

老太太右手捂着胸口，直翻白眼，说不出话来。旁边倒着个菜篮子。

陈诚赶紧把老太太抱上自行车，推到附近的医院抢救。医生一边给她诊治，一边让陈诚去缴费。

“不是我妈，我是路人甲。”

陈诚到缴费窗口交了押金后返回抢救室。这时距离上班刷卡签到的时间只差5分钟了。他焦急万分地对医生说：“我得去上班，迟到了老板要扣我工资。”

医生瞅了他一眼：“那不行，你不能走，你走了我们找谁去！”

无奈，陈诚只好给老板打电话请了半天假，说他有急事脱不了身。

两个小时后，老太太终于从昏迷中醒过来了。医生询问她的家庭情况。她说女儿叫刘芳，在网络公司上班。医生让陈诚给她女儿打电话。

不一会儿，一个穿着时髦的姑娘来到了医院。她一看母亲躺在抢救室里，立刻脸色煞白，盯着陈诚问道："是你撞了我妈？"

"不是！我没有撞她！"陈诚说，"我路过，看见她躺在那里，就把她送到医院来了。"

刘芳又问母亲："您看是不是这个小伙子撞了您？"

老太太有气无力地说："可能是吧，我眼前一黑，什么也不知道了。"

医生建议老太太住院治疗。刘芳说："那就住吧，给我母亲用最好的药。"

老太太在医院住了28天，花费4万多元。刘芳坚持认为是陈诚撞了她的母亲，要他负担医疗费用。陈诚不答应。他说："我好心好意救了你母亲，反倒有罪了，真是怪事！"

刘芳说："不是你撞的，你为什么把她送到医院，还掏钱抢救？这就说明你心里有鬼。"

两人为此事纠缠不清，最后起诉到法院。医院鉴定，老太太是心脏病复发，身上并没有被撞伤的痕迹。交警部门也从监控录像中还原了老太太昏倒的全过程：她自己发病倒在路旁，没有人撞她。

医生对刘芳说："要不是小伙子及时把你母亲送到医院来，你就没有母亲了，你怎么还恩将仇报呢？"

她打电话想约陈诚当面道谢，并表示歉意。陈诚不接她的电话。

自从那件事情发生后，陈诚一直在扪心自问：难道我做错了吗？

有一天，寒风呼啸。他站在街口等绿灯。面前一个背书包的小男孩竟然在吃雪糕。他很诧异："小朋友，这么冷的天，吃雪糕会伤了你的胃！"

那小孩转身瞅了他一眼："我爷爷活了105岁……"

"是雪糕吃的？"

"不是。"

"那是什么？"

"他从来不管闲事！"

他本想善意地提醒一下，没想到反倒让小屁孩给教训了一顿。他感到特别郁闷。

光阴如梭，转眼又到了炎热的夏季。一天，老板派他到北京大饭店去给一个客户送资料。他从地铁口出来，发现那里围着几个人，一辆电动车倒在路旁，一个女孩坐在车旁哭，地上有血迹。

旁边有人说，一辆大货车转弯时挂倒了电动车，肇事车辆逃逸。女孩受伤站不起来。有人说："得赶快救她。"有人说："这种事情管不得，撇不清的麻烦！"

因为之前的那一出，陈诚决心不管闲事，走自己的路。可他只走了两步，突然有一种负罪感。他一边掏出手机拨打120，一边跑到伤者跟前准备察看她的伤情。他惊呆了，伤者竟然是刘芳。她一看是陈诚，有些尴尬地转过头去。

很快，救护车呼啸而来，他和医护人员一起，把她抬上救护车。

若干年后，刘芳成了陈诚的妻子。

名人大作

名人的作品不一定件件是精品，有些名作常常出之民间无名之辈之手。

某区策划组织一次全球华人文学大赛。为了扩大影响，提升品位，通过各种关系，邀请名人参加竞赛活动。一位旅居京城、头衔颇多的名人半推半就接受邀请，从网上发来了他的大作。

半年之后，这位名人无意中在网上看到了那次大赛的获奖名单。他心想，凭借自己的名望、地位、影响，在一个区级的比赛中肯定获得的是一等奖。他把名单上的一二三等奖全部看完了，也不见自己的大名。他感到非常奇怪，继续寻找，最终在鼓励奖的末尾看到了自己的名字。

岂有此理！他觉得这是对自己莫大的侮辱！他立即拨通了区文化馆长的电话，质问他是什么意思？

馆长非常平静地说："大赛的宗旨是推崇精品。您确实是名人，但是，恕我直言，你这一篇随笔比较平淡，没有特色。之所以评为鼓励奖，也是看您的面子照顾的。"

名人扔下电话，倒在沙发上，捂着胸口咬牙切齿地咒骂着，把他好久没有使用过的粗话、脏话、狠话全部发泄了出来，完全没有了展现在电视上的那种雅致、气度和风采。

他想来想去感到这口气难以下咽。他打开网络，匿名发了一张帖子，说某区的大赛违规操作，是欺诈行为，呼吁广大参赛者与他们这帮骗子斗争到底！

第二天，他打开那个网页，希望看到跟帖声讨和主办方的检讨。没有想到，在他的帖子后面是区文化馆长的留言，而且直呼其名。

馆长说，接到群众举报，他的参赛作品是抄袭一位学生的获奖作文。这名学生已经向法院起诉，告他剽窃，要求经济赔偿。他在网上辱骂、污蔑大赛组委会的证据已经被采集和收录。请他等着法院的传票。

名人爬在电脑桌上剧烈地咳嗽起来。

屋里的老式座钟在空旷死寂的豪宅里发出了当当当的响声。

三叔的好日子

改革开放之后，他的生活和精神上有哪些变化?

堂兄打来电话，说农历九月初九是三叔的八十大寿，希望我能回来，和家族的人在一块热闹热闹。其实，我早想回到故乡看看，我留恋故乡的山，故乡的水，故乡的亲人。

小时候，我和堂兄一块上学，一块玩耍，虽说生活比较清苦，但是非常快乐。

三叔家的院子在我家隔壁，我记得他家的街门只有一个木门框，用枣刺捆成捆一排排立在那里当作院墙。院子里，只有两口土窑洞。

在我的印象中，三叔是一个高个子，非常瘦，两个颧骨特别突出。他是一个勤劳的农民。他有一男三女四个孩子，和年迈的三奶奶。我没有见三叔穿过什么新衣服。夏天的时候，他用玉米叶子拧成绳，做成草制凉鞋。冬天，他穿的棉鞋前面露着脚趾头，后面露着脚后跟。我经常见三叔坐在饲养室的屋檐下，用锥子、麻绳、破布片补鞋。除了夏天，他腰里总是扎着一根麻绳。

和别的农民不同的是，三叔的腰里总是别着一个铅笔头和一叠麻纸。那时候，村上的墙壁上刷着很大的方块字，三叔得空就蹲在墙根，照着墙上的字在麻纸上描。有一天，我在村头滚铁环，又看见三叔在描字，就好奇地问他："三叔，你描这字有什么用？"

他转过身来朝我笑了一下，说："我小时候家里穷，上不起学，特别羡慕有文化的人，学几个字没有坏处。"

日积月累，三叔竟然能帮助队里记工分、读报纸，成了一个"文化人"。

三叔家的日子过得非常艰难。随着孩子一天天长大，住宿成了大问题。我的三个堂姐和三奶奶睡一孔窑，三叔和三婶住一孔窑，堂哥没有地方睡，有时候去饲养室借宿，有时候来我家和我挤一起。

三叔家人口多，劳力少，那时候生产队按工分分粮，三叔家的粮食不够吃，细粮就更少了。我记得三奶奶六十大寿那天，三婶到我家借了一碗麦面，给三奶奶擀了一顿长寿面。平时他们早晨吃高粱面汤搅团，中午吃节节面（也是杂粮），来了亲戚才吃一顿白面。上学的时候，堂哥用手帕包着一个小豆团子当午餐。

在返回故乡的途中，过去的生活状况一幕幕展现在我的脑海里。如今的靠山屯不知怎么样了。到了县里，我搭乘村村通班车回到久别的靠山屯。如今的家乡变得我不认识了：宽阔的柏油马路一直通到村口，五谷的清香随风袭来，让人心旷神怡。一排排整齐的房屋，红瓦白墙，煞是好看。

好容易打听到三叔的新家，却发现大门上了锁。询问邻居才知道，三叔一家在县城买了商品房，平时就住在城里，只有农忙时全家人才回来住上一段时间。

我又返回到县城，在河滨小区找到了三叔在城里的新家。抛开屋子的豪华装修不说，那个文化氛围就让我这个玩文字的人都感到自愧弗如。

三叔精神矍铄，满面红光，看不到一丝过去常见的愁容。他上身穿一件黑色夹克衫，下身是深蓝色的牛仔裤，脚上踩一双时兴的旅游鞋。

三叔的生日过得与众不同，三个女儿送的礼物也出乎我的意料。大女儿送的是柳公权和王羲之的字帖，二女儿送的是书法字典，三女儿送的是一个笔记本电脑，我的堂兄送的是一套文房四宝。

我感到诧异：送这些东西，对于一个农民来说有用吗？席间，堂兄的儿子小刚对我说："您不知道，我爷爷正在老年大学学书法哩。"三叔亲昵地在孙子头上摸了一把："怎么？老了就不能上学了？"

小刚忽闪着大眼睛："行倒是行，不过，万一哪天老师通知你开家长会，我看你怎么办？"

众人大笑。我发现，家乡不光是环境变美了，更重要的是人的精神境界大变样了。欢乐的气氛感染了我，我举起酒杯："三叔，今天是您的好日子，我祝您福如东海，寿比南山！"

三叔接过酒杯一饮而尽，笑着说："感谢新时代带给人们的福祉，三叔的好日子，就是中国老百姓的好日子！”

问　路

都市容易迷路，人生呢？

我刚走出地铁口，一个时髦女郎站在我的面前。

“请问美廉美超市怎么走？”

我朝南边指了指。

“您好，我叫聂小倩。”

我突然想起蒲松龄《聊斋志异》中的狐仙聂小倩，不由得朝地坛公园望了一眼，心想，该不是那树林里跑出来的狐狸精吧。

继续赶路。她跟着我一起走。

她一路喋喋不休：“其实我认识您，就想找您问一问，怎么才能写出那么厚的一本书？您给我也指指路，我也想当个作家。”

出于礼貌，我应付着她的问话。

“你主要写什么体裁的作品？”

“散文、小说、诗歌、评论，什么都写。”

我们已经走过了美廉美超市，她还跟着我。这时候，她从包里掏出一支签字笔，要我给她留个联系方式。一时找不到纸，她竟然伸出手，让我把号码写在她的手心里。

我对她说：“抱歉，我要去开会，有时间再聊！”

不久，她在网上给我发来两篇散文让我指导。我浏览了一遍，感觉那纯粹是流水账，文字也很蹩脚。她催我给她反馈意见。我犯了难：说实话吧，很可能给她泼凉水；说鼓励她的话吧，很可能误导她。

我想了想，委婉地表达了我的意见。我说我请一位资深的文学编辑看了稿子，他说让你好好读书，好好练笔，不要急于发表。

她显然不高兴，好长时间没有和我联系。

秋天的时候，一家刊物在香山组织笔会，邀请我参加。我本来不想去，但是，又不好驳主编的面子，就答应去看一看。

我来到度假村，在大堂报到的地方，看见了聂小倩。她正在拿着一叠百元大钞交会费。

我说：“你花这么多钱来参加笔会？”

她说：“就想认识几个编辑，以后发表稿件方便些。”

不久，我收到一本名不见经传的文学期刊，上面登载着聂小倩的一首现代诗，还配有照片。我仔细读了一遍，感觉那不是诗，只是在形式上把汉语句子堆起来而已，也没有什么意境和思想。

她在网上兴高采烈地告诉我她的作品发表了。

国庆节前夕，聂小倩来找我，说她的文集出版了，要组织研讨会，邀请我参加。我说：“到时候看吧。”

她说：“您一定要去啊。”

她的所谓文集印出来后，寄给我一本。我翻了翻，没有书号，是自己印的。里面的文字是大杂烩，什么都有，就是不见文学。后来我借故没有去参加研讨会。

有一天，我上网时无意发现一个网站上有聂小倩的专访，题目是：探寻文学之路的时代美女。

我想，人经常会迷路，迷路了就需要问路，为的是少走冤枉路。人生之路是不是也需要问一问呢？一旦迷失方向，误入歧途，会耽搁一辈子。

去北京过年

一个特别温暖的故事！

这次返回山西老家，我肩负着一个特殊的使命。我不知道能不能完成任务，心里一直不踏实。

从北京坐火车到太原，又从太原换乘汽车到县上，再搭上中巴回到村上，已经傍晚时分了。

当我推开虚掩着的木门时，父亲正在院子里砍柴禾。他非常惊讶："你怎么又回来了，国庆节不是刚回来过吗？"

母亲听见我和父亲说话，从厨房出来迎我。

父亲说："快过年了，你现在回来是不是春节就不回来了？"

我没有回答父亲的话，问母亲："妈，我太饿了，有什么吃的吗？”

母亲用疼爱的目光看着我：“中午剩的小米粥，我和你爸准备热一热，调一盘胡萝卜丝凑合着吃点儿。你回来了，妈给你煮挂面，咱家还有鸡蛋……”

我打断她的话：“妈，我就想吃小米粥。”

吃完饭，我给父亲点上烟，笑着对他说：“我这次回来有重要的事情，有关您和我妈……”

父亲笑着说：“我知道，你又要我们去体检，我告诉你，我不去，庄稼人没有那么娇气，花那个钱干啥。”

我只好揭开谜底。我告诉他，我这次回来是要接他们二老去北京过年。领他们去天安门照相，去前门大街看老字号，去逛地坛庙会……

我父母一辈子待在这个小山村里，最远只去过一回县城。他们连火车也没有坐过。他们为了供我上学，吃尽了千辛万苦，每每想起他们的养育之恩，我都泪目。

我大学毕业后考上了公务员，在北京一个国家机关上班。婚后，我们贷款买了一套四室两厅的单元房。如今，父母年龄大了，我们在千里之外，日夜牵挂。

往年过年，我们匆匆忙忙回到家里待几天。父母千方百计给我们做好吃的，比平时还忙碌。每当我们踏上归途的时候，看着父母眼中的落寞，我们的心里也酸酸的……

父母听说我要接他们去北京过年，有些惊讶。父亲说："我们这一辈人，在农村待久了，生活习惯跟不上时代。我们去了，会给你们添麻烦。只要你们过得好，那就是爸妈最高兴的事了。"

母亲看着我说："你媳妇是大干部的独生女儿，听说她娘家住的是独栋别墅，还有武警站岗。我们这些农村人去北京和你们一起过年，你媳妇同意吗？"

我对爸妈说："就是她让我回来接你们到北京去过年的。休假的时候，她把你们的卧室已经准备好了。她知道爸爸爱看书，还专门给您买了护眼的台灯……"

父亲一脸高兴："你小子这辈子最大的福气就是找了一个贤惠的好媳妇。"

母亲说："那我们买一些家乡的年货带上，还要给亲戚们提早捎话让他们不要来老家拜年了。"

父亲说："买火车票就买硬座，卧铺太贵。"

我笑了："爸妈，你们辛苦了一辈子，还这么节俭。我告诉你，您媳妇已经订了太原到北京的机票。明天上午我们就去武宿机场坐飞机。"

这一夜，父母房间的灯光亮了许久。

第二天早饭后，我和父母乘坐飞机到了北京国际机场。在机场出口处，我看见儿子手举一个醒目的牌子，上面写着一行大字："欢迎爷爷奶奶到北京过年！"我发现父母的眼眶湿润了，他们把迎面跑过来的孙子紧紧地揽在了怀里。

儿子对我们说："我们赶紧回家吧，我妈在家里做好饭等你们回来。"

北京的阳光如此温暖。

一张反对票

一张反对票，既是父亲对儿子的鞭策，也是他对儿子的爱。

阳春三月，万象更新。静海清官屯村委会换届选举时间到了，选民登记工作已经结束。

村主任张玉山回到家里，和父亲说起这件事情。父亲张兆虎早年也曾担任过村支书，他对民主选举打心眼里赞成。儿子心事重重地说："这次如果落选了，我就到城里打工去。"

父亲在揉旱烟叶子。他瞅了一眼儿子："你为什么会落选？"

张玉山喝了一口浓茶，一边嚼着喝进嘴里的茶叶一边说："我当村主任这些年得罪了不少人。为了修路，我平过两家人的祖坟；为了建设新村，我让人拉走了几户的'三堆'；为了修建塑料大棚，我和三婶吵过架……他们一定记恨我，这次一定会投反对票。"

父亲点燃旱烟锅吸了一口，说："群众的眼睛是雪亮的，只要你真心为老百姓办事，即使他当时想不通，过后会想通的。当干部就要干事，那是职责所在。"

选举这天，天空晴朗，微风和煦。村委会大院的墙壁上挂着红色的横幅，全村的老百姓在院子里挤着。

选举大会由现任村支书任镇铎主持，乡上派来两名指导员坐在主席台上。推荐的候选人有两名，每个选民只能选一人。

大会通过了监票人、计票人名单，宣读了选举办法，就开始投票。计票结束后，主持人公布选举结果：全村有合法的选民678人，张玉山得赞成票677张，反对票一张。结果公布之后，全场自发起立，长时间鼓掌。

主持人对着麦克风大声说：“请张玉山主任上台讲话！”

村民们欢呼着又鼓起掌来。张玉山有些激动，他走到台前，向大伙深深地鞠了一躬：“老少爷们，乡亲们，你们信得过我，我就继续给大家跑腿办事！”

又是雷鸣般的掌声！

回到家里，张玉山冷静下来，和父亲说起那一张反对票的事情。父亲问儿子：“你猜这一张反对票是谁投的？”

张玉山思忖着说：“可能是二翠，她不孝敬婆婆，我黑着脸训过她。”

父亲笑了笑，摇摇头。

张玉山又回想着说："那就是赵四爷，他骂我没有把太阳能路灯安在他家的大门前……"

父亲还是摇头："赵四爷不是那样的人。我告诉你吧。"

"谁？"

"我！"

"为什么？"

"怕你飘，要你踏踏实实地做人做事。"

舍南舍北皆春水

特殊的岁月，特殊的情感。

1968 年夏季，天气特别闷热，有一种透不过气来的感觉。

渭河南岸，秦岭脚下的秦峰机械厂一片混乱，工厂已经停产。

厂长何云柯被打倒。这天，他被折腾了一天后，又累又饿，拖着疲惫的身体，蹒跚着走回家。没想到，妻子锁了房门，不让他进屋，说要与他划清界限。

何云柯悲愤交加，觉得自己走投无路了。他漫无目的地走出住宅区的大门。

他来到得月湖畔，坐在一块坚硬冰凉的石头上，望着远处的山峦和云彩，越想越觉得憋屈。自己由上海来到西北，从这个三线厂的筹建到投产，耗尽了自己的心血，没想到今天竟落了个这样的下场。

他深深地叹了一口气，一跃跳进了幽深的湖水里。

在得月湖岸边，有一位妇女正在洗衣服，她叫姚晓红。远远看见有人突然跳湖，她大喊一声“救人”，随即跳入湖中，游向湖中的那个人。好在她学过游泳，拼尽最大的力气，把那个男人拖上岸。一看他的面容，姚晓红大吃一惊：怎么是他？这个人可是她的仇人啊！

5 年前，姚晓红是秦峰机械厂三车间的一名电工，一次她在工作中分了心，导致起火，烧坏了一台进口的机器。事故发生后，何云柯开除了姚晓红的公职。

姚晓红失去了工作，丈夫也绝情地和她离了婚。姚晓红靠给人缝补衣服，维持简单的生活。

没有想到，今天自己救下的竟是他。看到何云柯狼狈的样子，姚晓红不由得动了恻隐之心，她安慰他说：“别那么想不开，你这样死去不是太冤了嘛。”

何云柯发现救他的竟然是姚晓红，想起了她被自己开除后来厂里闹的情景。“你不该救我。”

“你把我当成什么人了！见死不救那还是人吗？”姚晓红说，“我当时是有气，但是，我不怨你，是我自己闯了大祸。”

姚晓红收拾好自己洗干净的衣服，端着盆子，扶何云柯回到了自己家里。

她放好热水，让他洗了澡，换上丈夫留下的衣服，还给他煮了一碗挂面，卧了两个荷包蛋。这是何云柯被打倒后吃得最好的一顿饭，他在心里对姚晓红有一种不能言表的感激之情。吃完饭，他要走。他不想连累这个善良的女人。

“你到哪里去？”

“我也没有想好，离开这个地方，随便哪儿。”

姚晓红拦住他说：“现在你还能到哪儿？你待在我这里是最安全的，他们都知道我和你有仇，不会想到你藏在我家，你就好好待着吧。”

姚晓红看出了他的心思，诚恳地对他说：“那件事情过后，我想通了，你那样做是职责所在，你不要老为过去的事情纠结，你过去不是教育我们要向前看嘛……”

何云柯的眼眶里噙满了泪水，他转过身去，抹了一把脸。她心里隐隐作痛，扶他在凳子上坐下，劝他一定要放宽心，日子会好起来的。

从此，何云柯就在姚晓红的家里落了脚。她给他买了报纸和一些书，让他了解时事，解闷、排忧。她每天出摊的时候，就锁了房门。

姚晓红走后，何云柯在饭桌上发现了一张纸，上面写着唐代诗人杜甫的七律《客至》：“舍南舍北皆春水，但见群鸥日日来。花径不曾缘客扫，蓬门今始为君开。盘飧市远无兼味，樽酒家贫只旧醅。肯与邻翁相对饮，隔篱呼取尽馀杯。”他心里百感交集，难以言表。

一天，姚晓红刚收拾好摊子，何云柯的妻子扭扭捏捏地走过来。她拿出一套旧军装，说太大了，来让她给改一改。姚晓红接过军装，给她量身。

“听说何厂长失踪了，你没有找一找？”

“我找他不是自找倒霉吗！他永远不要回来才好。”

姚晓红心想，这个女人心真恨！当年作为厂长夫人，荣耀无比，风光无限。如今，丈夫落难了，竟连一点夫妻情分都不念，太不是人了！

这件事情过后，姚晓红更加理解了何云柯心里的苦楚，对他照顾得更加周到，何云柯的身体状况也渐渐恢复了。

后来，形势有所缓解，何云柯到街道一个小厂去做工。妻子知道后，跑来找他去扯了离婚证。

再后来，何云柯被平反，落实了政策，被安排在市轻工局担任局长。前妻又来找他，哭着要和他复婚。何云柯说：“我这个人命运不济，今后还会有许多坎坷，和你复婚，害怕有朝一日又连累了你！”

前妻尴尬地离开了轻工大楼。

何云柯领到第一份补发的工资后，在酒店订了一个包间，要向姚晓红表达他的谢意。等他去找她时，她早已离开这座城市，到儿子那里去了。

云在远山外

看到的不一定是现实，听到的不一定不真实。

外甥从昆山给我打来电话，说他的一个朋友要来北京买一把二胡，想找一个懂乐器的人帮他挑一挑。他委托我来办这件事情。

他说这个人很仗义，叫张国英，并给我说了他的外貌特征、手机号和到站的车次、时间，让我到北京西站的灯塔下去等他。

因为我不认识他，特意做了一个写有他名字的牌子，放在身边。我在那里一边看手机，一边等他。这趟车到站后，客人都走完了，还没有见到他。我又等了两个小时，还是不见他的人影，打他的电话，无人接听。我正准备离开时，一个戴墨镜的时髦女郎走了过来，她看看我身边的牌子，说："您是接张国英的吗？"

我说：“是啊，您是哪位？”

她说：“我是和他同路的，快到站时，他突然犯病，我把他送到协和医院去抢救了，医生说需要交2万元手术费。他让我来找您……”

我上下打量了一下这个女人，说：“这样吧，咱们去医院看看再说，你带路。”

她有些不情愿，但又有点无可奈何的样子，慢腾腾地领着我走。我发现她走的路线与协和医院方向相反，说：“你对北京不熟，还是我带路吧。”

她神情有些慌张，不停地东张西望。我把她领到就近的一个派出所门口。那女人一看这地方，脸上变了颜色，转身就要跑。我一把拉住她。她扑通一声跪在了地上，连连求饶：“大哥，饶了我吧……”

她说她在网上买了一个窃听软件，听到了我和外甥的电话内容，就想骗几个钱花花。

我说：“张国英人呢？”

她说她在出站口截住他，告诉他，她是我的对象，并说我在来接他的路上出了车祸，正在医院抢救。她是来告诉他一声，还要急着去找医疗费呢。

张国英掏出1000元，对她说：“这个先给你，本来这是准备买二胡的钱。你先到医院去，我去找同学、亲戚再借点儿钱。”她把自己的银行帐号留给张国英后就来找我。

我立即给张国英打电话，告诉他不要给那个账户上打钱，她是个骗子。不料，他却说2万元已经打进账户了。可气的是，他始终不相信那个女人是个骗子。

慎　独

《中庸》：“莫见乎隐，莫显乎微，故君子慎其独也。”

我有一个早年的部属，分开已经多年。前两天，他给我写来一封长信，除了报告他进步的喜讯以外，有句话给我留下了非常深刻的印象。他在信中说，经过几十年的沧海桑田，他深深地认识到，批评别人是一种责任，是一种爱护；接受批评是一种自省，是一种成长。他能这样理解，我非常高兴，自己当年的苦口婆心没有白费。

七年前，我在渭北一个山区县政府办公室担任主任。当时，会议多、材料多，综合组人手不够。经领导同意，部门推荐，人事局考察，选调了两名从事文字综合材料的干部，他是其中之一。

记得他报到的时候，是九月初的一天。我正在办公室批文件，他背着一只黄挎包，敲门进来，怯生生地把介绍信放在我的桌边。他叫张国春，原来是寒水泉小学语文教员。

大约过了半年左右的一天上午，县政府召开常务会，快到时间了，可是卫生还没有打扫。我查了一下值班牌，是张国春在值班。通信员去找他，他竟然还躺在值班室睡觉。我非常生气，严厉地批评了他。

之后，我注意观察了一下张国春的工作状况。他很能吃苦。写出来的东西也还不错。因此，当综合组搭班子起草大材料时，我把他也吸收进来执笔。他在工作中得到锻炼和提高，我稍稍感到一丝慰藉。

后来又发生了一件事情。有一天，城建局长张西林跑到政府办兴师问罪，还要去找县长告状，被我拦住。一问，我才知道又是张国春惹了祸。张国春打着政府领导的旗号，从办公室借走了局里的小车，拉他的家属去走亲戚。小车半路翻到沟里，险些出了人命。这件事情很快传到领导耳朵里，主管县长明确要求将张国春调出政府办。我把张国春叫到我的办公室问清情况，狠狠地将他收拾了一顿，令他停职反省。我找到政府领导承担了政府办的领导责任，汇报了他的认识和检讨，建议再使用一段时间，如果确实不行，再做处理。领导点了头。

从那以后，我盯着他的一举一动，发现问题就狠狠地批评他。我看到他对自己的要求也比从前严了，工作能力在迅速提高，说话办事成熟多了。后来，领导再也没有提出要把他调出去的事情。

换届时，我离开了政府办，与他没有直接的工作接触了。

第二年的夏天，我的侄女从西北大学中文系毕业后回到家乡，被分配到了政府办综合组从事文秘工作。她喜欢让别人在她的笔记本上留言。周末时，我们家人在一块吃饭，她拿出那个漂亮的笔记本让我给她写几句话。我在上面看到了张国春的字。他现在是政府办副主任，成了我侄女的直接上司。他的留言只有两个字：慎独。

春天的祝福

岁月悠悠水东流。一段曾经的情缘斩不断、化不开。

渭北的春景格外迷人。垂柳丝丝如烟，迎春花灿烂如金；桃花、杏花的苞蕾，散发着淡淡的馨香；蔚蓝色的天空上白云朵朵，清澈的千河水欢快奔流……

我走出嘈杂的城中，来到河堤上散步。忽然，传呼机急促地震动起来。我打开一看，是家里的电话号码。留言说，有远客来访，速回。

我家住在城北一条古老的巷子里。到了家里，我没有想到来的是多年未见的秋香阿姨。

其实，她并不是我家的亲戚。20多年前陈秋香带着城市姑娘的天真和浪漫，怀着对广阔天地的无限憧憬，从古城西安来到我的老家，在这个贫穷偏僻的小山村插队落户。面对艰苦的生产条件和难以接受的生存环境，她的理想之梦破灭了，成天坐在小河边流眼泪。我母亲看着她可怜，就把她当成自己的妹妹来关怀，经常陪她说话，替她宽心，在生活上关心、照顾她。这样一来，她成了我们家的常客。

有一年的夏天，知青院里来了一个男青年，他个子很高，头发很长，戴着一副宽边眼镜，走路习惯甩着手。他背着一个黄挎包来找秋香。有人说他是她的同学，也是她的男朋友。后来，她就跟着这个叫张学成的男人离开了村子不知去了什么地方。

一直到第二年春暖花开的时候，她才回到队上，病也好了，人显得特别精神。那年公社分下来一个招工指标，她想回城，去找队长，队长说她不守纪律，离开队上连个招呼也不打。要让表现好的知青先走。她整整哭了一夜。我母亲劝她，她也不听。

父亲进了一趟城，回来后让我到知青院去叫秋香。

她来到我家后，站在门口，靠着门框，并不进来。父亲说：“让你回西安，我没有这么大的能耐。不过，最近县动力厂在招工，你如果愿意，可以推荐你去当一名工人。”母亲在一旁劝她：“一步一步来，当工人总比农民强嘛。”后来，她穿上劳动布工作服，当了一名女钳工。就在那年，我也进城到电信局当了学徒。

陈秋香当了工人以后，我们接触的比较少了。偶尔，我到动力厂去送电报时，在院里碰上她，说几句话。后来，听人说，她和张学成分手了，主要原因是两地分居，生活不便。她在厂里又谈了一个对象，是铸造车间的翻砂工，河南巩县人，父亲是个下放干部。在他们准备结婚时，父亲平了反，调回了北京。他母亲坚决反对儿子与陈秋香成亲。陈秋香受到强烈刺激，发誓再不找男人。她把自己打扮成男人的模样，穿着男人的衣服，留着男人的分头，并且学着像男人一样抽烟。一段时间，她成了我们这个小县城街谈巷议的新闻人物。

后来，张学成将她带回西安，托人把她安排在一个小书店里当营业员。

张学成的妻子听说丈夫和秋香的事后和他离了婚。张学成于是与陈秋香成了家。

张学成在一个军工厂上班，那个厂转制后，他下了岗，到一个私人的商贸公司当采购员。在运送一批货物的途中，发生交通事故，侧翻的大货车砸断了他的右腿。他的右腿被截肢，成了残疾人，工作干不成了，生活也不能自理。秋香辞掉工作，在家一边照顾丈夫，一边办家庭小饭桌，维持生活。

如今的秋香阿姨，衣着庄重高雅，气色红润。她打量着我说："光阴不饶人啊，我插队的时候，你还是一个小孩子，如今也人到中年了……"

她现在自己开了公司，是高新区一带有名的女强人。

她说她经常在睡梦里梦见我母亲给她做饭，给她梳头，帮她缝补衣服，她常常会哭醒。她说清明节快到了，她是专门赶来给我母亲上坟的。

好人一生平安，这是我心灵的呼唤，也是春天的祝福。

东亚经典文学译丛

名人

[日]川端康成◎著
马亦飞◎译

吉林出版集团股份有限公司
全国百佳图书出版单位

图书在版编目（CIP）数据

名人 /（日）川端康成著 ; 马亦飞译 . -- 长春 : 吉林出版集团股份有限公司 , 2025. 7. --（东亚经典文学译丛）. -- ISBN 978-7-5731-6985-3

Ⅰ . I313.45

中国国家版本馆 CIP 数据核字第 2025J2S343 号

DONGYA JINGDIAN WENXUE YI CONG · MINGREN

东亚经典文学译丛 · 名人

著　　者：［日］川端康成
译　　者：马亦飞
出版策划：崔文辉
责任编辑：杨　蕊
特约编辑：杜　佳
封面设计：刘　僮
版式设计：四季中天
出　　版：吉林出版集团股份有限公司
（长春市福祉大路 5788 号，邮政编码：130118）
发　　行：吉林出版集团译文图书经营有限公司
（http://shop34896900.taobao.com）
电　　话：总编办 0431-81629909
营销部 0431-81629880/81629881
印　　刷：三河市金泰源印务有限公司
开　　本：787mm × 1092mm　1/16
印　　张：12.25
字　　数：123 千字
版　　次：2025 年 7 月第 1 版
印　　次：2025 年 7 月第 1 次印刷
书　　号：ISBN 978-7-5731-6985-3
定　　价：56.00 元

目　录

一

第二十一世本因坊秀哉名人，于昭和十五年（1940年）一月十八日早晨，在热海鳞屋旅馆与世长辞，享年六十七岁。

在热海，一月十八这个日子很容易被铭记。因为在《金色夜叉》这部作品中，主人公贯一在热海的海岸说过一句话——“当月此夜月”。为了纪念这个日子，人们就把一月十七这个日子定为热海的红叶祭。而秀哉名人的忌日，就在红叶祭的第二天。

每年的红叶祭都会举办文学性活动。在名人去世的那一年，红叶祭的规模尤其盛大。除尾崎红叶外，还有两位已故文人高山樗牛和坪内逍遥，也与热海有着深厚的缘分。为了悼念三位文士，竹田敏彦、大佛次郎和林房雄三位小说家，都在前一年的作品中讲到了热海。三位作家也因此收到了来自热海市的感谢信。恰逢我在热海逗留，便出席了红叶祭的活动。

十七日晚，市长在我下榻的聚乐民宿设宴款待。十八日一早，我就被一通电话吵醒。在得知名人去世的消息后，立刻赶赴鳞屋吊唁。吊唁结束后回到旅馆，吃完早餐，又和参加红叶祭的作家与政府工作人员一起给逍遥扫墓献花，而后绕去了梅园。抚松庵的宴会过半，我就溜了出来，赶去了鳞屋，留下了最后一张名人的照片，而后便目送名人的遗体被运回东京。

名人十五日抵达热海，十八日便猝然辞世，像是冥冥之中选定了热海作为人生的最后一站。十六日我还造访了名人下榻的旅馆，与他对弈了两局棋。当晚回家不久，名人的身体状况突然恶化。也就是说，我是见证他与围棋缘分的最后一人。之前我曾经围观过秀哉名人引退前的最后一战，还写下了观战记，现在跟他下了最后一盘棋，并留下了他的遗照。

名人与我的缘分，是从东京每日新闻社安排我报道他的引退赛那会儿结下的。虽然是一场报社主办的围棋赛，但场面十分宏大，简直称得上空前绝后。对局于六月二十六日在芝公园的红叶馆开始，十二月四日在伊东的暖香园收官。整个赛程持续近半年，大大小小合计十四场博弈。我在报纸上以连载的形式、分成四十六回记录了这场比赛。然而赛程刚过半，名人的身体就撑不住了。从八月中旬到十一月中旬，一直休养了三个月，比赛自然也停滞了。或许是因为重病的缘故，整个比赛的氛围极其悲怆沉痛，仿佛这样一场比赛已然耗尽了名人的心血。在这场对弈过后，名人的身体一直未能恢复，一年后便拖着病躯辞世。

二

准确地说，名人引退赛的最终结束时间，是昭和十三年（1938年）十二月四日下午两点四十二分。名人以黑子二百三十七手终局。

名人一言不发地做着收尾工作，一旁的小野田六段低声问道："是五目吗？"

因为知道名人输在五目，他语气委婉，尽量不让这件事影响到名人，更不想让他再重温刚刚的比赛。

"是啊，五目……"

名人喃喃说着，眼眶发红，也没了收尾的心气。

对弈室里沉默着，没有一个人开口。仿佛是为了缓和这压抑沉重的氛围，名人平静地说道："如果我没住院的话，八月份的时候在箱根，比赛就应该结束了。"

随后他询问了工作人员自己花费的时间。

"白方用时十九小时五十七分钟……还有三分钟就满二十个小时了。"

负责记录的少年棋手回答。

“黑方用时三十四小时十九分钟……”

一般高阶选手下一盘棋的时间，大约是十个小时。然而这盘棋据说竟下了四十个小时，差不多延长了四倍。可见是极其惊人的一个时长了。这在围棋的时间规则出台以来，还是首次。

结束时将近三点，旅馆女招待端上了点心。人们都默默地吃着，视线依然聚焦在棋盘上。

“要不要来点红豆年糕汤……”

名人对自己的对手——大竹七段说道。

“非常感谢您，先生。”

临近终局，年轻的七段深深低头，向名人表达了谢意。他一动不动，两手恭顺地放在膝上，脸上露出几分疲态的苍白。

名人打乱了全盘的棋子。仿佛是受到前辈的驱使，七段也随意地将棋子扔进了棋盒。这期间，名人没有发表一句作为对手的感言，像往常一样若无其事地起身离开了棋室。七段当然也不发一言。不过如果他输了比赛，大概会说点什么吧。

我也回了房。在房间里不经意间望向窗外，竟然看见了大竹七段。只见他已然换上了常服的棉袍，独自坐在庭院的长凳上。他紧紧抱着双臂，低垂着头，脸色苍白，似乎陷入了沉思。冬日暮色昏沉，空旷的庭院更衬得他形单影只。

哗啦一声，我打开走廊的玻璃门喊他："大竹先生，大竹先生……"

然而他却只是嗔怒似的望了我一眼。我好像看见了他的眼泪。

我移开目光退回屋里，正赶上名人的夫人前来寒暄。

"感谢各位长久以来对名人的照顾……"

等我同夫人寒暄完，院里早已不见大竹七段的身影了。没过一会儿，他就又换上带家徽的正式礼服，恢复了常态，端正得体地和夫人一起，到各工作人员的房间寒暄致谢。二人还来了我的房间。

作为还礼，我也去了名人的房间。

三

长达半年的对弈终于决出了高下，第二天所有的工作人员就都匆匆忙忙陆续返程了。这一天正好是伊东线试运行的前一天。

岁末年初之际，正值温泉旅游的黄金时节。电车蜿蜒而至伊东町，整座城镇仿佛被一股欢腾的气息所笼罩，大街小巷皆洋溢着节日的喜悦氛围，宛如披上了一袭璀璨夺目、光彩照人的节庆华服。在那漫长的半年时光里，我与棋手们仿佛“罐头里的鳗鱼”，堆挤在这家旅馆之中，几乎陷于与世隔绝的状态。所以当我坐上返程的汽车时，瞬间被装点得璀璨夺目的街道吸引住了目光，心中顿时涌出一种好像从幽暗洞穴中挣脱而出的强烈解脱之感，仿佛重见天日。在新的车站周边，一条色泽如古老陶土般的泥泞小径赫然显现，而四周，简易搭建的居所鳞次栉比。这新开的街区，虽杂乱无章，布局随意，但在我眼中，它却闪烁着世间绝色的生命力。

公共汽车缓缓驶离伊东町。在沿途的海滨路上，一群背负着沉重柴火、手中紧握着里白草的女人映入眼帘。她们中有的将翠绿的里白草轻轻系于柴火之上，这一举动瞬间为冰冷的冬日注入了一抹温暖的人间烟火气，宛如穿越重重山岭，终见袅袅炊烟，心中涌动的是对喜迎新年的寻常生活的深深眷恋与不舍。我恍若刚从一个超乎寻常的梦境中清醒过来，重新踏入这充满生活气息的真实世界。女人们或许是在为即将到来的新年捡拾薪柴，为晚餐做准备。此刻的大海，被一层浓厚暧昧的冬意笼罩，阳光微弱而迷离，转瞬之间就暗淡下来。

然而，即便坐在汽车上，我的心绪却依旧难以从那位老名人的面影中抽离。也许当日他孑立在庭院中的哀思，已悄然渗透进我的心田，让人遐想无限。

工作人员纷纷离去，唯有老名人夫妇被留在了伊东的旅馆内。

在那场终极棋局之上，被誉为“不败传奇”的名人竟遭遇了前所未有的败绩。按常理而言，他应当迅速远离这片竞技场，就算是为了疗愈抱病的残躯，也应该早早离开这个环境，名人却置若罔闻。连工作人员和我等观战者目睹此景，都有一种逃离现场的冲动。然而，匪夷所思的是，这位昔日的围棋王者、如今引退赛的输家，却留了下来。难以想象在那一刻，他的内心是如何承受着绝望与虚无的煎熬。外表上，名人依然维持着往日的平静，带着几分茫然怔怔地坐着。

\ 三 \

名人的对手大竹七段早已离去。和膝下荒凉的名人不同，他的家庭生活十分热闹。

记得这盘棋落幕后的两三年，我曾收到大竹七段夫人的来信，从而得知了七段家中人丁兴旺，竟已有十六口人。这件事点燃了我的好奇之心，让我有了前去拜访的念头。或许在那样一个大家庭中，我能更加深切真实地感受到七段的性格或生活状态。后来七段的父亲仙逝，大家庭少了一员。我即刻决定前去吊唁，但其实真正动身时也已经距离葬礼一个多月了。因为是初次拜访，七段有事外出，是夫人热情地接待了我，将我迎进客厅。一番寒暄，夫人立在门口冲着屋里说道："快，你们都过来。"

啪嗒啪嗒，四五个少年呼呼啦啦涌进了客厅，充满孩子气地板板正正站成了一排。他们好像是七段的弟子，都是十一二岁到二十岁上下的半大孩子。其中一个少女身形高大，肩膀浑圆，脸颊红红的。

夫人把我介绍给孩子们。

"快向先生问好。"夫人招呼着这些弟子。孩子们纷纷向我行礼致意，我仿佛置身于一个充满温暖的大家庭中。他们的礼貌举止自然流畅，没有丝毫矫揉造作的痕迹。少年们行完礼就离开了客厅，偌大的居宅里顿时传来他们嬉笑打闹的声音。在夫人的引导下，我跟二楼的内家弟子对弈了一局。夫人不时端来点心给我们。那天我在大竹家待了良久。

原来一家十六口是包含了这些弟子的。不过其中有四五个家传弟子，这在年轻棋手中是绝无仅有的，也说明了他有极高的人缘和不错的收入。不过，也正因为大竹七段对家眷深沉的爱和细致入微的照顾，才会让家族之树开枝散叶。

作为名人告别赛的对手，大竹每天都待在旅馆里。在对局的日子里，只要一到傍晚，棋局暂停，他就溜回自己的房间，像往常一样迅速给夫人打电话。

“今日跟先生下到了……手。”

大竹性格谨慎，从不对棋局的具体环节多置一词。不过每当听到七段屋里传出的亲密私语，我都会不可自抑地产生好感。

四

在红叶馆的对战开始时，黑子白子仅各下一手，第二天也只是下到十二手。后面就决定把场地搬到箱根了。名人、大竹七段，还有所有的工作人员，一起转移到堂岛对星馆。当日，棋局并未继续展开。不过，对弈者之间毫无芥蒂。傍晚时分，名人豪饮了大半瓶美酒，谈笑风生间尽展其愉快的心情。

被引导至客厅后，他看见了一张涂着津轻漆的大桌子，于是便开始了有关漆器的话题。

“忘了是什么时候的事情了，我见过一个漆棋盘。那绝非简单的涂器，而是彻头彻尾、内外兼修的漆艺杰作。据说是青森的工匠倾注了二十五年的心血与智慧，潜心制作而成的。每一层漆都是等待上一层完全干透后再悉心涂抹，如此往复。无论是棋盘还是棋盒，皆为这精湛工艺的载体。曾经，这件艺术品也被送往博览会，标价高达五千，却未能觅得知音。无奈之下转至日本棋院，价格也降到三千，不知是否找到它真正的赏识者了。听说它比一个成年人还重，竟然有五十公斤，真是太惊人了。”

名人说罢，望了望大竹七段。

“大竹，你又胖了。”

“我有六十公斤了……”

“哦？比我重了一倍，但年龄上却不及我的一半……”

“我也三十岁了呀，先生。话说真惭愧呀……想起拜先生为师，入府问道那会儿，我还没有这么胖呢。”大竹说起了少年时代的往事。

“在府上叨扰那会儿身体抱恙，得益于师母悉心照料，我才痊愈……”

话题天马行空，从七段夫人娘家的信州温泉浴场聊到了其温馨的家庭生活。大竹七段是在五段的时候结婚成家的，彼时他才二十三岁。和妻子育有三子，收了三个聪明的徒弟，这就组成了一家十口。

据说，七段六岁的长女天赋异禀，对围棋之道无师自通，仅凭观摩便能通晓棋理。

“不久前，我与她进行了一场井目局[①]的对弈，还特地留下了棋谱呢。”大竹分享着这段趣事。

“哦？竟然让了九子？令爱不简单啊！”名人听后也赞叹不已。

①指让九子的对局方式，通常用于描述双方棋力悬殊时的让子规则。

“老二四岁，竟然也会预测棋局的走向了。若有这份棋感，将来或有登上棋坛的可能……”

然而不知什么缘故，面对如此不凡的经历，在座的众人却都没有开口应和。

站在棋坛之巅的七段，与自己年仅六岁、四岁的稚子对弈，其认真之态，仿佛是在斟酌——若稚子真有围棋天分，便将她们引上与自己相同的道路。据说围棋天分的有无，在十来岁的孩童身上便能初见端倪；一旦错过这个黄金年龄，便难有傲人的成就。然而即便如此，大竹七段此言，却让人产生一种违和感，莫非他是在借此强调自己虽刚过而立之年，但对围棋的痴迷之情仍炽热如初，未有丝毫倦怠？我想，他之所以如此，或许是源于他背后那个幸福美满的家庭给予他的支持吧。

彼时，名人也谈及自己在世田谷的府邸，其占地之广，达二百六十坪之多，而建筑面积亦有八十坪，唯独庭院略显狭小。他欲将此宅出售，另寻一处庭院更为宽广的居所。我们还想再聊聊他的家庭，却想起他身边仅有夫人相伴，昔日的弟子们早已不在左右了。

五

名人从圣路加医院出院后，这场停滞了三个月的棋盘，又在伊东的暖香园行进了起来。然而局面却如同逆水行舟，举步维艰。首日对弈，黑子仅从一百零一跃至一百零五，但就是这五手还引发了双方的争执，导致下次对弈的日期迟迟定不下来。大竹七段拒绝接受因为名人生病而改变的对弈条件，毅然决定放弃这盘棋。二人意见互斥之严重，甚至超过了昔日箱根之战。

对手和工作人员都窝在旅馆里，度日如年、百无聊赖，而名人则去了川奈之地散心解闷。平日里鲜少出门的他，此番竟破天荒地主动踏出家门，实属罕见。同行之人，有名人的弟子村岛五段，还有一位少女棋手记录员。我也跟着去了。

然而，当踏进川奈观光旅馆后，名人却只是静静地坐在大厅中那设计独特、造型新颖的椅子上，品味着手中的红茶。这种情景，与他平日里的形象大相径庭。

大厅本馆镶满了无数玻璃，其设计呈圆形不断向庭院辐射，看上去好像一座瞭望台，或一间日光室。宽阔的庭院内铺满草坪，两侧则是高尔夫球场——一侧名为“富士”，另一侧名为“大岛”。身处庭院和高尔夫球场可以看到大海。

很久以前，我被川奈那疏朗辽阔、令人心旷神怡的景色所吸引，因此希望这次可以跟心情沉重的名人一同去观赏。我悄悄观察着名人，只见他神情恍惚，沉浸在自己的世界里，对眼前的壮阔景象视若无睹，更不关心周围熙熙攘攘的游客。他面无表情，对任何有关景色或旅馆的话题都保持沉默，一言不发。夫人试图打破这尴尬的气氛，感叹着绮丽的风光，并征询名人的意见。然而名人却毫无反应，对外界的一切充耳不闻。

我想让名人到阳光下走走，便邀请他一同前往庭院。

“去吧。外面暖和得很，晒晒太阳你就舒服了……”面对夫人的催促，名人也不好过于执拗，勉强答应了。

冬季的小阳春天气，大岛曚曚昽昽，若隐若现。海面上洋溢着宁静与祥和，温暖的阳光洒在波光粼粼的水面上，空中有几只鸢鸟掠过。庭院边缘那一排挺拔的绿松，为浩瀚的大海勾勒出一道绿色边框。草坪与大海交汇的地方，点缀着几对度蜜月的爱侣。或许是因为身处这明朗开阔的景色之中，年轻夫妻的身上瞧不出一丝不自然。新娘的和服在大海和松树的映衬下无比和谐，从远处都能感受到那种鲜活的幸福与甜蜜。到这里来的新婚夫妇，都是有钱人家的新郎新娘。看着他们，我内心涌动着难以言喻的羡慕，近乎嫉妒地对名人说："那些都是来新婚旅行的夫妻吧？"

"看上去没什么意思……"名人漫不经心地说道。

他毫无波澜的语气，在我心中荡起了层层涟漪，时至今日都难以平息。

我想在这片柔软的草坪上漫步，也想坐在上面小憩片刻。然而名人却不动声色地矗立在原地，我也只好静静地站在一旁。

归途中，我们特意绕道，去了一处碧波荡漾的小湖。时值晚秋午后，小湖静谧而深邃，美得令人窒息。名人也罕见地走下车来，站在湖畔凝视着这幽深的美景。

川奈饭店实在是一处令人心旷神怡的胜地。所以第二天一早，我又去邀请了大竹七段。此举也是出于一番好心，意在化解七段那过分的执拗之情。同时，我还邀约了日本棋院的八幡干事和《东京每日新闻》的砂田记者。中午时分，我们齐聚在饭店庭院的农家小院内，品尝美味的素烧，欢笑声直至傍晚都未曾停歇。受几位舞蹈家和大仓喜七郎之邀，我曾造访过川奈饭店，也曾独自一人前来观赏，自诩可为众人担当向导。

从川奈归来，棋局的纷争却依旧悬而未决。我本是一个旁观者，未曾想竟成为本因坊名人和大竹七段之间的调停人。在历经波折后，这盘棋终在十一月二十五日得以继续。

名人身旁摆放了一只硕大的桐木火盆，身后又添置了一个长火盆，屋子里热气四溢。面对七段的礼让，他系上围巾，身上还披了一件毛绒里、毛毡面的防寒服。即使是在自己的房间里，也离不得这套装备了。据了解，那天他有点低烧。

“先生的正常体温是……”对面的大竹七段问。

“嗯，通常是三十五度七八吧，有时候是三十五度九，不到三十六度。”名人若有所思地小声回答道。

旁边有人问到名人的身高。

“征兵检查时是四尺九寸九，后来又长了三分，成了五尺零二分。现在上了年纪，人也变矮了，正好是五尺。”名人回答道。

箱根对弈时名人不幸病倒，当时为他检查的医生说：“他的体质像个发育不良的孩子，腿肚子上没有半分肌肉。这么虚弱，怕是连动一动的力气都没有。所以不能按成年人的剂量用药，只能按十三四岁孩子的剂量……”

六

然而一旦身处棋局之中，名人的身影就变得高大起来。这无疑源自他那精湛的棋艺、显赫的段位以及深厚的修养。他身高五尺，上身比例尤为突出，面庞宽阔且长，鼻、嘴、耳等五官也大得引人注目。最为特别的莫过于那凸出的下颚。即使是在镜头下捕捉到的最后一刻的容颜上，这些特征依旧鲜明。

名人遗照的拍摄效果究竟如何？显影之前我内心忧虑重重。一直以来，我都是在九段野野宫照相馆冲洗照片。此次将这宝贵的胶片送到野野宫去时，我千叮咛万嘱咐，特地告知这是名人这位伟大人物的最后一张照片，任何细微之处都不容有失。

红叶祭落幕后我回过一次家，短暂停留后又去了热海。行前，我再三嘱咐妻子，一旦野野宫将冲洗好的遗照送达镰仓府邸，必须火速差人送到聚乐旅馆，途中不可私自窥视，更严禁将照片示于他人。我深知，以我这个门外汉之手拍摄的遗照，若万一未能完美捕捉名人之风范，甚至呈现出不雅或悲戚之态，进而被好事者传播开来，无疑是对其一生英名的巨大玷污。因此，我暗自决定，倘若遗照效果不尽如人意，我打算付之一炬，不再让名人的遗孀和弟子们看到。毕竟，我的相机快门有些瑕疵，拍得不好也在情理之中。

红叶祭那天，我跟众多参加者去了梅园，于抚松庵共享午餐。正当我们品尝着火鸡素烧的佳肴时，妻子打来电话告诉我：名人的遗属恳请我为其拍摄最后的影像。回想起那天早晨，我去瞻仰了名人的遗容，回家后满是哀思，于是便委托随后前去吊唁的妻子转达我的心意：若遗属希望留下石膏面型或拍下死者遗容，我定当竭尽全力满足愿望。妻子这便带来了名人遗孀的意愿：因为不喜欢石膏面型，所以委托我拍张遗照。

然而，当真正面临拍摄之时，我又深感责任之重大，心中惴惴不安。加之我的相机快门时常失灵，更加令我怀疑自己是否能成。好在当时有位从东京远道而来、专门拍红叶的摄影师也住抚松庵，我便请他代为给名人拍这张最后的照片。他听闻此事后痛快地答应了。不过，我担心突然带一个与名人毫不相干的摄影师，可能会让名人的遗孀感到不适。但转念一想，此人的拍照技术肯定远胜于我，于是便向红叶祭的主办方提出了这个请求，然而却让他们陷入为难。主办方表示，毕竟这位摄影师是为了拍红叶祭而来，临时更改不太合适。我理解他们的顾虑，于是从那天早上起，我就独自沉浸在名人离世的巨大悲痛中。在庆祝的人群中，我显得异常格格不入。在离开之前，摄影师帮我调整了照相机的快门，还教会了我如何用手掌替代快门拍照。他还为我装了新的胶卷。做完这一切，我便乘车去了鳞屋旅馆。

名人的灵房内雨窗紧闭，唯有一盏孤灯闪烁着微弱的光。我同名人的遗孀与妻弟一起走了进去。

“屋内光线太暗，把窗户打开吧……”妻弟轻声提议。

我于是小心翼翼地按下快门，大概留下了有十张吧。拍摄的时候，我生怕相机会在关键时刻失灵。我还按照摄影师的教诲，用手掌替代那不可靠的快门。原本我是想变换几个方向和角度拍摄的，但想到自己是前来吊唁的，不可在遗体四周走动，于是就只能静静地坐在那里。

我收到了来自镰仓府邸的来信，里面有野野宫照相馆的照片。妻子在背面写道：“这是从野野宫寄来的。我没看里面的内容。——撒豆仪式，定于四日五时，社务所盼你光顾……”此番鹤冈八幡宫撒豆节的盛典，主持工作落在了镰仓文士的肩上。

我慢慢从袋里取出照片，仅一眼，便不由自主地发出一声惊叹。这遗容，竟将名人的最后一刻捕捉得如此传神。名人仿佛沉溺于一场安眠之中，周身洋溢着超脱的静谧。

我是坐在仰卧的名人身旁留下这张照片的。照片里的名人，脸庞微微后倾，侧脸斜仰。颌骨棱角分明，微启的双唇宛如巨鳄引人注目。鼻子高挺，令观者不敢直视。双眼间的皱褶及沟壑斑驳的额头，仿佛藏着深重的哀愁与悲凉。

阳光自微启的窗扉间进入，拂过他的衣襟。天花板的灯光打在他的脸颊下部，一块深邃的阴影覆在那片微微低垂的额头上。光线沿着下巴攀至脸颊，照到了眼睑、眉梢和鼻根的每一处凹陷。细观之下，下唇隐匿于阴影之中，而上唇则沐浴在光辉里，上下唇间则是一片黑暗，只有一颗上齿微微闪烁。短短的唇髭中，有些已经变白了。照片之中，名人右侧脸颊上有两颗明显的黑痣，周边也覆盖有阴影，暴起的血管阴影从鬓角延伸至额头。被淡淡阴影笼罩的额头上，依稀可见一条横亘着的皱纹。而在短平头的发际之处，一道光恰好落下，照亮了那粗硬的头发。

七

在右颊之上，两颗硕大的黑痣赫然显现。右侧的眉毛长而弯曲，呈弓形悬于闭合的眼睑之上。为什么遗照中的眉毛显得这样长呢？不过，名人脸上的长眉和黑痣，似乎赋予了逝者仁爱可亲的气质。

然而这长眉，却令我心中升起一股哀伤。就在名人离世前两天，即一月十六日，我与夫人曾到鳞屋旅馆拜访他。

“对了，关于我夫君那条长眉，有件事我想着一见到您就要告诉您的……”夫人的目光轻轻掠过名人，随即缓缓对我说，“应该是十二号那天吧，温度微微回升了。他突然说自己要去趟热海，须要修理胡子把自己收拾干净，于是便叫来了一位熟识的理发师。他俩就坐在廊檐下那块阳光充足的地方修脸。当时，他好像想起了什么，忽然告诉师傅：‘师傅，我的左眉中应该有一根异于寻常的毛，大家都说那是寿眉。麻烦您手下留情，千万别伤了它啊。’理发师听到这话，‘啊’了一声连忙应和他：‘的确有一根，先生说的是这根长寿眉吧？这可是好兆头啊，预祝您长命百岁呢！我肯定会加倍小心的。’后来，名人还对我说：‘你知道吗？浦上君在报纸上发表的观战记中，也提到了这根眉毛。真细致啊，连我自己都没有察觉。他都这样写了，想来对这件事情很是上心呢。”

在这期间，名人一直维持着惯常的沉默。某个瞬间，脸上忽然如同乌云笼罩。面对这些，我哑口无言。

然而，这根被理发师小心呵护、本该是长寿之兆的寿眉，却成为命运无情的嘲弄——仅仅两天后名人就骤然陨落。

或许，一位迟暮之年的老人的长长的寿眉，无须大肆渲染。但是在那样一个悲痛的场景里，这根寿眉宛如最后一丝求生的希望，须得紧握不放。有关那日在箱根奈良屋旅馆的对战情景，我是这样写的：

——本因坊夫人全程在旅馆里陪伴着老名人。而另一位大竹夫人，则因为肩负着三个孩子的重担，其中最大的孩子尚且才六岁，所以她不得不往返于箱根和平塚。两位夫人的辛勤付出，令作为旁观者的我们都心生怜悯。八月十日，名人再次抱恙上阵，续写棋局，两位夫人的脸色则苍白如纸，身形亦消瘦得几乎失去了人的模样。

那天对弈时，名人夫人罕见地侍立于旁。她的目光紧紧锁定在名人的身上，寸步不离。她的眼中没有棋盘，只有忍着病痛在棋局上博弈的夫君。

而大竹夫人则恰恰相反，她从不在二人对弈时出现。

不过，她常常心神不安地在走廊上徘徊，有时甚至会误闯工作人员的房间，显得十分慌乱无措。

“怎么样，大竹他还没想到那一着儿吗？”

“这一步，好像很难抉择呢……”

“唉，要是昨晚能好好休息，说不定就能想出来了……”

到底应不应该同身体抱恙的名人继续对弈？大竹七段备受折磨，苦恼得夜不能寐。前日起他便深陷沉思，精神恍惚中迎来了清晨的棋局。本来约定中场休息时刻是十二点半，可是眼看时间已经接近一点半了，执黑子的他依然无法落下那决定性的一着儿，午餐也被抛之脑后了。同样一夜未眠的夫人，在屋里实在坐不住了。

唯有大竹二世一人毫无挂碍。这出生才八个月的婴孩，面容俊秀。欲知大竹七段此刻的精神状态，观此婴儿足矣。超凡脱俗，简直就是七段勇者魂魄的映照。那日，我目睹所有成年人被忧虑所困，唯独这个如桃太郎般的婴儿，给予我如获救般的救赎。

那天，我第一次发觉名人眉间藏着的那一寸白毛。名人双目浮肿，脸色铁青——然而这缕长眉倒十分温柔熨帖。

对局室气氛压抑。我立于走廊之上，俯瞰着庭院中灿烂的夏日阳光。一位摩登少女正慢条斯理地投喂池里的鲤鱼。此情此景仿佛与我身处的世界格格不入，令我瞠目结舌，难以置信。

名人和大竹夫人皆面容憔悴，苍白如纸。棋局既启，名人夫人依例退出了房间。然而不一会儿就匆匆折返，在邻屋内目光紧紧锁定着名人。小野田六段低首合目，观战的村松梢风也面露不忍。连大竹七段也沉默不语，眼神躲闪着不敢直视名人。

白子解封至九十手。名人脑袋微倾，却误落九十二手。踏错一步，执白第九十四手耗时竟达一小时九分钟之久。其间，名人或低头沉思，或左顾右盼，或低头欲呕。他强忍身心之苦，形态萎靡，全失往日风采。逆光之中，其面容显得模糊而松弛，宛如幽冥之鬼。对局室里，静谧异常，仿佛连空气都凝固了。九十五、九十六、九十七……唯有棋盘落子之声，如同空谷回音，久久不绝。

白子九十八手，名人再度陷入沉思。又过去了半小时。他微微启唇，眨眼之间，手中扇子轻摇，似乎在鼓舞那生命之火。难道必须如此煎熬下去？

此时，安永四段缓步踏入对局室，跪坐于门槛之前，双手恭敬地触地施礼。其虔诚之态，宛如朝圣者顶礼膜拜。然而，两位棋手却浑然不觉。每当名人与七段扭过脸来，安永便再次恭敬地颔首施礼。此情此景，真乃一场凄怆而庄重的对决。

执白九十八手之后，少年记录员报时十二点二十九分，距离三十分封盘仅余一分钟。

“先生若感疲劳，可在此稍事休息……”小野田六段见状，轻声对名人说。

从盥洗间折返的大竹七段亦附和道："您歇歇吧，随意即可。我可以一个人想想如何封盘……绝不同谁商量。"

此言一出，大家都忍俊不禁。大竹七段是不忍让名人继续枯坐于棋盘之前。于是，大竹七段毅然封下九十九手。其实，即便名人不在，棋局亦可继续。名人歪着脖颈，一脸困惑——是该站起来离去，还是依旧坐着不动？

"请再稍候片刻。"

名人说完，随即步入盥洗室，旋即转至相邻之室，与村松梢风等人谈笑风生。一旦远离棋盘，他仿佛脱胎换骨般精神焕发。

独留大竹七段一人，目光如炬，凝视着右下角那片白子。他沉浸在无尽的思索中，历时一小时十三分钟，直至午后一点半方才封棋。此乃执黑第九十九手，中央下刺之妙招也。

那天早晨，工作人员曾去名人的居所，确定当日对弈之地是在分馆或本馆二楼。

"唉，我连庭院都去不成了呀。不过我虽然想在本馆，但奈何大竹先生认为此处瀑布声过于吵闹。还是以大竹的意见为准吧……"

这便是名人的答案。

八

我在观战记中曾经提到名人左侧眉宇间独存的一根白色寿眉。然而匪夷所思的是，在遗照上，名人右侧的眉毛竟出奇的长。难道逝者的眉毛竟然还能焕发生机？还是这就是名人本身眉毛的长度？无论如何，可以肯定的是，照片中所展现出的右侧眉毛，的确是有些夸张了。

我并不认为是拍摄导致的。因为当时握着的是德国康泰时相机，配备的是索纳一点五寸镜头。这种镜头可以弥补我在技艺上的不足与疏漏。在它面前，无论是生人还是逝者，人物抑或是静物，皆平等无二：它不会因情感波动而有所偏颇，更不会盲目崇拜或哀悼任何一方。只要我操作得当，那么通过这枚镜头所捕捉到的每一帧画面，都将是满意之作。那张遗照中呈现出的饱满与柔和之美，或许正是得益于这位伙伴。

然而，这张照片却深深凝聚了我刻骨铭心的情感。莫非在名人的遗容中，竟流露出某种难以言喻的感情？的确，即便是已经逝去的人，其面容也能展现出一种超越生死的情感。然而，死者本应无情感之波动。念及此，我便觉得这张照片已然超越了生与死的界限——它记录的仿佛是一位正在酣睡中的人。不，我的意思是，尽管这是一张遗照，但它给人的感觉却超越了生死。或许，这是因为它曾是一张活生生的面容；或许，这张脸如同一面镜子，映照出名人生前的诸多往事；又或许，这并不是死者的面容，而是一张充满神秘色彩的遗照。奇妙的是，死者的面容竟然不如这张遗照清晰。我甚至感觉，这张照片正在为我们打开一个潜藏的秘密。

后来，我还是对自己轻易答应拍摄遗照这件事情后悔了。即便拍下了，恐怕也不该留存，以免触犯某种不可言说的禁忌。但事实上，也正是这张照片，向我展示了名人不同凡响的一生。

此人非但无丝毫俊逸之姿和富贵之相，反倒显得颇为粗鄙且寒酸。其五官之中，无论眼耳口鼻，皆难觅可圈可点之处。尤其是那扭曲的耳垂，宛如一只被压扁了的包子；而大嘴小眼的组合，更是令人印象深刻。然而，一旦他坐于棋盘之前，整个人便仿佛脱胎换骨般变得高大而沉稳，即便是在遗像中，也能隐约感受到一股超凡脱俗的气息。肉身已逝，灵魂却仿佛依旧沉浸在一场深沉的梦境中，那双紧闭的眼睑之下似乎隐藏着无尽的哀愁与眷恋。

当我的目光从这位大师安详的脸庞移至他的胸膛时，只见一件宽大不合身、布满六角形图案的格子衫，内里包裹着一具看似只有头部存在的木偶般的身体。这件大岛产的衣物显然是在他离世之后才换上的，肩膀部位显得尤其臃肿。此时此刻，我脑海中突然冒出一个念头——似乎这位伟大的人物只剩下了上半身。“这么虚弱，怕是连动一动的力气都没有……”彼时在箱根，医生也说过名人的体质之差。当名人的遗体自鳞屋被小心翼翼地搬上汽车之时，其头部以下的部分仿佛已化作虚无，仅留下一副形容枯槁的面庞。作为观战记者，我最初目睹到的，也是名人盘腿而坐时那瘦弱不堪的小膝盖。遗照之上仅有脸部的影像，宛如一个孤零零的头颅悬浮于虚空之中，令人不寒而栗。这张照片，非但未能带来丝毫的慰藉，反而给人一种超脱现实的诡异之感。它所捕捉到的，或许是一张因过度沉迷于棋艺而逐渐丧失现实生活色彩的脸庞；又或许，这是一张命运的殉难者所特有的面容，充满了无尽的悲凉与绝望。正如秀哉名人的棋艺生涯，以这场告别棋赛为终点，他的生命之火也在此刻悄然熄灭。

九

举行开棋仪式之做法，除却此次告别赛，遍寻历史恐怕难觅其二。黑白双方各落一子，庆祝盛宴便开始了。

时值昭和十三年（1938年）六月二十六日，正值梅雨季节尾声，阴霾散尽，天空中飘荡着轻柔的夏日云朵。位于芝公园内的红叶馆庭院，在经历了连绵细雨之后，更显生机勃勃，翠绿欲滴；阳光透过稀疏竹叶间隙洒下，如同无数金线穿梭其间。

在一楼大厅壁龛的正面，本因坊名人与挑战者大竹七段端坐其位。名人左侧，则是将棋界的泰斗关根十三世、木村名人以及连珠棋界的巨擘高木名人，将棋名人与连珠棋名人都在围观这场对决。四位名人齐聚一堂，光芒四射。应新闻社之邀，这些棋界巨星共聚一处，而我作为观战记者，有幸坐在了高木名人身旁。大竹七段右侧，坐着报社的主笔和总编、日本棋院的理事和监事。此外，还有三位七段棋士元老以及列席的小野田六段，本因坊门下的棋手们则环绕在旁。

身着家徽礼服的诸位棋士，皆以正襟危坐之姿，静静聆听着主笔的开幕词。当棋盘被置于大厅中央之时，全场众人皆屏息凝神，仿佛连空气都凝固了。名人面对棋盘，依旧保持着他一贯的习惯，左肩随意地耷拉下来，透露出一种超然物外的态度。他那瘦小而单薄的膝盖，在这庄严场合下显得尤为突出，手中的扇子则异常庞大，与他的身体形成了鲜明对比。大竹七段眯缝着眼睛，脑袋不停地前后左右摇晃。

名人缓缓起身，手持扇子的姿态宛如古代武士拔刀出鞘。他落座于棋盘之前，左手指尖轻轻插入裙裤之中，右手轻握成拳，昂首挺胸，目光如炬，直视前方。大竹七段亦随之坐下，向名人深深施礼，表达敬意之后，将棋盘上的棋盒恭敬地置于右侧，再次行礼以示尊重，随后闭上双眼，仿佛进入冥想般一动不动。

“开始吧！”名人敦促道。这声音虽轻若蚊吟，却如同春雷炸响，激荡人心，仿佛在无声地质问：你在做什么？是名人对七段矫揉造作之势的厌弃，还是他自身昂扬斗志的表现？七段闻声，眸光一闪即逝，旋即复闭，似是对名人的淡然回应。回忆起在伊东旅馆对弈的那个清晨，大竹七段宛如高僧入定般，口中念诵着《法华经》。俄而，棋落之声铿锵响起。彼时，时针已悠然滑过十一点四十分。

是采取新布局，还是坚守老传统？是“星位”的创新，还是“小目”的经典再现？大竹七段的战略抉择，无疑成了举世瞩目的焦点。然而，执黑先行的第一手，却落在右上角的“十七·四”——一个标志着复古“小目”布局的位置。这一举动瞬间揭开了棋局中那层神秘的面纱。

面对这“小目”挑战，名人指尖轻触膝前，双目如炬，紧紧锁定棋盘。报社的镜头与镁光灯争相捕捉这一时刻。在刺目的聚光灯下，名人双唇紧抿，周遭的一切似乎都与他无关。作为第三次见证名人对弈盛况的旁观者，我深刻感受到，每当名人落座于棋盘之前，空气中便似乎弥漫起一股清新脱俗的幽香，在场众人无不体会到一种超越尘世的清凉与澄澈。

五分钟转瞬即逝。名人不经意间手指轻扬，仿佛欲落下那子，中途却戛然而止，悬于半空。他竟忘了封盘之仪。

“先生，要封盘了。”大竹七段以名人的口吻缓缓说道，“您有段时间没摸棋子了，有些生疏啊。”

于是，在干事的恭谨引领下，名人孤身步入隔壁雅室，轻轻拉上隔扇。他要写下第二手布局。此步一出，即刻被封入信封之中。除却封盘之人，无人可窥其奥秘，否则就失了封盘之意。

没一会儿，名人又回到棋盘前，口中喃喃说道：“没有胶水，要怎么封呢？”

言罢竟用双指蘸了蘸唇间的唾沫，轻轻封缄信封。随后，他又在封口郑重签上名字，大竹七段也紧随其后，在封口处留下自己的印记。此信既成，又被小心翼翼地装入一只硕大的信封之中，工作人员亦在封口处签名。最终，这信封被妥善安置于红叶馆的保险柜内。

当日的开棋仪式就这样缓缓落下帷幕。

木村伊兵卫突发奇想，欲将围棋对弈介绍给海外人士，于是两位棋手被再次请回棋盘两侧，摆出交锋的姿态，任由镁光灯记录下这一刻。拍摄结束，众人仿佛卸下了千斤重担，长舒一口气。此时，元老级的七段高手们纷纷围拢至棋盘旁。关于白石棋子的厚度，众说纷纭，有的言之凿凿其为三分六厘，有的则坚持三分八厘之说，更有甚者说那棋子竟有三分九厘之厚。一时间议论声此起彼伏，不绝于耳。正当众人争论不休之际，将棋界的泰斗——木村名人插话道："这是棋中瑰宝。我一直想摸上一摸……"说完，随即抓起一把棋子置于掌心把玩。此番对弈，能让这种级别的棋手上手一摸，就等于点石成金，赋予棋盘不朽的价值。所以，很多闻名遐迩的珍贵棋盘，纷纷被送至会场。

稍事休憩，盛宴便拉开帷幕。

此刻，列席开棋仪式的将棋名人木村、名人关根十三世以及连珠棋名人高木，年龄分别是三十四岁、七十一岁和五十一岁。此三者皆是虚岁。

十

本因坊名人，诞生于明治七年（1874年），于数日前刚刚跨越了六十五岁的门槛。鉴于时局动荡不安，其寿辰庆典不得不在家中低调举行。那时名人还谈到过红叶馆的落成。

“究竟是我出生在前，还是红叶馆落成在前呢？”待到次日棋局再启之时，名人还有此一问。他还自豪地提及，自己这方空间还曾见证过两位巨匠——村濑秀甫八段与本因坊秀荣名人之间的巅峰对决。

翌日的对局室，设于古意盎然的二层雅间，其风韵仿若梦回明治盛世。室内的隔扇和气窗等陈设，每一处细节皆以红叶为饰。而那围立一隅的金色屏风，更是匠心独运，颇具光琳风格的艳丽红叶在其上华丽绽开。壁龛之中，八角金盘与大丽花并置，虽大朵插花却丝毫不显张扬，大丽花则已悄然步入凋零之期。此间套室相连，一间广达十八叠，另一间亦宽敞至十五叠。屋内并无人走动，唯有一位圆发髻上簪花的少女，不时轻盈步入，为对弈者更换香茗。名人手中的白扇轻轻摇曳，其倒影映在盛满冰水的黑漆盘中，微微颤动。四周一片沉寂，唯有我一人观战。

大竹七段，身披黑色礼服，外覆一袭镌刻家徽的黑色罗纱短褂。反观今日的名人却显得颇为随性，仅以一件带有家徽的短外褂加身。然而，棋局的氛围却与昨日大相径庭。

昨日棋盘之上黑白双方各执一手后，庆典的祝贺便开始了。然而真正的较量，莫不如说是当下才拉开帷幕。大竹七段欲以扇子助兴，双手一顿背于身后，将扇子竖放于膝盖之上，斜斜支棱着臂膀，看那姿态仿佛是在给脑袋提供一个支撑点，为思考黑子第三手的布局助力。此刻，名人的呼吸变得急促，肩膀耸动，大口喘息，然而他并未乱了自己的节奏，胸部很快恢复了平稳。在我看来，那份突如其来涌动的情绪张力，也裹挟着名人的内心。我为此倍感压抑，但他却丝毫未曾察觉。短短片刻，名人的呼吸又恢复了往常的平静。我深知，这正是名人在决战前夕的精神操练；或许，这是名人深谙的心理战术，于无形中激发灵感的火花；又或许，他正在收敛那高昂的气魄与斗志，进入一种“澄净无我”的三昧境界。莫非正是这些，铸就了“常胜名人”这一令人敬畏的称号？

“先生，恕我冒昧，”大竹七段于棋盘之侧落座，向名人频频施礼，言辞间充满歉意，“我对弈之时出恭次数太过频繁，屡次离席，实在抱歉。”

名人闻言，轻声回应：“我也是如此。夜深人静的时候，至少三顾‘茅房’……”名人对七段这种独特的体质尚不了解，我则在一旁拼命忍笑。

我亦深受此苦，一旦坐于书桌之前，便觉尿频如泉涌，更兼茶不离手，因此神经性腹泻常随之而来。而大竹七段的行为则更加离谱，春秋两季升段赛，于日本棋院之圣地，他竟携大茶壶于身侧，狂饮不止，粗茶如注。其对手吴清源六段，与之旗鼓相当。每每坐镇棋盘之前，小便频繁。四五个时辰的对局，我默数他解手的次数，竟逾十回之多，且吴六段素非嗜茶之人。尤为诡异的是，吴六段每次离席如厕，必有水声相伴，清晰可闻。大竹七段的行径更是匪夷所思，每赴私室，不仅裙裤尽褪，连同腰间束带也一并解下放于走廊，真是令人叹为观止。

六分钟过去了，下到黑子三手。

“对不起。”七段致意后离席而去。下到黑子五手时又暂停了。

“对不起。”

名人从和服袖筒里缓缓掏出一支敷岛香烟，不紧不慢地点燃。

大竹七段面对棋盘上的第五手时，陷入前所未有的沉思当中。他的双手，时而深深揣入怀中；时而紧紧交握抱住双臂；时而又轻轻搭在双膝之旁……他甚至起身去清理那棋盘上肉眼几乎不可辨识的微尘，还将对手名人随意落下的一枚反面白子轻轻抓起，翻转为正面。若说白子有正反之分，那么蛤贝内侧那无纹理的一面，理应被视为其正面。不过也没多少人在乎棋子的正反。然而，大竹七段却常常将对手随意落下的棋子反面，调整到正面。

在探讨对弈的心态时，大竹七段曾半是调侃、半是真言地表达过他的见解：“先生棋风之稳，我亦受此影响，然而却下得并不顺利……”

“我内心其实更向往那热闹飞扬的气氛，多一些激情方能点燃我。”

大竹七段素有“话痨”之称，一旦落子，便如同打开了话匣子，滔滔不绝。然而，面对名人那泰山崩于前而色不变的沉稳，他也只能收起那份张扬。大概也是觉得唱独角戏无人捧场吧。毕竟他的对手，是棋界德高望重的名人，也须要收敛一些。

面对棋盘的那份从容与优雅，往往是岁月沉淀后的馈赠，是人到中年方能自然流露出的风韵。然而时移世易，当下的棋坛中一些年轻棋手在对弈时，行为举止显得轻佻而随意，或扭动身躯如蛇行，或展露怪癖如同异类，令人观之不禁心生异样之感。曾有一次日本棋院举行升段棋赛，一位年轻的四段棋手，竟趁着对手沉思未落子的间隙，公然将一本文艺同人杂志摊于膝上，埋首在小说的世界里。每当对手落子，他才如梦初醒，匆匆抬头，敷衍了事地思考片刻，随即草率应对。而当对手陷入沉思之时，他更是故作无知，目光再次游离至那本杂志之上。此等无礼之举，几乎触及了对手忍耐的极限，差点儿引发了一场风波。据说这位年轻的四段棋手不久之后便精神崩溃。或许，他那脆弱敏感的神经，终究无法承受对手漫长思考所带来的煎熬与重压。

在棋界流传着一段关于大竹七段与吴清源六段求教心灵学高人的传奇佳话。据说，这两位棋界巨擘曾携手探寻赢棋时的至高境界，而那位高人的回答振聋发聩："在对手冥思苦想之际，你当心无旁骛，目中无人。"曾目睹本因坊名人告别赛的小野田六段，数年之后在他生命之火即将熄灭之际，却在日本棋院举办的升段大赛中，以一种超凡脱俗的心态，创造了无与伦比的棋谱。每当对手凝神落子，他便静静地瞑目养神，仿佛已超脱于胜负之外，达到了一种"无欲则刚"的至高境界。升段赛后他就入院了，至死都未曾知晓自己身患绝症。而大竹七段的少年恩师久保松六段，同样在生命前最后的升段赛上，取得了优异的成绩。

在名人与大竹七段的对局中，表面上看似紧张的氛围实则隐藏着一种截然不同的状态——一方静若止水，另一方则神经紧绷。名人沉潜于围棋之中，仿佛连如厕这样的生理需求都被他抛诸脑后。观察对弈的人，往往能从双方的神情举止中大致猜出棋势的走向，然而，唯有名人的心思难以捉摸，让人无法窥视其底。实际上，大竹七段下棋时并不会显得神经兮兮，相反，他的棋风强劲有力。他在思考棋局时总是花费很长的时间，以致常常不够用。当接近尾声，记录员开始读秒，他仿佛在争夺那最后的一分钟，似乎还有一百手、一百五十手要下。这种磅礴的气势反而给对手带来了极大的压力。

七段甫一落座，旋即又挺身而起，此举无异于激昂士气，犹如名人那激昂的吐纳。名人消瘦的肩膀剧烈起伏，目睹这番景象，即便是旁观者如我，亦不禁心潮澎湃，仿佛见证了灵感降临的神圣瞬间。那是无痛苦、无畏惧的超凡境界，即便是名人本人，也未必能全然察觉这份奥秘，更何况是旁人呢?

然而事后细想，我不过是出于一种自作聪明的臆测罢了。名人那剧烈的呼吸，或许并非灵感涌动的征兆，而是胸闷憋气的生理反应。连续数日的对弈，无疑加重了名人心脏的负担，那或许是初次的轻微发作。我对名人的心脏状况一无所知，这才造就了那般荒谬的印象，虽出自尊敬之心，却终究是南辕北辙，不着边际。彼时的名人，或许浑然不觉自己的病情，更未察觉到呼吸间的异常。痛苦与不安未曾在他脸上留下丝毫痕迹，他也未曾以手抚胸，流露出不适。

大竹七段于棋盘之上落下黑子五手，此一子耗时二十分钟；而名人回应以白子六手，耗费了四十一分钟的光阴。这漫长的思考过程，在这局棋中尚属首次。双方事先约定，下午四点整，轮到谁落子即由谁封盘。七段在距离四点仅剩两分钟之际，决然落下黑子十一手。若名人于两分钟内未落子，则宣告封盘。最终，于四点二十二分落下白子十二手，宣告了这一回合的结束。

当日早晨的天空，原本晴朗如洗，却突然间阴沉下来，这是大雨即将倾盆而下的前兆。水灾的阴影正悄然逼近，关东、关西也将难以幸免。

十一

红叶馆之弈，本应于翌日上午十时续展，却因一场突如其来的争执，延误至午后二时方才得以重启。身为观战记者的我，因为是局外之人，所以只得冷眼旁观。不过工作人员倒是忙乱不堪，如热锅上的蚂蚁；而日本棋院诸位高手亦纷纷赶来，似乎聚集于他室密谈。

早晨我甫一踏入红叶馆门槛，恰好碰到大竹七段拎着一只硕大的皮箱。

“这是大竹兄的行李？”我好奇地询问道。

“是的。”七段回答，“今日要去箱根闭关了。”语气中透露出一丝对局前的压抑与沉闷。

我曾听闻今日所有对弈者都不会回家，而是共同奔赴箱根旅馆。然而七段行李之庞大，的确匪夷所思。

反观对手名人，则似乎对此行程毫无准备。

甚至听闻此事后还说：“真有此等安排？那我想抽空去趟理发馆。”

大竹七段，怀揣满腔热忱，毅然决然至此，发誓以此局为期限，三个月不入家门。然则此番变故，不仅令其壮志受挫，更似有违背初衷之虞。究竟相关规定是否已明确告知名人，此事如同雾里看花，致使七段心中愤懑难平。且说此次对弈，规则严苛，孰料开局之初，便有违约之嫌，令七段对未来之事心生忐忑。无论如何，未向名人详尽交代，实乃工作人员的疏忽。更有甚者，面对声名显赫的名人，众人或许畏首畏尾；但面对年轻的七段就不一样了。有人想通过说服七段来收拾残局，但其态度之坚决，令人意想不到。

名人不知今日即赴箱根之行。众人齐聚他室，走廊之上，人声鼎沸，熙熙攘攘。而作为对手的大竹七段，却迟迟未见踪影，留下名人独坐原地。直至午饭时分稍过，问题终得解决。当日下午两点至四点对局重启，隔两日再行前往箱根。

“两个小时，无论如何也办不到。还是等到了箱根，再慢慢下吧。”名人说道。

其言虽有道理，但难以实施。盖因名人之举引发当日的波澜。棋手在对弈时，不能随心所欲更改战期。当日的棋赛，依旧照铁律而行。名人的告别赛，更是规章森严，旨在防微杜渐，免使名人旧习复发，任意妄为。此举意在剥除名人地位的特权，确保棋赛公平公正。

于是，举办方采纳并严格执行了那所谓“封闭制”，即棋手当日不得归家，须直接自红叶馆启程，转往箱根。此“封闭”二字，意味着一局棋战未终，棋手便不可离开对弈之场，亦不能与外界棋手交流，以防他人暗中助力，出谋划策。此举虽确保了棋赛神圣不可侵犯的地位，却违背了人性。然而，诸位棋手皆认为，此举可保证对弈的双方不受一丝侵扰。况如这般棋局，每隔五日一战，延续三个月之久，无论对弈者是否愿意，旁观者的智慧干涉，实难完全摒除。固然棋界之中，讲求良心清白，礼节周到，鲜少有人对棋局或对手出言不逊。然一旦规矩被破，便如洪水决堤，难以收拾。

名人晚年十余载光阴，仅下了三局棋，且三次皆病魔缠身。第一局后，病魔初现；第三局终，竟与世长辞。这三局棋，名人皆坚持至最后一刻。因中途养病，第一局耗时两个月有余，第二局更是长达四个月，至于第三局告别赛，竟绵延七个月之久。

第二局弈，溯自昭和八年（1933年），名人与吴清源五段的对垒。这是告别赛之前五年的旧事。中盘之际，约一百五十手，局势错综复杂，白子之境，已显微妙之危。然执白子的名人，于一百六十手时，胜出两目，堪称神来之笔。有风传此着儿实为名人弟子前田六段发现的，然真伪难辨，弟子们也矢口否认。此棋赛历时四个月，其间名人弟子复盘之时，或已洞悉此着儿之妙。因系绝妙好着儿，名人必然早已知悉。当然也不排除这是名人独自苦思冥想的结果。除却名人及其弟子，此秘技恐世间无人通晓。

第一局则要追溯至大正十五年（1926年），日本棋院与棋正社的对抗赛，双方主帅——名人与雁金七段，率先交锋，激战长达两个月有余。当时，无论日本棋院抑或棋正社，棋手们必当积极复盘，然而是否曾向己方主帅献计献策，则未可知。我料想未曾有此事发生，一来名人不会主动谋求他人意见，二来他的棋盘也不容他人置喙。

然而，第三局的告别弈，因名人染疾而中断。世间因此有了些风言风语，猜名人别有所图。我自始至终从旁观战，听闻此等说法后愕然不已。

休战三个月有余，棋局移于伊东再续，首日之战，大竹七段落子之初，竟耗时二百一十一分钟，也就是三个多小时的沉思，这令在场工作人员目瞪口呆。自上午十点半起开始思考，午间稍歇一时，直至夕阳西下，棋盘上点起了灯，差二十分钟三点，黑子一百零一手方缓缓落下。

“此处飞渡一分钟足够了……我真的是愚钝之极、优柔寡断啊。”七段面带微红，笑着说道。

“究竟是该飞渡还是潜入，竟思量了三个半时辰……”

然而名人苦笑一声，未做回应。

正如七段所言，执黑子一百零一手之际，即便像我这样的门外汉亦洞若观火。棋局已逼近收官的紧要关头，黑子自当侵入右下角白子的领地，此手可飞至“十八·十三”的位置上，也可顺理成章进于“十八·十二”之位，纵使再迟疑不决，其变化亦不难预料。

然则，大竹七段何以迟迟不出此着儿？我以观战人的身份，竟也感到心焦如焚，疑窦丛生。他分明是有意而为的：是有所顾忌，抑或刻意为之？我的揣测非毫无根据。棋局中途休战三个月，七段岂有不在此期间悉心钻研之理？及至一百零一手，细棋之局已成，收官在即，却仍留有余着儿，总不至于终局。或有几套下法难以抉择，研究永无止境。无论如何，如此重要之棋局，七段休息期间定不会停止布局。执黑子一百零一手，历经三个月之久的深思，却在此佯装沉思三个半时辰。这是不是在有意掩饰休息期间的研究成果？不仅是我有此疑虑，连工作人员也心生厌烦，对七段如此长时间的思考颇有微词。七段离席之际，名人也嘟囔了一句："真有耐性啊！"

若是寻常练棋之时则罢了，然而这是决胜之局。名人向来鲜少议论对手。

然而，与名人及大竹七段关系匪浅的安永四段，却这样解释道："此棋局休战期间，料想名人与大竹皆未曾有过深研。大竹此人，性情古怪，亦有其独特的癖好。既然已经知道名人身体抱恙，他便也无心钻研棋技，便搁置一旁了。"或许，事情真相便是如此。在那漫长的三个半时辰里，大竹七段不仅在思考黑子一百零一手的布局，更在努力收敛心神，将飘忽的心思拉回那告别三月的围棋战场。彼还苦思冥想，想要洞悉全局的形势，预判今后的手段。

十二

这种庄严的封盘仪式，名人也是首次经历。待至次日再战，红叶馆中的保险柜被缓缓开启，日本棋院的干事取出密封的信封，在对弈双方面前郑重其事地验明。前日留下最后一手棋的一方，会让对手细察棋谱，继而在棋盘之上落下封盘的最后一子。此等程序，在箱根与伊东两地旅馆内也重复上演。换言之，这一过程要确保任何一方皆无法窥见对方中途暂停时所下的一步棋。

在围棋界，以执黑者落子后休战，此乃古往今来沿袭的传统雅仪，高手间的礼让之举。然而，因为此举是为技艺超群者提供了隐秘的捷径，因此为求棋道的公正更改了规则，比如在傍晚五点皆须按约定时间停止，轮到谁人行棋，便由其亲手封印棋盘。而后规则再进，以最后暂停方封盘。将棋界率先革新，围棋紧随其后。此举旨在剔除一切可能滋生不公平的嫌隙，防止棋手们因提前看了对方的落子，从而在续弈之日前一直思考自己的应对之策。如此规则无关时限，不论前后间隔多久都适用。

在当今理性主义的洪流冲击下，名人仿佛困于这场终局之战，苦心孤诣于棋盘上的最后一搏。密不透风的规则之网，被束缚着的艺道雅怀日渐式微，昔日长幼有序、恭敬谦和之风荡然无存，相互尊重的美德亦随之黯淡。谈及棋道，日本与东洋的古老雅风美德，似乎已随风飘散，取而代之的是纯粹的算计与规则至上主义。晋级升段关乎棋手的生计，因此和细致入微、唯胜是从的积分制度紧紧绑定。此等战法优先的世风，已经逐渐驱逐了围棋的艺术品位与精神内涵。即便是名人对局，也需要处在绝对公平的天平上。大竹七段不过其中一人。围棋的本质是竞技，双方分出高下也在情理之中。

本因坊秀哉名人，三十余载未尝执黑，傲立棋坛之巅。其生前，棋界后辈虽众，却无一人能晋升到八段。而且他不仅横扫同代棋手，更令后起之秀望尘莫及。秀哉名人驾鹤西去已经十年，围棋界竟寻不出一位足以承继名人的棋士。究其缘由，或许正是秀哉那震古烁今的盛名。代表棋道传统的名人，恐将化作历史的烟尘，成为绝响。

在将棋界的名人争夺战中，霸权的意味十分浓厚。名人段位的胜利奖旗，成了棋赛举办者手中的商品。实际上，名人同样未能免俗，或已因前所未有的对局费，将此次告别赛售予报社。这背后与其说是名人主动为之，毋宁说是报社的引诱更为贴切。这种一旦登上名人宝座便至死不变的段位制度，和日本艺道流派中错综复杂的宗师与师徒关系网一样，都是封建时代遗留下来的沉重枷锁。试想，若围棋界年复一年上演激烈的名人争夺战，那么，秀哉名人或许早已在厮杀中耗尽心血了。

昔日一旦加冕为名人，便如同登临孤峰，练习时会避免与人对弈，唯恐一丝瑕疵玷污了那至高无上的权威。六十五岁的高龄名人现在竟亲自披挂上阵，此举堪称棋界的千古一绝。或许自此以后，棋界将不再容许那些远离棋盘、仅凭虚名而居的名人存在。从诸多意义上讲，秀哉名人仿佛是站在历史长河的转折点上，一只脚深陷于旧时代那尊崇无比的名人威名之中，另一只脚则踏入了新时代物质功利主义的滚滚洪流。映照在他身上的膜拜偶像的虔诚之心与破坏偶像的激进之意交织缠绕。正是在这时代的变迁与思想的碰撞下，名人下了最后这盘棋。

名人之幸，在于明治盛世。反观今日的吴清源，就未曾体会过秀哉名人修业时代那俗世中的辛酸与磨砺，即便在技艺上胜于名人，也难以在整体上撼动围棋历史的深厚根基。于明治、大正、昭和三朝，名人之名如雷贯耳，其辉煌战果成就了当今围棋的繁荣盛景。其卓著功绩，使之成为当今围棋界的重要象征。一位老名人欲以这盘棋作为其隐退之笔，本应让他在这棋盘上挥洒自如，尽显后辈的体贴入微、棋道的深厚修养、艺道的高雅情趣。然而，当下的名人也必须在平等的规则之下，与对手展开较量。

新的规则一旦设定，人们便绞尽脑汁，寻觅缝隙，以图钻营取巧。为了堵截棋手们狡黠的战术，再次生成新的规章。然而，年轻的棋士们仍如饥似渴，在这规则的密网中找出可利用的漏洞。时间限制、中场暂停、封盘等策略，皆成为他们手中的兵器。于是，棋盘的纯净便遭到了玷污。名人面对棋盘，恍若隔世之人，因为他对当今那些细碎烦琐、机关算尽的策略战术一无所知。在他的世界里，估摸着局势对自己有利，便会宣布今日休战，随即让对手下一子后暂停，续弈之日全凭他一言而定。这种高高在上的态度，在往昔似乎是天经地义，是名人不可动摇的特权。对弈全凭名人做主，也是一种考验对手的方式。然而如今，已然与这个死抠规则的时代格格不入了。

然而，与其说名人已习惯了平等的规则，不如说他更依恋于往昔那无人能及的特权。譬如与吴清源五段对弈之时，名人因病拖延赛程，其间还滋生了诸多令人费解的流言蜚语。因此，在此次告别赛中，晚辈棋手们皆以严苛至极的对局条件筑起铜墙铁壁，严防名人再度随心所欲。此番棋赛的对局条件，并非大竹七段与名人私下商定，而是在选拔名人对手的过程中，于日本棋院高段棋手循环赛之前，由众高段选手确立的。大竹七段，作为高段棋手中的代表，竭力督促名人恪守此誓约。

后来，名人患病一事激起层层波澜，大竹七段屡次表明心迹，欲放弃这场棋赛。晚辈棋手对这位老名人缺乏应有的礼让与体恤，死守规则，乃至不近人情，令主办人左右为难，苦不堪言。然而，七段此举并非无理取闹，实则有其正当理由。他深知，棋道如战场，一步退让，则步步紧逼，终至一败涂地，何况情绪稍有松懈，便可能拱手让出胜利之机。此战乃是生死较量，无论付出何种代价，都必须赢得这盘棋局。决心已定的七段，绝不容许对手肆意妄为，破坏棋局。另一方面，七段或许心中亦有顾虑，认为对手身为名人，定会任性而为，故而更加固执地要求一切按规则行事，不容丝毫偏差。

当然，此番对局的条件，迥异于寻常棋盘之上的较量。棋界之中诚然不乏宽宏大量之士，他们不介意对弈的时间与地点，愿意根据对手的情况，给予礼让，满足其合理要求。然而一旦落子于棋盘，则毫不容情，步步紧逼。从这个意义上讲，名人此番遭遇的对手，实乃难缠的劲敌。

十三

在竞技的世界中，世人对英雄的塑造，往往超过他本身的实力。当两位实力相当的对手相遇时，观众更期待的是势均力敌、精彩纷呈的较量，而非一方独大的局面。“不败名人”这一称号，矗立在所有棋士，成为他们仰望的对象。名人曾经历过几场生死攸关的比赛，然而他从未在任何一场对决中败北。然而，名人在步入晚年之后，却逐渐陷入了一种被外界与自我共同编织的陷阱之中——即“名人永远不败”。这无疑是一出令人叹息的悲剧。对于将棋名人关根来说，即便遭遇失败也无损其声誉；但对于秀哉名人而言，哪怕仅仅是一次小小的失利，都足以让其形象蒙尘。常言道：“围棋七分靠先手”，这意味着即便是身为名人，在执白子面对七段时落败也属正常现象。遗憾的是，外行人对此却知之甚少。

名人秉持着对棋艺的追求，在各大媒体机构的热情邀请下踏上征程。对他而言，金钱上的回报远不及内心那份渴望胜利的决心。如果担心可能会输掉比赛，那么他或许根本不会选择亲自上阵。因为一旦真的失败了，不仅意味着失去了长久以来建立的声望，甚至还可能会失去生命。可以说，名人是在遵循着自己那非同寻常的命运轨迹前行，而这样的行为难道能够被视为违背天意吗？

五年之后，这位被誉为“绝对强者”“不败名人”的棋坛巨星再度出山，不过他不得不顺应时代的洪流，接受了那些严苛至极的对局条件。事后想想，这些条件已然隐约间透露出死神的阴影。

然而，就在红叶馆的次日，名人便以一己之力打破了条件的枷锁；而抵达箱根之时，他又再次将束缚一一粉碎。

六月三十日，从红叶馆启程前往箱根的路上，一场突如其来的暴雨导致行程延误至七月三日，继而又推迟到八日。这场大雨不仅让关东地区陷入一片汪洋之中，连神户也未能幸免于难。直至八日，东海道线的铁路依旧未能完全恢复通行。居住在镰仓的我，原本计划在大船站与名人一行乘坐同一趟列车出发。然而，三点十五分由东京开往米原方向的火车比预定时间晚了九分钟。

这趟列车并不会在七段所在的平塚停靠，因此双方只能约定在小田原站会合。不久之后，只见一位头戴低檐巴拿马草帽、身穿藏青色夏服的身影缓缓走来——正是隐居山林之中的大竹七段。他手里提着那个曾经带去红叶馆的大皮箱。一见面就提到了近期发生的水灾。

“居所邻近的脑科医院，交通方式还停留在古老的小舟，更早的时候是以简陋的木筏作为工具的。”七段缓缓道来。

自宫下至堂岛，我们乘坐缆车凌空而下，俯瞰着下方早川奔腾的浊浪。而对星馆正镶嵌于河流中央的小岛上。安顿妥当后七段落座，言辞恳切地寒暄道：“先生，您一路奔波实属不易，望您多多关照。”

夜幕降临，名人小酌数杯，三分醉意盎然，绘声绘色地讲述了一个段子。大竹七段也对自己少年时代的往事与家庭琐事娓娓道来。兴致勃勃之际，名人突然向我发起挑战，见我面露难色，他便笑道：“那就请大竹先生代劳吧。”

对战历时三个小时，最终七段技高一筹，获胜了。

第二天一早，为了应对翌日的比赛，名人请人在澡堂旁的廊下为其刮脸整饬。那把椅子无枕头可供倚靠，名人的夫人便用手托着他的脖颈。

傍晚时分，小野田六段与八幡干事齐聚一堂于对星馆之中。名人兴致勃勃地玩起了将棋与连珠棋，场面热闹非凡。所谓连珠棋，就是五子棋。名人这般棋坛巨匠，在小野田六段面前连连败退，不禁啧啧称奇：“小野田的技艺可真神呀！”

与此同时，《东京每日新闻》负责围棋栏目的记者五井先生，亦与我展开了一场激烈的对局。小野田六段亲自记录棋谱，实在令我内心惴惴不安。即便是名人对局之时，也未曾有过如此殊荣。我执黑先行，最终以五目之优胜出。此局竟还登上了日本棋院机关杂志《棋道》。

抵达箱根之后，众人得以喘息一日以消除旅途劳顿。七月十日，乃是约定续弈之日。清晨时分，大竹七段路过廊下，只见他精神焕发，紧抿双唇，摇晃着肩膀，一改往日随和之态。那双肿胀微眯的单眼皮之下，仿佛蕴藏着无尽的力量。

然而，名人却因溪流的水声过于嘈杂而连续两晚未能安眠。他坚持要将棋盘搬至远离溪流的房间。众人纷纷劝说留下一张照片作为纪念也好，名人这才勉强坐了下来。然而，对于将这家旅馆作为对局场所的决定，他心中颇有不满。

七段与五井记者搭伴，去找安静一点的旅馆。映入眼帘的七段身影，身着浴衣便服。

然而，睡不着觉什么的，是无法成为延期对局的借口的。即便是父母去世或是棋手身体抱恙，亦无法打破那般续弈的惯例。如今这些事情比比皆是，更何况是对局之日这种小小的抱怨？即便是名人，也未免太过任性了。这可是一场至关重要的棋赛，对于七段而言尤为关键。

无论是在红叶馆还是此处，每次续弈皆会临场生变。那些工作人员中又无一人拥有审判官的权威，无法命令、指示名人。七段心中虽担忧之后的棋赛，但他还是爽快地顺从了名人的意思，脸上也未露出丝毫不悦之色。

“这家旅馆是我定的，害您没有休息好，真是不好意思。”七段诚恳地说道，“不如我们换个安静些的住处，让先生好好休息一晚，棋赛便改到明日再进行吧。”他提议道。

七段曾住过这堂岛旅馆，觉得此地是对局的绝佳之所，故而选定了此处。不料天公不作美，突降大雨导致河水暴涨，轰隆隆的水声裹挟着沉重的岩石。旅馆犹如孤舟般矗立在湍急的河流中央，确实令人难以入眠。七段深感是自己之过，于是便向名人致歉并提出了更换住处的建议。

此时，身着浴衣便服的七段身影正与五井记者结伴，去寻找合适的住所。

十四

当日上午，我们就把住处迁到了奈良屋旅馆。第二天，也就是十一日，时隔十二三天的对战，于奈良屋一号别馆重燃战火。自此日起，名人摒弃了往日桀骜不驯之态，转而成为遵规守矩、听从安排的棋士。

小野田六段与岩本六段荣幸受邀观战此告别赛。岩本六段于十一日正午时分自东京远道而来，抵达后便安坐廊椅之上，悠然自得地欣赏着窗外山色美景。恰逢当日是出梅日，久违的阳光穿透云层洒落大地，湿润的土地上映衬出婆娑树影；清澈见底的泉水中锦鲤欢腾跳跃，生机勃勃。随着对局正式开始，天空渐渐被薄云笼罩，微风轻拂而过，使得壁龛内精心布置的花卉随风摇曳生姿。此时此刻，除了庭院深处瀑布潺潺流淌以及早川湍急奔流的声音外，远处还传来石匠挥锤凿石之声。此外，空气中还弥漫着院内卷丹花散发出来的阵阵清香。整个对局室内一片宁静，偶尔有不知名的鸟儿振翅掠过。从白子十二手至黑子二十七手结束，双方共下了十六步棋。

在七月十六日，间隔四天的棋盘于箱根再度续弈。担任记录的少女，向来以青底白花和服示人，而今却换上了一袭白色绢麻的夏装。

此别馆与本馆共属同一院落，相距不过百米之遥。每当午时将至，名人便沿着这条小径前往享用佳肴，其身影偶尔映入我的视线之中。自一号别馆而出，便是一条蜿蜒曲折的坡道，只见他微微躬身，独自攀登而上；双手背于身后轻轻相握，尽管无法窥见掌中纹路，但那细微而错综复杂的皱纹却清晰可见，手中还执着一把闭合的折扇。从腰部以下开始，身体略微前倾，而上半身则保持着挺拔如松的状态；相比之下，下半身的步伐却显得轻盈而有些飘忽不定。在道路一侧，山间白竹之下流淌着潺潺溪水，发出清脆悦耳之声。这是一条宽阔平坦的道路。然而，看着名人的背影，我眼睑一热，心中涌起一股难以言喻的感受。离开对局场，他如释重负，那背影静谧而哀愁，如同一位明治时代的故人，遗风犹存，令人感慨万千。

“燕子！燕子！”

名人伫立于苍穹之下，喉咙深处发出沙哑而深沉的呼唤。他缓缓移步至一块巨石前，其上镌刻着“明治大帝驻辇御座所基石”的字样。巨石上方有一株枝叶繁茂的百日红，目前尚未绽放花朵。奈良屋，是昔日诸侯们休憩、停留的住所。

紧随其后的小野田六段，紧紧跟随着名人，小心翼翼地照拂。而名人的妻子，则早已在屋前那座泉水石桥边等候了。无论是上午还是下午，每当名人踏入对局室之时，她都会默默地陪伴左右，直至对方坐定于棋盘前方才悄然离去；即便是在午休或是短暂的休息间隙里，她也必定会出现在这里。

在这一刻，名人的背影仿佛失去了重力的束缚，犹如一位还未从棋盘上走出的灵魂，尚未适应现实世界的维度。他挺直的上身依旧保持着对弈时的专注姿态，而脚下却步履蹒跚，步伐如同飘忽不定的幽灵。名人的眼神迷离，仿佛仍在进行着无声的较量，那身影散发着一种超凡脱俗的气质。

“燕子！燕子！”一声声呼唤冲破了喉头。此时此刻，或许这位老棋手才意识到，自己的心灵早已超越了凡俗界限。这种状态对于经历过无数风雨的名人来说并不陌生。名人给我如沐春风的感受，也许正是当时那种难以言喻的魅力，在我心中留下了独特印记。

十五

“名人的状况似乎有些不妙啊。”

夫人的面庞上浮现出一抹深深的忧虑，那是在箱根进行的第三轮棋局续弈之日，即七月二十一日。“他曾说过自己胸部隐隐作痛……”夫人摸着自己的胸口，轻声地透露道。

据说自春以来，这种状况时有发生。

名人近日食欲大减，昨日竟然都没吃早餐；而午餐仅以一片薄薄的烤面包和不足半磅的牛奶草草了事。

当日，我目睹了名人身上那消瘦的脸颊肌肉以及尖下巴处轻微却持续不断的抽搐。那时我还以为是炎炎夏日里过于劳累所致的。

那时早已过了梅雨季节，然而天空依旧被一层黏腻的阴雨所笼罩。夏日的脚步亦显得格外迟缓，直至七月二十日大暑将至之时，才骤然间释放出盛夏的气息。到了二十一日这天，明星岳上空更是弥漫着一片灰暗而压抑的薄雾。廊檐下，一朵朵卷丹花吸引了成群结队的黑凤蝶。然而，空气中那种难以驱散的湿热感依然令人窒息。庭院内，乌鸦们此起彼伏地叫着，无形中加重了这份难耐的热意。一旁负责记录的年轻女子也拿起扇子轻轻扇起风来。这还是第一次在如此酷热难当的日子里对弈。

“真是热得让人无法忍受啊！”大竹七段一边捋着头发，用手巾擦拭额头上不断渗出的汗水，一边感叹道，“连棋子摸起来都烫手。我是翻山越岭才到达这里的。箱根之巅，真可谓是直插云霄的险峻之地……”

七段执黑，已下五十九手。加上午休时间，共耗时一小时三十五分钟。

名人的右手轻轻支在身后，左肘则搁在扶几之上，手中扇子不停地摇动着。他时而将目光投向庭院深处，一副轻松愉悦、悠然闲适的模样。年轻的七段全神贯注于棋盘之上，一旁观战的我亦屏息凝神，唯有名人依旧泰然自若。

然而，名人额头上也渗出了细密的汗珠。突然间，他双手抱头，随后又按住双颊。

“东京此刻恐怕热得让人难以忍受吧？”名人喃喃自语道，话语间带着几分迷离与恍惚，好似回忆起某个酷暑难耐的日子，又像是在追忆某段遥远的炎热记忆。

“啊，是湖畔那事之后的第二天……”小野田六段以列席者的身份应答道。彼时，彼刚自东京抵达此地。他口中的“湖畔”，实则指前番对弈之后一日，即十七日，名人偕大竹七段及小野田六段共赴芦湖垂钓之事。

大竹七段深思熟虑良久，终执黑子落下五十九手。此后三步棋路已然明晰，应对自如，局势渐稳，黑方有数种变化可施。然而仍遇到了不少险境。于是乎，七段转而聚焦于下方战场，仅用一分钟便想出六十三着儿，显然早已胸有成竹。另外他还在白方领地试探性地投下一子，旋即又回归上方战场。此等战术颇显出大竹七段凌厉棋风的独特之处。对每一步棋都志在必得，落子之声充满了迫不及待、勇往直前的气势。

“终于有点凉意了。”言罢，七段猛然起身，奔走至廊外宽衣解带。不过如厕归来落座后，我们发现他竟然不慎将裙裤前后穿反了。

“裙裤竟被穿成了裤裙。”七段边说边灵巧地调整好衣物，并系上了一个十字结。不久之后，他又再次前往洗手间稍做休整，随后又重返棋局。

“下棋的时候，最难以忍受的莫过于酷暑了。”七段言毕，用力擦拭着因汗水而变得模糊不清的眼镜镜片。

下午三点，名人要了一份冻糯米团子。面对黑方六十三手突然的布局变化，他有点意外，陷入了长达二十分钟的沉思之中。

在激烈的较量中，七段频繁离席如厕。早在双方于红叶馆展开对决之初，七段便已事先向名人言明了此事。追溯至七月十六日的比赛亦是如此，当时七段也频繁地外出小解，次数之多让名人都颇感讶异。

“七段莫非是身体抱恙？”

“嗯，肾病，还有些神经衰弱……只要想到这件事，就立马得去。”

“为什么不减少喝茶的量呢？”

“戒掉固然好啊，但只要一思考，就想喝口茶。”话还没说完，七段就又站了起来，“失陪一会儿。”

七段的这种生理性习惯，后来频繁出现在围棋界杂志闲谈栏目与漫画版块。有好事者曾经戏言道：一局棋罢，恐怕七段来回的距离，已然可以从东海道走到三岛驿站了。

十六

封棋之际，在对弈者离开棋盘前，他们须仔细计算当日所下的棋数以及耗费的时间。然而，在这关键时刻，名人的反应却显得异常迟缓。

七月十六日四点三分，大竹七段以黑方四十三手宣告封盘。有人向名人报告说，今日上午与下午共下了十六手棋。

“十六手？竟然有这么多？”名人疑惑地问道。

负责记录的少女再三向名人说明：从白子二十八手到黑子四十三手封盘，确实是下了十六手棋。对手七段也证实了这一点。开局之时，棋盘上清晰可见仅有四十二个棋子。尽管二人都如此肯定，但名人依旧无法理解，他用手指逐一按住当天所下的棋子，慢慢地亲自数了一遍又一遍，然而还是没能弄清楚究竟下了多少手棋。

“复盘一下看看吧。”于是他便同七段一起，把散落的一粒粒棋子重新捡起来。

“一手。”

“二手。”

“三手。”

……

数到十六手时，又重新来了一遍。

“十六手？竟然有这么多啊！”名人茫然地说道。

“您落子快啊……”七段从旁说道。

“并不快啊……”名人呆呆地坐在棋盘前，仿佛忘记了起身。大家见状，也不好意思先行离席。过了片刻，小野田六段开口打破了沉寂：“先去那边吧，别想这些了……”

“下盘将棋吧？”名人仿佛从沉睡中被唤醒。

他并非故作发呆，也不是佯装糊涂。

那日棋局仅下了十五六手，本无须复核。而且每盘棋都会被对弈者反复推演，无论是吃饭还是睡觉，没有一刻不在思索棋路。然而，名人却执意要亲手复盘，方能心安。或许这正是名人的性情所在，一丝不苟，细致入微到了极致。或许这也体现了他古板的性格吧。老名人的个性极为鲜明，同时也让人感受到一种隔绝幸福的孤傲。

四天后，第五日继续比赛。七月二十一日从执白四十四手到执黑六十五手封盘，共下了二十二手。

中途暂停时，名人再次询问记录员少女：“我今日用了多长时间？”

“一小时十九分。”少女答道。

“是吗？”名人愣了一下，有些吃惊。

在这场棋局中，名人下十一手的速度，竟比对手七段耗时一小时三十五分的黑子五十九手还要少上十六分钟。这等速度，令名人也觉得，自己的确是一个棋中“快手”了。

然而，七段从旁说道：“似乎并未花费太多时间……倒也颇为迅速呢。”

名人转而询问记录员少女：“镇呢？”

“十六分钟。”少女回答。

“顶呢？”名人继续追问。

“二十分钟。”

此时，一旁的七段又插话道：“粘这一着儿倒是颇为耗时啊。”

少女闻言，一边翻阅着手中的时间记录表，一边回应道：“那是执白五十八手，用时三十五分钟。”

即便如此，名人似乎仍对少女的回答心存疑虑，亲自接过时间表，细细审视起来。

我对沐浴之事情有独钟，尤其那时正值盛夏，每遇棋局暂停，我便如离弦之箭，迫不及待地投身于清泉。那天，大竹七段也兴致勃勃，同我一道跃入浴池。

“今日的对弈，简直落子如飞啊。”我不禁感叹。

七段闻言，嘴角带着一丝不悦，微微笑着说道：“先生手速如电，真是神技！此局看起来就要落幕了……”

他依旧精力充沛、体力满满。按照规则，在对局之外，非对弈室内的棋手会面是不允许的。然而，此时的七段情绪昂扬，誓要在最后奋力搏击。也许他的脑海中，正构思着一套逆转乾坤的凌厉妙计。

此时，一直从旁观战的小野田六段也感叹道：“名人落子之快，简直是神乎其神！在我们棋院的段位大赛中需要耗时十一小时方能分出高下，而名人仅需十分钟，便足以定乾坤。此等速度，令人叹为观止。尤其是那白子之镇，岂是轻易可下的……”

关于二人的对弈时长，第四轮续弈至七月十六日起，白子以四小时三十八分的速度，领先黑子的六小时五十二分的用时。至第五轮的七月二十一日，仅一日时间，白子耗时五小时五十七分，而黑子则花费了十小时二十八分，鸿沟愈深。

第六回合七月二十六日，白子耗时八小时三十二分，黑子则长达十二小时四十三分。及第七轮的七月三十一日，白子耗时已攀至十小时三十一分，黑子更是花了十五小时四十五分。

第十轮的八月十四日，白子用时十四小时五十八分，黑子用时十七小时四十七分，差距在缩小。不过此役之后，名人因健康抱恙，入住圣路加医院。八月五日的对局，名人于病痛中仍坚持思考长达两小时七分。

十二月四日终局之时，全局耗时揭晓：秀哉名人耗时十九小时五十七分，大竹七段则花费了三十四小时十九分，二者相差竟达十四五个小时。此等悬殊，令人瞠目结舌。

十七

十九小时五十七分，已超过常规对弈时长的一倍。然而，根据比赛规则，名人尚余二十小时；而大竹七段虽已耗时三十四小时十九分，但距离规定的四十小时仍剩有近六小时。

此役中，当名人执白行至一百三十手时，其下法竟出人意料地出现了失误——然而也正是这一昏着儿，成为决定胜负的关键。若非这步失策的棋，局势或将陷入胶着状态，七段想要获胜想必更加艰难，甚至双方可能需要耗尽全部规定时间才能决出高下。自那一手之后，胜利的天平便无可挽回地向黑方倾斜，直至终局。

无论是名人还是七段，皆为棋坛中以耐力著称的长考型高手。七段行棋风驰电掣，常常于时限将至的最后一分钟，落下气魄雄浑的一子。而名人则不然，他的棋风求稳不求险。因为他在成材过程中并未受到时间规则的影响。或许在他心中一直渴望，在生命中最后一场对决里，能够彻底挣脱时间规则的束缚，毫无遗憾地放手一搏。正因如此，才有了长达四十小时的比赛规定。

回溯往昔，名人决胜赛所设定的时间长度本就远超寻常。早在大正十五年（1926年）间，与雁金七段那场对战便持续了整整十六小时。遗憾的是，雁金七段最终因超时而饮恨败北。然而即便黑方仍存余暇，但胜负已分，名人胜五六目已成定局。当时有人说雁金七段理应及早认输，而不应像这样拖到超时。至于同吴清源五段交锋之时，规定双方的对战时间是二十四小时。

此番退役告别赛，给名人所设定的时限竟长达四十小时，是他往昔破格时长的两倍。而与一般棋手相较，则是普通时长的四倍。此等时限，几乎相当于为他破除了时限。

如果是名人自己提出了此等要求，就是自己给自己增加了压力，让自己背上了千斤重担。换言之，名人需要在长时间的较量中强忍病痛，静静等待对手在长考后落子。观大竹七段耗时三十四小时以上，就可以证明这一点。

主办方的本意是体恤名人年迈体弱，才设置了五日对弈的机制，结果却弄巧成拙。若双方均充分利用时间，总计可达八十小时。一局对战约莫需五小时，则需历经十六轮对战方能决出胜负。每五日一战，即便一切顺利，也将耗费三个月时间。在这段时间里，棋士们全神贯注，精神长期高度紧张，这般状态是常人难以承受的。如此长久的较量，无异于损耗棋手们的心血。整个对战期内，食不甘味、夜不能寐，棋局始终萦绕心头久久不解。即便是有四天的休憩，非但未能缓解疲惫，反而加剧了精神上的煎熬。

名人患病之后，每四天一次的休息反而成了难以承受的重担。不单是他自身，就连参与此次棋赛的工作人员也无不渴望比赛能够尽早结束。之所以如此，也是出于对他健康的忧虑，期盼名人早日卸下重负，不要因体力不支而倒下……

记得在箱根那次比赛中，名人就曾感到身体不适，他跟夫人倾诉道："无论胜败如何，只希望能够尽快完成这盘棋。"

此言一出，夫人悲伤地说："以前从未听过这样的话……"

据说还有一次，名人对身边的一位工作人员吐露心声："若是一直下下去，我的病怎可能好转？我常常想：掀翻这盘棋，我就能解脱了。但这种违背棋道的事情，我又怎能做得出来？"

他低下头，声音低沉地继续说道："当然，我并未真的这样想过。只是有时太痛苦了，这样的念头才会溜出来……"

虽是私下里的剖白，却是情真意切。无论在何种场合，名人极少抱怨，更不会说丧气话。五十年的围棋生涯中，他多次获胜，靠的是比对手更强的耐力和毅力。名人不会为了博取一时的关注，而放大自己的痛苦与悲伤。

十八

我听了，琢磨着名人意味深长的话语。

伊东对战开始后不久，我曾问过名人，此番棋局落幕后，是打算再度入院，还是像往年一般前往热海休养。名人当时听到这话，眼中忽现异彩，缓缓言道：“唉……其实关键所在，是棋赛终结之前，我会不会身体抱恙。话说我至今还站在这里，真是奇迹一桩啊。不过倒并不是因为我深谋远虑，也不是因为我信仰的强大。单凭棋手的那份使命感，其实很难支撑到现在的。或许还真是神灵的庇佑吧……”

他微微侧首，语速悠然，神态自若。

“归根结底，或许是因为我是个钝感十足的人吧。其实就是呆……不过在我看来，这反而是一件幸事。于大阪与东京，‘呆’字的含义迥然不同。东京人之‘呆’，略带愚钝的含义；而在大阪，此词却别有意味，比如在绘画中这表示一种朦胧暧昧，而在围棋里则指代那种神游天外或犹豫不决的状态……”

闻言，我细细品味着名人话中的深远之意。

名人极少如此坦露心迹，他向来不苟言笑，言辞谨慎。作为长期伴随其左右的观战记者，我得以细致地长期观察名人的举止神态，才能偶然得见其泰然自若的神情与宁静淡泊的内心世界。

明治四十一年（1908年），秀哉承袭本因坊师名，自那以后，每逢关键时刻，担任名人著书助手的广月绝轩总是如影随形，鼎力相助。他在文中披露，追随名人三十余载，从未闻听名人口中吐出“麻烦你了”或“辛苦你了”之类的温言软语，以致世人皆误解其为冷酷无情之人；甚至，世间还纷传自己的行为皆出于名人授意，但名人对此却一副超然物外的样子，仿佛一切纷扰皆与他无关。绝轩在文中还特意澄清，如果有针对名人涉及不洁金钱的谣言，他能提供确凿反证，以正视听。

即便是在退役告别赛的重要场合，名人也从未有过半句应酬之言，所有交际事宜均由夫人代为周旋。他也从不因名人之名而自视甚高。他就是这样一个超凡脱俗的人物。

哪怕是围棋界的同仁，来找他商量事务，他也仅以一声“哦”复归沉默，宛如古井无波。因此要了解他的意见简直难上加难。面对此等泰斗，众人即使有千般好奇，亦不敢深究，只能望洋兴叹，进退维谷。有宾客造访的时候，多由夫人代为应对。名人陷入沉思的时候，夫人则在一旁尽力周旋着。

此外，名人在业余雅趣、个人癖好上，亦爱与人较劲，然而他的性情木讷，反应迟钝，往往难以捕捉他人的意思，就是他口中所谓的“呆”。无论是下将棋、连珠棋，还是台球、麻将，他都需要长时间沉吟，令对手心烦不已。

往日在箱根旅馆里，我和名人还有大竹七段打过几场台球，名人拿到了七十分。那时大竹七段负责报分，他报分时的那份细致，仿佛在棋盘对弈，一丝不苟：“我四十二，吴清源十四……”

名人击球，往往沉吟良久。其架势一摆，球杆在手，反复摩挲，然后才给出雷霆一击。他的每一次击球，都是深思熟虑的结果。据说于台球一道，球和人体的速度与节奏并重，人球合一方能显神通，但看名人似乎缺失了那份运动灵性。观其挥杆，真教人捏一把汗，心中暗自着急。然而细看之下，竟然能从这份挥杆的执着中，品出一种别样的哀愁，亲切得令人落泪。

到了搓麻将的时候，名人就会将怀纸折成细长的纸条，然后把牌放在上面，两者被摆放得井然有序。初见之下，我以为这是名人的洁癖使然。

“嗯，将麻将牌置于洁白的纸张上面，可以让牌面显得格外醒目易于辨识，不妨试试看。”名人如是说。

一般认为，打麻将时手眼并用、动作敏捷才能营造出那种紧张刺激的氛围，然而，名人的思考时间却太过漫长。对手们往往因为长时间的等待而变得焦躁不安，兴趣索然；但名人依旧我行我素，沉浸在自己的思绪中，对外界的变化毫无察觉。即便对手们是强忍着不耐烦继续与他周旋，他也浑然不觉。

十九

“通过围棋与将棋，是无法窥探对手性格的。有人曾妄言，说棋盘之上可辨对方性情。然而对于那些深谙棋道的人而言，这种言论无异于是背离了真理。”

名人在谈及那些对棋艺一知半解却常常夸夸其谈的人时，往往流露出一丝不屑。

“如果是我的话，与其费心揣摩他人心思，不如全身心沉浸在围棋之中，进入一种忘我境界。”

在他辞世那年的正月初二，即距离其人生终章仅剩半月之时，名人还参加了日本棋院举办的棋赛开幕仪式，还下了连棋。在这场盛会上，每位到访者随机组队后，两方各下五手便离席，以此作为对赛事开幕的祝贺。由于排队等待的时间过于漫长，名人又开启了另一盘较量。当这局比赛进行至二十手之际，名人察觉到身旁濑尾初段似乎因长时间无所事事而显得有些焦躁不安，于是又提议与其展开新一局的对决。从二十一手直至三十手，双方你来我往间各自出了五手。随着最后一子的落下，已经没有后续接棒之人。然而，在名人的第三十步时，他还是投入了整整四十分钟去思考。其实，那不过是一场为棋赛开幕助兴的仪式，后续也没对弈之人，名人完全可以随心所欲落下一子。

在那场告别赛中，巨匠因身体抱恙而不得不中途暂停，他也被送往圣路加医院。我曾去探病，看见那里病房内的家具尺寸巨大，仿佛是为美国人量身定制的，与名人那略显娇小的身躯形成了鲜明的对比，让人莫名觉得担忧与不安。然而，不过，他脸上的浮肿已基本消退，双颊也不再消瘦，整个人散发出一种轻松自在，仿佛卸下了所有重担，从一位棋坛霸主蜕变为慈祥的老者。

那时医院外聚集着一群连载告别赛进度的报社记者。据说他们每周都绞尽脑汁地设计悬奖问题，无数读者纷纷争相竞猜下一步棋会落在哪里。我也向记者透露过一句。

“本周的焦点，莫过于黑子九十一手……”

“九十一？”

话音未落，名人便迅速将视线转向了棋盘。我顿时心生懊悔，意识到自己不该聊到围棋这一话题。

“白一间跳，黑九十一手则扳……”

“嗯……此步非扳即长，仅这两者而已。想来应该有很多棋迷，都能猜中这步棋。”

言罢，名人身形一展，腰背笔挺，头颅高昂。这俨然是正襟危坐在棋中对弈的姿态，展现出一种超凡脱俗的威严与庄重。眼前仿佛有一盘棋正在进行，他久久地陷入沉思，仿佛忘记了时间。

无论是此刻还是正月里那场连棋盛会，名人始终将自己全身心投入棋道中，心无旁骛，每一步棋都深思熟虑，绝无半点敷衍与懈怠。与其说是因为他身为名人所肩负的责任，不如说是他对棋艺的执着追求，已化作了一种自然而然的习惯与本能。

年轻棋手每每被召唤至名人的棋桌前，总会有些惴惴不安。以我目睹的几番较量为例，同大竹七段在箱根的对决，让车之战竟从上午十点持续到下午六点。另外，在告别赛落幕后，《东京每日新闻》还精心策划了一场大竹七段与吴清源六段的三番战，特邀名人担任讲解嘉宾。在我执笔记录第二局盛况之时，藤泽库之助五段莅临观战，不料竟被名人拉去共下一盘将棋。此番对弈自晨光熹微延续至夜幕低垂，更是续弈至翌日凌晨三点。第二天一早，刚跟藤泽五段会面，他就又拿出了将棋棋盘。

七月十一箱根告别赛续弈之日，负责照料名人起居的《东京每日新闻》围棋记者砂田君，在十六日续弈前夕的一次聚会上，谈及名人，曾经感慨道："名人的精力真是让我佩服。连续四日，天未亮便邀我打台球，直至夜深人静。一连四天，天天如此。这么旺盛的精力，简直就是神人啊！"

名人也从未向夫人透露过丝毫疲惫之意。不仅如此，夫人常常提起一段佳话，证实名人对下棋这件事的痴迷。我在奈良屋旅馆也有耳闻。

"那是我们还住在麻布笄町的事。那间住宅不大，有十叠吧，既作对弈室，又可以作为练习场。不过我们把贴邻的八叠开辟成餐厅，宾客们都在此聚集，有时候吵吵嚷嚷的。记得有一次，正值先生与对手弈棋之际，刚好妹妹也带着她初生的孩子前来拜访。当时孩子啼哭不止，我则急得不行，便暗暗想着妹妹能早点回去。不过当时我们时隔很久才见这么一面，实在难以开口催促她离开。直至妹妹走后，我才向先生致歉——刚刚那个动静恐怕打扰了您吧？没想到先生竟然说自己全然不觉有人来访，更未曾听见婴儿的啼哭声……"

夫人又补充道："已故的小岸曾经说过，希望能够成为如我家先生那般的人，每夜就寝前必于榻上静坐冥想。那会儿，冈田式静坐法正风靡一时呢。"

夫人所说的小岸，正是小岸壮二六段。他是名人的爱徒，名人曾经说过"自己信赖的唯有此人"，并有意将其作为本因坊的继承者来培养。然而世事无常，大正十三年（1924年）一月，小岸不幸逝世，虚龄仅二十七岁。自此以后，晚年的名人时常会怀念这位弟子。

当野泽竹朝尚处四段之时，在名人府上与名人对弈。彼时，一群年轻学徒正在学仆房内嬉戏打闹，嘈杂不堪，几乎传到了对弈室内。野泽听到后即刻起身前往制止，并告诫众人若再如此放肆，必将会被名人斥责。然而名人对于外界的这些声音竟全然不觉。

二十

“明明是午休时间，他也是呆呆地吃饭，好像入定了一般，一句话也不说……想来这盘棋让他倾注了很多心血。”

名人夫人口中抱怨的事，就发生在七月二十六日于箱根的第四次对弈上。

“吃饭的时候就心事重重的。我让他这种时候别想其他的事，不然肠胃不蠕动，食物不消化，容易积食。他听完一脸不高兴，依旧沉浸在自己的世界里。”

黑方六十九手所展现出的强大攻势，显然出乎了名人预料，迫使后者不得不花费长达一小时四十六分钟的时间来寻找最佳应对方案——这是本场比赛以来名人耗时最久的一次思考。

然而，对于大竹七段而言，早在五天前便已锁定目标，并为此精心准备。今晨再战，尽管内心焦急如焚，但他仍强压下情绪波动，再次深入思索了二十分钟。其间，只见他身体微微前倾，几乎要触碰到棋盘表面，整个人异常活跃地小幅度摆动着，继黑子六十七手之后，又打出黑子六十九手这一记重拳。

“雨吗？还是暴风雨？”七段言罢，仰天大笑。

话音未落，一场突如其来的暴风雨便席卷而至，庭院中的草坪瞬间被汹涌的雨水吞噬。工作人员连忙去关窗关门，然而拍打在玻璃门上的狂风骤雨，发出阵阵急促而猛烈的敲击声。刚刚七段脱口而出的那句得意之语，仿佛映照了他内心深处那份难以抑制的喜悦。

当名人看到黑子六十九手时，犹如惊鸿一瞥般让他心神俱震。片刻之后，他露出了亲和的神情，这在他一贯严肃的脸上实属罕见。

随后，在伊东继续对弈的过程中，黑子出人意料的一步，让人感觉有封盘的嫌疑。面对此情此景，名人怒火中烧，不禁感叹围棋这一艺术竟也遭受如此亵渎，恨不得立刻投子离席以表达自己内心的愤慨。这些都是他熬到休息时间，向我吐露的。然而，即便面对这般情境，名人依旧保持着从容不迫，无人能够窥见其内心的变化。

显然，黑子六十九手就像一把锋利无比、寒气逼人的匕首，直插人心。名人随即陷入了沉思之中。到了午休时间，名人缓缓起身离开了赛场，然而大竹七段却依然站在棋盘旁。

“现在可是棋局的关键，胜负的分水岭啊。”七段执着地望着棋盘。

“是生死劫啊……”

我话音未落，七段却朗然一笑：“又留我一人演独角戏……”

午休之后，名人一落座便下出了白子七十手。午休本是用餐的时间，并不计入规定的时限之内。然而，众人皆知，即便是在吃饭的时间里，名人的心思仍牢牢系于棋盘之上。为了掩人耳目，下午的第一手本可假装思考片刻再落子，但名人却偏不这样做。相反，即便是在午餐时分，他的目光也始终定格在那块虚空的棋盘上。

二十一

黑子六十九手被誉为“鬼手”。名人在赛后也点评过，大竹七段独创的这招凌厉攻击，令对手防不胜防。一旦应对不当，则白子局势将陷入万劫不复之地。面对如此险境，名人深思熟虑长达一小时四十六分方才落子七十手，而十日之后的八月五日，白子九十手更是耗费了两小时七分钟的时间，是名人在整盘棋局中最为耗时的一步。白子七十手仅位列第二。

小野田六段等列席观战的高手无不赞叹：如果说黑子六十九手的攻击是鬼神莫测，那么白子七十手的回击则堪称妙手回春。这步退让之棋，实现了从被动防守到主动出击的华丽转身，一举化解了危机，称得上是棋界圣手。通过这关键一着儿，白子成功地削弱了对方强大的攻势。黑子高歌猛进、棋势张扬，白子以退为进、不慌不忙。

“雨？还是暴风雨？”

这便是大竹七段口中所说的暴风雨。瞬间天地一片昏暗，唯有电灯还亮着。棋盘宛如一面镜子，白子与名人的姿态完美融合，两者相得益彰。庭院之外，风雨交加，雷声轰鸣；而室内却异常静谧，只有棋子落下的声音。

随着雷阵雨渐渐停歇，半山腰上开始弥漫起层层薄雾。远方的小田原，晴空万里。阳光透过云层缝隙洒落在峡谷对面连绵起伏的山脉上。蝉鸣声渐起。廊下的玻璃门被打开了。黑子七十三手落下之际，只见四只活泼可爱的小黑狗正欢快地在草坪上追逐嬉戏。然而好景不长，天空再次变得阴沉起来。

又是一场突降的暴雨。上午对弈之时，久米正雄先生坐在廊下那张椅子上，自言自语："身处此地，豁然开朗，心境也随之变得通透了许多……"

作为新任《东京每日新闻》学艺部长，他前一晚便来到这里观战并留宿一夜。小说家担任报社学艺部长一职，这在当今社会实属罕见。而围棋这个项目，则正归属于学艺部的业务范围。

久米对于围棋之道近乎一无所知。他静坐于廊下，时而凝视远山，时而将目光落在棋盘。时间一久，棋手们内心世界的微妙波动也会反映在久米的脸上。当名人面露愁容、深陷沉思之际，久米那温和慈祥的脸庞上也不由自主地浮现出同样一抹淡淡的忧伤。

我和久米都是对围棋一知半解之人。然而，在旁观战的过程中，我竟渐渐产生了一种奇妙的感觉——那些静止不动的黑白棋子，仿佛被赋予了生命一般，竟然在开口讲述着自己的故事。每一次棋子轻轻触碰棋盘的声音，在整个房间内回荡不息。

此次对弈安排在二号别馆。有三个房间：一间面积约为十叠，另外两间各九叠左右。在十叠那间的房间壁龛里，摆放着一枝合欢花。

“这花看着好像快要枯萎了……”大竹七段轻声说道。

当日棋局走了十五手，白子八十手时封盘。

“快四点了，封盘时间就要到了。”

少女记录员轻声提醒着，然而名人却置若罔闻。少女见状，微微躬身，欲言又止，面露踌躇之色。于是七段便上前替记录员问了一句：“先生是在考虑封盘的事吗？”

七段的话总算唤醒了名人的意识。名人口中喃喃，似有所悟，却又声音低沉，含混不清，大抵是意识到了封盘之刻的临近。日本棋院的八幡干事，把早已备好的信封拿来，而名人依旧凝视虚空，眼神迷离，一副神游天外的表情。

“莫非您还没决定？”

随后又是十六分钟的沉默与苦思。最终，白子八十手落下，耗时长达四十四分钟。

二十二

七月三十一日，棋局再续，对弈之所移至“新上段间”，正好位于名人房间的楼上。此间由三室构成，其中两室八叠，一室则为六叠，三室分别悬挂着赖山阳、山冈铁舟与依田学海的墨宝。

在通往名人房间的廊道两侧，一簇簇八仙花开得正盛。今日更有大黑凤蝶翩然而至，其艳丽之姿倒映于清澈见底的泉水之中。而那紫藤架则枝叶繁茂，绿意盎然。

名人正端坐于对局室内，凝神思考着白子八十二手。耳边忽闻潺潺流水声，于是便低头俯瞰，只见夫人正立于石桥之上，将麸饼轻轻投入水中，引来成群结队的鲤鱼争相抢食，溅起阵阵涟漪。

“因为有京都的客人造访，我紧急回去了一趟。最近东京也有凉意了……”然而她又忧心忡忡地补充道：“只是，天气转凉，我又担心他是否会因此染上风寒……”

夫人伫立于石桥之上，彼时已然飘起了丝丝细雨。未几，豆大的雨珠倾泻而下。大竹七段并没有听到。等别人告诉他时，他说了一句：“老天爷的肾也不好吗？”

夏日多雨，至箱根以来的对弈日，未曾得见一日的晴朗。老天变幻莫测，此场骤雨尤为典型。七段思考黑子八十三手的这一会儿，前一刻尚是阳光普照八仙花，山峦被雕以盎然的翠绿，下一秒则乌云密布，天地间一片黯淡。

黑子八十三手，耗时竟达一小时四十八分钟，超越了白子七十手的一小时四十六分钟的纪录。七段双手撑地，连同坐垫缓缓后移，目光如炬，紧紧锁定棋盘右侧，随后又将双手揣入怀中，腹部微凸，这是他长时间思考的标志。

随着棋局步入中盘阶段，每一步棋都举足轻重。黑白双方的势力版图已逐渐明朗。胜负虽未可知，但已隐隐可见端倪。此刻，棋手们或精心收官，稳固疆域；或毅然攻入敌阵，短兵相接；又或另辟战场，寻求转机。这时棋手可看出棋局大势和胜负天平，并据此布局，谋定而后动。

自日本学成后归国的德国围棋界翘楚，被誉为“德国本因坊”的费利克斯·迪瓦尔博士，还致电来贺名人的告别赛，晨报还刊登了两位棋手阅读博士电报的照片。

当日白子行至八十八手封盘。八幡干事一见，便笑言：“先生，此步棋是在恭贺您的八十八米寿啊。”

名人脸上没有一丝肉，脖颈也尤其清瘦，然而较之前酷暑的七月十六之日，反而添了几分神采奕奕。虽形销骨立，却意气风发，昂扬之态令人叹为观止。

然而谁都没预料到，在五日后的对局上，名人竟骤然病倒。

彼时，黑子下至八十三手之际，名人似乎已然忍耐许久，按捺不住，“噌”地一下站起身来，似乎全身的疲惫都随着这一下一同倾泻而出。当时是十二点二十七分，正值午休，似乎也再正常不过；然而名人不顾一切地挺身而起，此等情景，实在是前所未有。

二十三

“我曾无数次地祈求老天的庇佑，实在是寝食难安啊。”在八月五日清晨，名人的夫人如此向我倾诉道。她紧接着又补充说，“我总担心会发生这样的事情，过度的忧虑却……如今，只能再次寄希望于老天保佑了。”

作为一名好奇心旺盛的观战记者，我对这位棋界的英雄一直敬仰膜拜。听到与名人相濡以沫多年的夫人所说的话后，心中不禁泛起了阵阵隐痛，一时之间竟无言以对。

正是那盘赌上命运的棋局，摧毁了名人本就脆弱不堪的心脏。其实早在很久以前，他就已经被胸闷所困扰，只不过外界从未知晓。

直到八月二日那天，他的脸庞开始出现浮肿现象，胸口处也传来阵阵剧痛。

八月五日是原定的比赛日，然而因为名人身体不适，临时调整为上午两小时对决，而且必须先接受医生的诊治……

“要让医生来吗？”名人询问道。

在得知医生到仙石原出急诊去了，他便催促道：“既然如此，那就现在开始吧。”

名人端坐于棋盘前，双手轻轻地捧起茶盏，轻啜了一口温茶。随后挺直身躯，双手交叠置于膝上。只见他紧抿双唇，脸颊肿胀，连眼睑亦显浮肿，神态宛如受了委屈即将放声大哭的孩子。

按照规定，对弈自上午十点十七分准时开始。晨间薄雾转瞬化为骤雨，不一会儿，早川下游方向又大亮起来。

启封白子八十八手，大竹七段于十点四十八分落黑子八十九手。而名人的白子九十手，便越过了正午时分，直至一点半仍举棋不定。他强忍病痛，沉思棋局竟达两小时七分之久。在这段漫长的思考时间里，名人始终保持着端庄的姿态，面部的浮肿似乎也因此而有所消退。终于迎来了午休时间。

通常而言，休息时间为一小时，今日却延长至两小时。在此期间，名人接受了医生的诊治。

大竹七段也说自己肠胃不舒服，连服了三种药物，并额外服用了预防脑贫血的药。往昔他曾在对局中昏厥。

“脑贫血的病因跟这三者有关：棋局困顿、时间紧张以及躯体异变……”

谈及名人的病体，大竹七段慨叹道：“我本来是想弃赛的，但先生一定要坚持……”

午间休息过后，在返回对弈室之前，名人决定了以白子九十手封盘。

“先生辛苦了。”大竹七段温言慰藉。

“真是太抱歉了。请原谅我的任性之举……”名人罕见地表达了歉意，随后比赛便暂时告一段落。

“面部浮肿倒是可以忍受，但是这里老有一种不适感，实在令人煎熬。”名人摸着自己的胸口，向久米部长诉说着病痛带来的折磨。

“时而感到呼吸困难，时而心悸不已，时而胸闷难耐……自诩仍年轻力壮，其实已经步入知天命之年，真是岁月不饶人啊。”

“人常言道，岁月虽增，志气愈坚啊……”久米部长感慨道。

“先生，我不过三十岁，却感觉似乎已步入暮年了。”大竹七段叹息着回应。

“你正值壮年呢。”名人宽慰道。

在休息室内，名人与久米部长相对而坐，聊起了往昔少年时的种种趣事，比如第一次在神户阅舰式上看见了电灯那种新奇玩意儿。

“病魔缠身真是折磨人啊，连打台球这种事也不行了。但我想下两盘将棋应该无碍吧……来来来……”

名人微微一笑，随即起身准备应战。虽说是约定只下两盘，但谁又能预料呢？久米知道名人当天还有一轮对弈，便提议道：“不如改搓麻将呢？不用费太多心思。”

这天午餐，名人就着梅干，只喝了一碗稀粥。

二十四

久米学艺部长莅临，或许是因为在东京听闻了名人患病的消息。弟子前田陈尔六段也跟来了。八月五日，小野田六段与岩本六段也到了。连珠棋界的高木名人亦在旅途中顺道造访此地，而滞留宫下的土居将棋八段不甘落后，也前来一游。一时间，群贤毕至，热闹非凡。

久米部长的提议十分贴心，名人与久米、岩本六段及砂田记者聚在一起打麻将，暂时放下了对弈之事。三位陪练者如履薄冰，唯恐消耗病人的心血，反观名人则全神贯注，绞尽脑汁地思考每一张牌的打法。

“你呀，不要过度思考，当心脸又要水肿了。”夫人忧心忡忡，附在名人耳边低语道。然而名人似乎充耳不闻，依旧沉浸在自己的思考之中。

与此同时，高木乐山名人则在一旁悉心指导我连珠棋与五子棋的玩法。高木名人不仅精通各类游艺，更擅长创新玩法，每每令人耳目一新，心旷神怡。今日，他又传授了我一种名为“金枝玉叶”的新游戏。

晚饭后，名人又跟八幡干事和五井记者下连珠棋，过程中他让了两子。他们一直对弈到深夜。

前田六段于日间与名人夫人简短交谈后，便匆匆离开了旅馆。对于前田六段而言，交战的两方中，一方是他的师傅，另一方则是他的师兄。为了避免不必要的误会或流言蜚语，他必须避开与对弈者的会面。或许他这样做也是因为他曾有过类似的经历吧——当初名人与吴清源五段之间的那场对决，有人曾传言那执白一百六十手的绝杀之招乃是前田六段发现的……

在《东京每日新闻》的协助下，六日清晨，川岛博士从东京赶来为名人诊治疾病。经过一番检查，最终确诊为主动脉瓣闭锁不全。

诊视既毕，名人不顾病体，又返回病床上，继续沉浸在将棋的世界里。对手仍是小野田六段，二人采用的是“不成银”的技法。随后轮到高木名人与小野田六段对战，采用的是“朝鲜将棋”的打法。名人则靠在扶手上，专注地望着棋局。

“好了，打麻将吧。”名人在一旁迫不及待地催促道。然而我是麻将的门外汉，凑不够人数难以成行。

“久米去哪了？”名人环顾四周问道。

“久米先生送医生，已经顺路返回了。”

“那岩本呢？”

“也已经回去了。”

“是吗？都不在了啊……”名人闻言喃喃道，神色有些伶仃。空气中弥漫的一股寂寥之感，深深触动了我。

而我也要回轻井泽去了。

二十五

报社与日本棋院的诸位贤达，在与东京川岛博士及宫下冈岛医师深入磋商后，决定顺应名人的意愿，继续这场棋局。然而，鉴于名人身体状况堪忧，原定每五日一弈、每日五小时之长的对局，现被调整为每三四日一弈、每日仅两个半小时，而且每次对局前后，名人皆须接受医者的诊治，并获其认可方可继续。这一切都是出于减轻名人身体重负的考虑。

面对名人身体逐渐恶化的状况，也只能采取这种权宜之计，即缩短比赛天数，以期让名人早日脱离病痛和棋盘的双重折磨，并圆满结束此次棋赛。为一盘棋而滞留温泉旅馆数月之久，真是奢侈至极！然而这正是所谓的“罐头制”风格：将选手完全封闭在围棋这一小小空间内。四天休息的时间，尚可回家探望亲人，暂时逃离围棋世界，舒缓身心；而这种全封闭式的对战之所，则难以转换心情。若仅是两三日或一周，或许尚能忍受；但若是长达两三个月，对于一位已届六十五岁高龄的老将而言，无异于残酷至极。今日对局，依旧遵循着“罐头制”的原则。不过，虽然存在让老年人参与时间过长的问题，但将其视为“恶德”，则未免言过其实。因为在名人眼中，或许正是这样严苛的比赛条件，方能担得起英雄的名号。

名人支撑了未及一个月便倒下了。

时至今日，对弈的条件已发生变化。这对于大竹七段而言，无疑是一场前所未有的严峻考验。若不能依循当初的誓约进行对弈，名人本可选择弃赛，但他并未直言放弃，而是委婉言道：“休息三天，身心依旧疲惫不堪，一天两个半小时的对弈，实在煎熬……”

这是以退为进的意思。然而，大竹七段与这样一位身患重病的老将对弈，总让人觉得有失公允。

大竹心中亦感纠结：“先生抱恙在身，我岂能勉强？事已至此，我实在进退两难……我本欲弃赛，但先生却坚持。可世人并不知情，必定会骂我乘人之危。但是如果继续对弈，而先生病情因此加重，我又如何能摆脱干系？那必将在围棋史上留下难以洗刷的污点，让我今生后世背负恶名。出于人情世故，也应让先生休息静养，待病愈之后续弈才是……”

在任何人眼中，与重病患者进行决赛都是极不合时宜之举。战胜一个病人，无异于乘人之危，胜之不武；若败于病人之手，则更是颜面无存。如今，胜负之数尚未揭晓，名人面对棋盘，往往能忘却病痛，沉醉于黑白世界之中。而大竹七段若主动忘记对手的病痛，只会使自己陷入更加被动的境地。如此一来，名人竟成了一位悲剧式的英雄人物。报端亦披露了名人的豪言壮语：“坚持对弈，至死方休，乃是棋手之本愿。”他竟成了以身殉艺的悲壮名人。而神经质的大竹七段，则别无选择，只能顶着漠视对手病痛、缺乏同情心的恶名，硬着头皮对战。

报社的围棋记者甚至公然声称，强迫病中之人对弈，实在是关乎人道的重大问题。然而，处心积虑欲使名人续弈者，恰恰是主办这场告别棋赛的报社。此盘棋在报上连载，风靡一时，人气鼎盛。我撰写的观战记亦大获成功，许多对围棋一无所知的读者，也都争相传阅。更有人私底下对我说，名人或许是出于对那笔数额巨大的对弈费的考虑，才没有中断棋赛的。这种言论十分牵强，纯属胡扯。

总而言之，下一个对弈日——即八月十日的前夜，众人皆欲说服大竹七段同意续弈。然而七段性情古怪，简直如同顽劣的孩子，偏要与你对着干。时而点头似允，时而又反悔不认。报社的相关记者与棋院的工作人员，都笨嘴拙舌，拿多变的七段没有办法。安永一四段作为大竹七段的莫逆之交，在处理纠纷上得心应手，也曾自告奋勇去说服七段。不料亦是碰壁而归，无功而返。

夜半时分，大竹夫人怀抱幼子，自平塚匆匆赶来。夫人悲泣不止，劝慰之语说了千遍万遍，依旧无济于事。不过她在哭泣之际，依旧坚持心平气和、有条不紊地与丈夫论理。然而此举绝非聪明女子的劝说方式。我站在一旁，目睹此景，内心不禁为夫人那发自真心的倾诉而动容。

夫人原是信州地狱谷温泉旅馆的千金。而大竹七段曾与吴清源在地狱谷深居简出，潜心研究围棋新布局。早就听闻七段夫人未出阁时便是美人中的佼佼者。那时自志贺高原下至地狱谷的年轻诗人都在传，夫人家的姐妹皆是倾国倾城之貌。我正是从诗人口中得此印象的。

然而，在箱根旅馆见到夫人时却有些出人意料，她只是一位低调稳重、忙碌于家务之间的贤妻良母。夫人当时未施粉黛，面容虽憔悴却透着一种质朴之美，怀抱婴儿的形象，似乎仍然残留着田园少女的纯真与恬静。一看便知是一位温和恭谨的知心人。而她怀中所抱的男婴，更是让我欢喜不已。从未见过如此好看的婴孩。那八个月大的男孩眉目周正，眉宇间似乎已蕴蓄着大竹七段的雄心壮志，皮肤清透嫩滑。

转眼已是十二三年。今日一见大竹夫人，她便提起了当年那个孩子。

“这是当年的那个孩子……”她边说，边指向旁边一位少年。

她温柔地对孩子说道：“你尚在襁褓之中时，浦上先生便已在报纸上夸奖了你……”

当年怀抱婴儿的夫人，泪眼婆娑，苦口婆心地劝说，大竹七段似乎也被打动了。他本就是个对家人十分上心的好男人。

然而，即便大竹七段最终同意了续弈，他的心中依旧充满了无尽的煎熬与苦恼，仿佛被万千思绪缠绕，难以入眠。黎明时分，大约五六点钟的光景，他便开始在旅馆的走廊上缓缓踱步。一大早，他便身着带家徽的礼服，失魂落魄地横卧在玄关大厅的长椅上。

二十六

十日清晨，名人的病状依旧。医生虽然允许其继续对弈，但名人脸上的浮肿仍未消退，身形更显羸弱不堪。也是在那天早晨，有人询及今日的对弈选在何处进行——是本馆还是别馆，名人说自己已经动不了了，又说起前些时日大竹七段觉得本馆瀑布声扰人清静，最后把决定权交到七段手里。其实这只是用自来水流造的瀑布，于是比赛仍旧定在本馆内进行，并关停了人造瀑布。闻听此言，我心中不禁涌起一股难以名状的激愤悲壮之情。

昔日里，名人痴迷棋局甚至都达到了忘我境地，而今却只能任由他人摆布，再无往日那般随心所欲。即便在生死未卜、后事难料之际，这位声名显赫的大师竟也显得如此迷茫恍惚，仿佛一切皆与他无关。

八月九日的夜晚，月色皎洁，星光舒朗。翌日清晨，阳光明媚，生机盎然，白云悠悠，此等美景仿佛是为了这场对决特意安排的。合欢树亦在尽情地舒展枝叶。大竹七段身着羽织短褂，衣服上的白色纽带格外引人注目。名人夫人亦感叹道："若是能常常拥有这般天气就好了……"

她的面容清瘦而憔悴，大竹夫人亦因缺乏睡眠而面色苍白。两位夫人均面露疲惫之态，眼中充满了不安与忧虑。她们心中所系，皆是各自的夫君，以致坐立难安，夜不能寐。显然，在她们心中，丈夫远胜于世间一切。

正值仲夏之际，户外阳光灿烂；然而在这逆光的室内，名人的身影却显得格外阴郁暗淡。对局室内众人皆低头沉思，无人直视名人。平日里总是谈笑风生的大竹七段，此刻也变得沉默寡言。

难道真要如此继续下去吗？究竟是人命重要还是围棋更为重要？我心中不禁涌起一股深深的同情，为名人感到心痛不已。此时此刻，我想起了直木三十五先生临终前在其唯一一部私小说《我》中所写下的话："我真羡慕那些围棋手！若说它毫无价值，则确实一无是处；但若说它有价值，则又确乎无可替代。"接着他又以戏谑的口吻逗弄猫头鹰："你不感到孤独吗？"话音刚落，这只猫头鹰便啄破了桌上的报纸——正是那张报道了本因坊名人与吴清源比赛的报纸。当时那场比赛因为名人身体抱恙而中断了。直木试图探索围棋胜负的魅力，并由此反思自己所从事大众文学创作的意义。他在文中写道："——近来，我内心逐渐滋生出一种难以言喻的厌倦之情。此刻已是下午四时有余，而今晚九时之前，我尚有三十页稿纸亟待完成。然而，这一切于我而言似乎已不再重要。我宁愿将时间倾注于逗弄猫头鹰身上。与其为大众文艺及家庭琐事耗尽心力，不如追求自我心灵的慰藉。他们对我又何尝不是冷漠无情？”

直木先生终因长期劳累而逝世。我最初结识本因坊名人与吴清源两位大师，就是由直木三十五引荐的。

直木临终之际宛如一缕孤魂；而今，眼前的名人亦如彼时的直木了。

当日对弈仅进行了九手便告一段落。当大竹七段执黑子九十九手时，正是约定封盘的时间——十二点半。于是决定由七段独自考虑后续布局，名人则可离席。直至此时，四周才重新响起了欢声笑语。

“我还是学仆的时候烟瘾很大，抽完烟卷就抽烟袋……”名人惬意地叼着烟卷，“那时我将袖兜中积攒的烟末都装进去，也能缓解一时之瘾啊……”

一阵凉风拂面而过，名人已不在近旁。七段一边思考，一边脱下了罗纱外褂。

中途暂歇，回到自己的房间后，名人竟与小野田六段下起了将棋，简直令人叹为观止。据说在结束了将棋之后，他们又转而打起了麻将。

我心中郁闷难消。全封闭的对局令我的身心接近崩溃，于是便逃往塔泽的福住楼小住，在那里写了一篇观战记。次日，我又返回轻井泽的山中小屋。

二十七

名人犹如一位饥渴的恶鬼，困于斗室之中，日复一日地与自我较量。长此以往，其身心健康势必受到严重影响。他似乎不懂得如何释放内心的压力，总是将压力深藏心底。即便是在棋赛间隙，他的思绪也依旧停留在棋盘上。此外，名人也从不进行户外活动。

对于以竞技为生的人来说，参与各式各样的比赛是一种乐趣所在。然而，名人的态度却显得格外独特。在他看来，任何一场较量都非同小可，绝非轻松娱乐那么简单，更不会适可而止。他拥有超乎常人的毅力和不屈不挠的精神，能够连续数日乃至数夜不停地对战。这种近乎疯狂的态度往往令对手畏惧，说是为了放松心情、寻找乐趣，实则完全沉浸其中，完全就是一副如痴如醉、走火入魔的疯癫样子。就算是麻将或是台球这种活动，名人都是下围棋时那般忘我的状态。然而名人这种震慑对手的表现，其实是他纯粹而真实的自我形象。名人的这种痴迷程度远超常人，好似灵魂出窍，迷失在一个遥远而又神秘的地方。

即使是在短暂的休赛期间，名人的心思仍然牵挂着比赛。当岩本六段悠闲地品尝美酒之时，名人已经迫不及待地发出了挑战邀请。

箱根的对战初日，行至一半就暂停了。

大竹七段回到房间，告诉女佣：“麻烦帮我找个棋盘来……”

七段想复盘刚才的棋局。不一会儿就从室内传来清脆的落子声。

与此同时，名人已换上轻便的浴衣，走到工作人员的房间，邀请我下起了连珠棋。他还让了我两子。不过我依然五六回合就败下阵来。

“已经让了两子还下成这样，真不尽兴啊。去浦上的房间下将棋吧”

名人言罢，兴致勃勃，欲再展身手。他与岩本六段对垒，让了飞车。棋局直至晚餐时分。微醺的六段盘膝而坐，拍着大腿感叹自己输给了名人。

晚饭结束之后，大竹七段的房间里还时不时传来围棋落子的声音。不一会儿他下楼来，也让了飞车，还与砂田和我玩笑了几句。他还说：“啊，真是失礼了。我一下将棋，便不由自主地想要大声唱歌。其实，我对将棋亦是情有独钟。然而，命运似乎与我开了个玩笑，竟然让我改下了围棋。这个问题我也想不明白。明明我四岁就学会了将棋，比围棋要早得多。但不知为何，这么多年却难成大器……”

说完他就手舞足蹈地哼唱了起来。听起来好像是儿歌、民谣，还有他擅长的谐音歌。

“大竹君的将棋技艺，恐怕在整个棋院都是首屈一指的吧。”名人赞叹道。

“哪里哪里，先生才是真正的高手……”七段谦逊地回应，“在棋院里，还没有一个人达到将棋初段的水平呢。听说先生经常下连珠棋，而且总是先一步走。我对棋谱并不熟悉，但感觉先生应该很厉害……而且先生还是连珠棋三段。”

“说是三段，实则远不及专业初段的水平。毕竟还是专业人士更为厉害啊……”

“那么，将棋界的木村名人，在围棋方面又是如何呢？”

“大概也是初段吧。不过近来进步显著。”

随后，大竹七段与名人展开了一场将棋对决，双方均未让子。整个过程中一直伴随着歌声。

“恰恰咔恰恰，恰恰恰恰恰……”

一向沉稳的名人仿佛也被其魅力所感染，不由自主地轻声哼唱起来：“恰恰咔恰恰，恰恰恰恰恰……”

对于名人而言，如此忘我的欢喜状态是少有的。名人一记飞车杀入敌阵，稍占上风。

自那场明朗愉快的棋局之后，名人几度身体抱恙，游戏便逐渐被一种难以言喻的阴霾所笼罩。尤其是在八月十日那场对弈之后，尽管名人依旧勉力支撑着继续参赛，但他整个人的状态却仿佛已经跌入了无间地狱般痛苦不堪。

下次对弈是八月十四日。此时名人的身体已经极其虚弱，疾病更是如影随形。面对这样严峻的情况，医生坚决禁止他参与任何比赛。工作人员也纷纷劝阻，就连一直密切关注此事进展的报社都不得不放弃了原计划。最后，在多方努力之下终于决定——当日名人仅下一手便结束比赛。

对弈者落座后，一般会将棋盒郑重地置于膝前。然而这棋盒对于名人而言，分量不算轻。随后，两位高手布阵对峙，直至中途休战。其间，每一步棋都遵循着严格的顺序与规则。起初，名人手中的棋子看起来就快要从指尖滑落了，但随着对局深入，其精神越发振奋，落子时发出的声音也变得有力起来。

在这场较量中，名人静若止水，单是思考当日所下的一手便耗时长达三十三分钟。根据事先约定，当白方行至一百手时应暂时封盘休息。然而，名人却主动请求："我还能再下一会儿。"

名人提出这种要求亦在情理之中。面对这一突发状况，工作人员急忙商讨应对之策。不过，既然已有明确约定在前，最终决定还是按照原计划执行。

"这样……"

落子封盘后，名人依然凝视着棋盘。

“先生，长期以来承蒙您的关照，感激不尽。请多加保重……”

大竹七段表达了感谢后，名人也只是“哦”了一声作为回应，随后便由其夫人代为答谢。

“恰好一百手……今日是第几轮？”七段转向记录员询问道，“十轮？东京两轮、箱根八轮？共计百手？平均每日十手吧。”

稍后，我前往名人的居所，与他暂时告别。只见名人目光深邃，定定地凝视着庭院之上那片无垠的天空。

按理说，名人本应直接从箱根旅馆出发前往筑地的圣路加医院接受治疗，然而据说他那几天，身体已经无法承受交通的劳顿了。

二十八

七月末，家人们为了陪我，也来了轻井泽。因为棋赛的缘故，我必须在箱根与轻井泽之间来回往返，单程就会花掉七个多小时。按照规定，对局前必须离开山中小屋。棋赛一般选择在傍晚时分暂停，而回家途中我会在箱根或东京休息一晚。前后耗时三日，隔五日一对局，归来仅两日又得启程。每日还有观战记需要完成。彼时正值盛夏，雨水绵绵不绝，加上反复的奔波，让我心生厌倦。与其这样，倒不如一直待在对局的旅馆里了。然而每次中途暂停，我还是想回家，往往囫囵吃几口饭就赶着出发了。

若与名人、七段住在一起，反而难以清晰捕捉其风采。所以即便身处箱根，我也常常到塔泽另寻住处。我想讲好他们的故事。每一个对弈日，见到的都是这些熟悉的面孔，心中难免有些厌烦。不过，观战记是报社约稿，因此为了激发读者兴趣，文字间不免会有所夸张与渲染。普通读者怎可能看得懂高段棋艺？且一盘棋要在报上连载六七十天，因此观战记多侧重于棋手们的精神样貌及一举一动的细节描写。与其说是在观棋，不如说是在观察下棋之人。此外，对局中的棋手是主角，工作人员和观战记者皆为配角。尽管我对围棋知之甚少，但为了能够写好这篇观战记，唯有怀着尊重之情，将对棋手们的敬爱之心融入笔端。我所感兴趣的不仅仅是比赛结果本身，更在于那所谓的“棋艺”与“棋道”。正因如此，我才全身心投入于观察名人的工作中。

名人因病无奈中断告别赛那日，我在返回轻井泽的途中，心中满是郁郁。在上野站，我刚把行李放在行李架上，一个高个子的外国男人隔着五六排座位忽然站起来冲我问道：“这就是围棋的棋盘吧？”

“正是，阁下好眼力……”我回应道。

“我也有一套。这发明真方便！”

他口中的发明，指的是这带有磁力的金属板棋盘。因为能吸住棋子，所以可在颠簸的列车上对弈。合上后也平平无奇，方便携带。多年来，我一直带着它东奔西走。

“要不我们对弈一局？围棋很好玩的，我很喜欢。”

这位异国友人会讲一些日语。只见他把棋盘摆在自己膝上。因其身材高大，双腿修长，相较于放在我腿上更方便落子。

“十三级……”

这是一位美国人，他算得很准，正确地报出了等级。

最初的一局我让了他六子。据他介绍，自己曾在日本棋院习艺，并有幸与多位日本知名棋手切磋过技艺。尽管看上去是那么回事，但实际下起来却显得急躁且心不在焉，仿佛胜负对他而言并不重要。无论连败几局，皆面不改色，毫无斗志可言。按部就班地布局还是比较稳健的，却缺乏那份应有的激情。每当我稍加反击或突袭，他便溃不成军，毫无招架之力，我仿佛一拳打在了棉花上。面对这样的对手，竟将我凸显得残忍暴虐了。我慢慢生出一丝厌恶。抛开棋艺高低不论，单是那份对于挑战毫无抵抗的态度便让人扫兴不已。即使技艺再差劲，日本人面对强敌也绝不会轻言放弃。而他，则完全不具备围棋所必需的战斗精神。此时此刻，一种异样的感觉油然而生——这是一个彻头彻尾的异族之人啊！

从上野站启程，历经四个多小时的旅程，我与一位异族棋手在车厢内展开了一场又一场的较量。这位对手仿佛是那传说中的不死鸟，无论遭遇多少挫败，仍旧乐此不疲地缠着我继续。他那近乎愚蠢的天真与坦诚，反倒令我感觉自己似乎心怀叵测。

西洋人士摆弄围棋实属罕见之事，以至于吸引了周围四五位乘客驻足围观。面对众人好奇的目光，我不禁感到些许局促；然而那位屡战屡败却依旧笑容满面的美国人，则显得从容不迫。

对他而言，与我之间的对弈或许就像是用磕磕绊绊的外语与他人辩论一般。或许在他看来，这种游戏根本不值得太过认真对待。总之，与他交手给我的感觉，和与日本人交手给我的感觉存在着天壤之别。有时我甚至会想，对于西方人来说，围棋可能本就不适合他们。在箱根时曾听人提过，德国拥有五千多名围棋爱好者，美国也有不少人喜欢围棋。我以这次这位美国人带给我的感受来谈可能有些草率，但说西方人普遍缺乏成为优秀围棋手所需的气质，已经是大家公认的事实。毕竟在日本，围棋不仅仅是一种娱乐活动或竞技项目，它更是一门兼具东方神秘魅力与高雅品质的艺术。正如本因坊秀哉名人的本因坊，也有京都寂光寺的塔头之称。作为围棋大师的秀哉名人也已悟道，在初代本因坊算砂即日海大师三百周年忌辰时，秀哉被赐予了“日温”这一法号。而在与这位美国人对弈的过程中，我深刻体会到了异族国家在这方面传统上的缺失。

谈及围棋的传统，这门古老的艺术实则源自中国，然而，在棋艺之道的深度探索上，中国与日本已不可同日而语，后者无疑已开辟出一片独树一帜的新天地。诚然，围棋受到政府的保护与支持是在近世以后，然而，围棋东渡扶桑其实已有千年的历史。但在这漫长的历史中，日本的围棋智慧并未绽放异彩。据传在中国，围棋被视为一种蕴含宇宙奥秘、游走于仙凡之间的灵性游戏，那三百六十一个交叉点不仅是棋盘上的坐标，更是自然法则与人生哲理的微缩宇宙。然而今天，将围棋的智慧拓宽到前所未有的深度与广度的，是日本。

或许，在其他民族的文化中，难以找到类似围棋、将棋这种如此需要在计谋和策略上耗时费神的智力游艺——一局棋，思索的时限可长达八十个小时，而决出最终胜负，竟需历经三个月的时间。这等耗费耐心与毅力的考验，在异域他乡恐怕是难以想象的奇谈。围棋，这一智者的游戏，或已与能乐、茶道等雅事一样，深深地植根于日本文化的沃土中。

在箱根，我曾听过秀哉名人聊起他在中国游历的轶事，言谈间都是关于对弈的时刻、地点以及对手。我以为中国围棋实力也相当强，便好奇地探问："中国的顶尖棋士与日本的业余高手相比，水平应是在伯仲之间吧？"

"唔，大概是这样吧。或许还略逊一筹，相当于日本业余棋手的水平吧。因为中国没有专业棋手……"

"所以，日本的专业棋手与中国的业余棋手难分伯仲？那也就是说，如果中国也像我们这样倾力培养专业棋手，就一定会出现围棋高手了？"

"毫无疑问，是的。"

"那就前途一片大好了？"

"也不尽然，毕竟短期内难见成效……而且他们棋艺虽然精湛，但很多人都用于赌博了。"

"不过还是拥有围棋的土壤啊……"

"吴清源六段不就是其中的佼佼者啊……"

原本我就有意去拜访吴清源六段，观摩完此次的告别战，心中越发渴望了解吴清源六段的相关经历，或许也能够为我的观战记补充一些遗漏之处，使报道更为圆满。

这位天纵之才诞生于中国，却在日本找到了施展才华的舞台，成了某种天赋恩赐的象征。吴六段，无疑是一位棋坛奇才，其光芒之所以能璀璨夺目，全赖东瀛这片沃土的滋养与培育。自古以来，身怀绝技的邻国人士在日本受到尊崇的例子不胜枚举；而今，最鲜活的例证便是吴六段本人。在中国，这样的天才或许会被埋没于茫茫人海之中，但在日本，他得到了精心的培养、呵护乃至极高的礼遇。发现这位少年英才的，正是一位游历中国的日本棋士。彼时，尽管尚处稚龄，吴清源六段便已深入研习了日本的棋谱典籍。然而我却感觉，中国的围棋历史悠久深远，远超日本。少年天才之所以散发出耀眼光芒，是因为背后那深藏不露、底蕴深厚的文化源泉。吴清源六段天赋异禀，然而若非幼年时期遭遇磨砺机遇，恐怕这份天赋也将如同宝藏一般，永远沉寂于黑暗之中。即便是在当今日本，很多棋艺高手也是昙花一现，就泯然众人。无论是个体还是民族，人类的能力与命运总是充满了各种变数。此外，历史上不乏有的民族曾经创造出辉煌灿烂的文化成就，却在今日逐渐衰落；同时也存在着另一些民族，虽然自古以来默默无闻，但却拥有着光明灿烂的前景。

二十九

吴清源六段，居住在富士见的高原疗养胜地。每当箱根对局之时，砂田记者便会前往富士见，取回吴清源对比赛的口述解说笔记，我再把这些珍贵的笔记巧妙地编织进观战记录之中，让报道更加完整清晰。新闻报社之所以选择他作为解说者，也是因为吴清源六段与大竹七段一样，在实力与人气方面均达到了令人难以企及的高度，堪称年轻现役棋士中的双杰。

然而，频繁的对弈也消耗了吴清源六段的身体。中日之间的战争也给他带来了巨大的痛苦。为了表达自己对于和平的渴望，他撰写了几篇随笔，希望尽早消除战火，两国人民还能在风光明媚的太湖上泛舟畅游。缠绵病榻之际，他还读了《书经》《神仙通鉴》《吕祖全书》等经典之作。昭和十一年（1936年），他正式加入日本国籍，并为自己取了一个新的名字——吴泉。

当我从箱根返回轻井泽时，正值学校的暑假期间。军训的学生进入了这个国际避暑胜地，训练的枪声一直萦绕在附近。我的二十多位朋友也纷纷离开文坛，投身军旅，加入了陆海军进攻武汉的战役。我却没有选择从军。我在观战记中写道：据说在过去战争时期，围棋曾一度非常流行，甚至流传着许多武士在前线对弈的故事。日本武道与艺道合流，融会贯通于所谓的宗教性人格之中。而围棋，则无疑是这种精神的最佳体现。

八月十八日，砂田记者来到轻井泽，邀请我一道去拜访。我们从小诸启程，乘坐小海线列车，途中还听到一位乘客绘声绘色地讲述了八岳山麓高原之夜的奇景：每当夜深人静之时，无数蜈蚣属的小虫，似被月色所诱，纷纷爬上铁轨以求凉爽；而车轮碾过留下破碎的尸体，油脂黏糊糊的，列车驶过都在打滑。当夜，我们宿于上诹访温泉的鹭之汤，翌日清晨，便直奔富士见的疗养胜地。

吴清源的病房，位于玄关之上的二楼。房间内四隅各铺设两块榻榻米。一块小巧玲珑的板状棋盘，安放在精心组装的木架上，架上覆以细软的毡垫。吴六段则一粒一粒地摆放着棋子，同时口中做着解说。

回想昭和七年（1932年），我与直木三十五曾在伊东暖香园，有幸目睹过吴清源与名人对弈的盛况。名人当时让了他两子。彼时，吴清源身着藏青底白碎花纹的筒袖和服，手指修长如玉，脖颈白皙胜雪，整个人如同高贵少女一般，散发着智慧与哀伤。而今，他身上更添了几分年轻僧人的沉稳与超脱。耳朵头型皆是一副贵人之相。我从未见到过如此惊艳的天才。

吴清源滔滔不绝地解说着棋局，我们跟着记录。有时他会停下来，托腮沉思着什么。窗外，雨水潺潺，濡湿了栗树的叶片。我趁机问起了这盘棋的精妙之处。

“唔，这是一盘妙棋啊……”

这盘棋，于中盘之际戛然而止，引人浮想。不过这是名人的对决，其余棋手纵有千般技艺，亦不敢妄加揣测其胜负之数。其实我真正想了解的，是吴清源将此棋局作为一件艺术瑰宝来品味的总体之美，我还想听听他对名人与大竹七段棋风的品评和鉴赏。

“棋艺非凡。”吴清源缓缓答道，随后又补充道。

“此棋赛对于双方而言，皆是至关重要之战。所以双方都步步为营，精心布局，稳健前行，不容有丝毫差池。如此谨慎周密的棋局，实在是世间少有。我认为这场精彩绝伦的比赛绝对是棋界的盛宴！”

“哦？”我心有不甘，继续追问，“黑子出手稳健，布局深厚，我这个门外汉都能看得出。您看白子如何呢？”

“嗯，名人亦不失稳健之风，步步为营，稳扎稳打。若稍有不慎，则局势必然陷入混沌，乃至崩溃。时间尚充裕，而且此等重要的对弈……”

吴清源的回答太过平淡了。我没能得到我想要的答案。我深知，若能针对我的提问，深入剖析棋局的形势，定能收获一番惊世骇俗的言论。

如今，名人病倒在棋盘上，此棋局带给我的悲壮感也越发强烈，我更渴望听到那些能够直击本质的解说。

文艺春秋社的斋藤龙太郎先生，在附近的旅馆中静养。返程途中我顺道前往探望。斋藤先生提及，不久前他还与围棋大师吴清源比邻而居。

“常常在夜深人静之时，还能听见那清脆悦耳的落子之声，真是厉害……”

斋藤先生感慨道。他还说自己曾见过吴清源送客，其风度翩翩、仪表堂堂之态，令人赞叹不已。

就在名人告别赛落幕不久，我有幸与吴清源六段一同受邀前往南伊豆下贺茂温泉。在那里，我听他讲了一个有关棋的梦境。他说自己在梦中想到了一种绝妙布局，醒来后仍然对其念念不忘……

“每当自己下棋的时候，总有一种似曾相识的感觉。心中常常暗自思量，难道这些是梦中所见……”

而大竹七段常常作为对手，出现在他有关下棋的梦境里。

三十

早在住院之前，名人就曾经说过："因我身体抱恙，这场对弈或许将不得不暂时中断。然而，我绝不允许任何旁观者对这盘未竟之棋妄加评断——无论是黑方还是白方，谁优谁劣，都不是外人所能轻易置喙的……"

这番话语仿佛正映照了名人当时的心境。如果不是身处棋局之中的人，是无法洞悉棋盘上的风云与胜负的。

当时的名人，对于局势似乎仍抱有一线希望。比赛结束后，面对《东京每日新闻》的五井记者以及我时，他不经意间透露出一些心声："住院期间，并未觉得白子处于劣势之中。诚然，偶尔也会有些许异样之感掠过心头，但从未真正意识到败局已定……"

回顾那场比赛，当黑子九十九手刺向中央白子之时，白子一百手粘是名人的回击——这是他住院前所下的最后一步棋。但在后来的复盘分析中，名人直言：若当时白子一百手不粘，而是转而压制右侧黑子以防其侵入己方领地——

“那么，黑方所面临的局面也将不会轻松。”

再者，白子四十八手可落子于下边的星位，以布下天罗地网。

“这是占天王山之要地，可以说是滴水不漏、密不透风的布局……”

名人早已洞悉此处“至关重要”，因而——

“黑子四十七手让白子占据要地，但此法却显得过于拘谨，难免遭受手段绵软的批评和指责。”

然而，大竹七段在其对弈感想中写道：若黑子四十七手不够稳健，必将为白子留下致命一击的空间。另外吴清源六段也认为，黑子四十七手出手稳重，毫无瑕疵可言。

令从旁观战的我大为惊叹的是，当黑子稳健地走出四十七手之后，紧接着白子便占领了下边的星位这一大场。与其说我从黑子四十七手感受到了大竹七段的独特棋风，不如说从中悟到了他已准备好殊死一搏的决心。他让白子爬到三线，进一步加固了四十七手之前构建起来的坚固防线。此刻的大竹七段可谓是倾尽全力，步步为营，既确保自己不输棋，又防止自己落入对手设下的圈套。

进入中盘百手左右时，局势变得微妙起来，可以说是胜负难料，场上呈细棋形势。轮到执黑行棋，则展现了大竹七段那既稳健又充满勇气的战略布局。就稳重度而言，黑方略胜一筹：其领地坚固如磐石，随后逐渐蚕食对方地盘，进而转入了七段擅长且引以为傲的战斗模式之中。

大竹七段曾被誉为本因坊丈和名人的转生。丈和，作为泰斗级人物，落子强力。也有人将秀哉名人与之相提并论。无论如何，几人的棋风雄浑，且都崇尚战斗，擅长以实力征服对手；对弈中豪放不羁，犹如狂风骤雨般猛烈；在危局之中，更是变化莫测，常以出人意料之招数扭转乾坤。每一子落下，皆精妙绝伦。业余棋手亦对其推崇备至，期盼着两位大师能够尽情放手一搏，在对局场上碰撞出火花，让整盘棋留下浓墨重彩的一笔。然而现实中，这般精彩的对局却未能如愿上演。

或许早有预感，大竹七段深知直接对抗秀哉名人的长项无异于自寻死路，因此他采取了一种更为谨慎的策略：尽量避免陷入与对手的混战，防止在纠缠中被对手绞杀的困局；同时巧妙地限制对手的发挥空间，试图将比赛引导至对自己更加有利的局面之下。即便放任白方占据较大区域，那也是为了稳固自身阵脚所做的战略牺牲。这种看似保守实则积极主动的态度背后隐藏着无比坚定的底气与信心。看似消极退缩，实则蓄势待发，一旦瞄准对象便将以雷霆之势发起攻击。

然而，即便大竹七段如何规避风险，名人仍能在对弈中寻得一丝机会，发动猛烈攻击。白子初落，便以双角并进，此开局之姿，妙不可言。黑子不甘示弱，于三三手左上角掀起波澜。六十五岁高龄的名人，在这决定命运的终局之战中，下出了前所未有的一着儿。瞬息之间，那方寸之地风云突变，局势错综复杂。面对如此关键一役，名人避繁就简，巧妙避开了纷乱混战的泥潭，选择了清澈通透的策略。及至中盘，棋盘已悄然落入黑子的掌控之中。大竹七段在这一人的舞台之上，自然而然引领着棋局步入细棋的境地。

诚然，依照黑子既定之策，细棋的局面在所难免。大竹七段或许意图倾尽全力，捍卫每一个黑子，这亦可视为白子策略的胜利。非是名人施以奇谋诡计，亦非黑子失误有可乘之机，而是顺应着黑子稳健的布局，名人如同行云流水般，在棋盘下方轻松筑起一片白子的王国，不知不觉间已逼近决赛。其精妙绝伦之处，全仰仗名人炉火纯青的棋艺。岁月的消逝未曾带走他的棋艺，病痛的折磨亦未能损毁他的智慧。

三十一

本因坊秀哉名人自圣路加医院出院，回到世田谷宇奈根的宅邸后，曾经说过：“我七月八日离家，算算已经过了八十几天。离开时还是盛夏，回来却已然是仲秋了……”

这天，名人在附近走了二三百米，这是近两个月以来走得最远的一次。名人久卧病榻，腿上没劲儿。出院已经两周了，才能勉强挺直身体。

“五十多年了，我已经习惯正坐，如今盘膝坐反而觉得不适。住院的时候一直卧床不起，即使出院后也不能正坐。到了吃饭的时候，必须拿桌布覆在上面，盘起腿藏在桌布下。说是盘膝坐，其实就是把两条腿藏进里面。之前我从未这样坐过。就算我难以长久正坐，但在对弈开始之前，我必须尽力维持这个姿势，否则会有隐患。然而对于现在的我来说，要维持这种状态实在不容易。”

赛马季到了，这是名人翘首以盼的。按理来说，他心脏有问题，观看这类比赛须慎之又慎。然而这次他十分激动，已然按捺不住了。

“我去了府中，也正好借此机会活动筋骨。在那儿看跑马，可真是心旷神怡。那时我胸中忽然生出一股莫名的冲动——我感觉自己可以下棋了。然而到家之后又卸了力，可能还是身体虚弱吧。即便如此，我还是看了两场比赛。下棋应该也没问题。今日决定对弈在十八日前后继续。”

此番谈话出自《东京每日新闻》黑崎记者的报道。报道中的“今日”，指的是十一月九日。自八月十四日箱根告别赛暂停以来，历时三个月，得以重开。冬日渐近，对局之地选在伊东暖香园。

在弟子村岛五段与日本棋院八幡干事的陪同下，名人夫妇在对局三天前，即十一月十五日抵达暖香园。大竹七段则于次日，即十六日到达。

伊豆蜜柑山的景致美不胜收，海边尽是黄澄澄的夏蜜柑与甜橙，犹如金色海洋。十五日天公不作美，阴云密布，寒气袭人；十六日小雨淅沥，更添几分寒意。广播电台播报了各地的降雪情况。然而到了十七日，伊豆却迎来天朗气清的小阳春。向来不爱散步的名人，竟破天荒地去了音无神社及净池。

箱根棋赛前夜，名人曾叫理发师到旅馆给他剪发。而十七日在伊东，他又再次叫人为自己修理胡须。其夫人依旧如在箱根般，从背后支撑着他的头。

“你们也能染发吗？”

名人一边跟理发师轻声嘀咕，一边静静地凝视着午后庭院中的景致。

他已在东京染过黑发。染发出战，本非名人作风，想必是在对局中病倒后，欲借此改换心情。

名人一向蓄短发，此次却留起了头发且染成了黑色，令人颇感怪异。理发师的剃刀之下，名人暗淡的肤色与突兀的颧骨尽皆显露无遗。

与在箱根时相同，名人脸色虽苍白但不浮肿，却始终给人以病态之感。

我一踏进暖香园的大门，就立刻到名人的客房去探望。

一进门，我就看见名人那迷迷糊糊的样子。“噢，啊……”说话都不利索了。

“来这儿之前我跑去圣路加医院看大夫，连稻田博士都看得直摇头。说是心脏病还没好，胸膜里又积水了；到了伊东再找大夫一看，说是得了支气管炎……估计是着凉感冒了吧。”

“啊？”我一听也愣住了。

“三种病缠身啊！可真是旧账未清，新债又来！”

旁边日本棋院和报社的人小声提醒道：“先生，您这身体情况须要瞒着点大竹先生……”

名人一听就诧异了：“为什么要瞒着他？”

“怕他嘴碎，把事情搞复杂了……”

名人听了还是摇摇头：“本来就是这个样子嘛……藏

着掖着反而不好。”

那人说道：“您最好还是别说，免得他又像上次那样，嫌您是病人。”

名人沉默不语。之前无论何人询问他的健康状况，他总是如实相告，毫无保留。

这段时间以来，他毅然决然地戒掉了晚酌和香烟，这两样曾是他生活中不可或缺的嗜好。在箱根时，他几乎足不出户；而在伊东，他却尽可能地进行户外运动，吃的也多了一些。更令人惊讶的是，他还将自己的白发染成了黑发，或许这正是他下定决心的表现。

我问他下完这盘棋后，是按照往年的惯例前往热海或伊东避寒，还是再次住院治疗。名人仿佛吐露心声般说道：“噢，其实都不知道能不能活到那时候啊……”

至今还能坚持弈战，或许正是因为他那无所顾忌的态度吧。

三十二

对局前一晚，暖香园对局室内换上了崭新的榻榻米。十一月十八日清晨，一踏入室内，新铺席的清新气息便扑面而来。小杉四段特地从奈良屋带来了曾在箱根使用过的棋盘。名人与大竹七段落座后打开盒盖，发现黑子之上竟布满了暑气带来的霉斑，便叫来了旅馆掌柜和侍女，当即清除了这些脏污。

时至上午十点半，名人才重开棋盘，执白一百手。

黑子九十九手楔入白阵中心，犹如利剑出鞘，直指要害；对此，白方审时度势，巧妙地以一百手粘作为回应。在箱根的最后一天，名人仅下此一着儿便封盘了。终局之际，名人感慨道："此局中的白子百手粘下于我病重入院前夕，也就是封盘前的最后一着儿，想来是仓促落子，有些遗憾了。若当时能脱险，于'十八·十二'位应之，则可稳固右下角的白方领地。既然黑方已刺入其中，断然不可避免；即使被分割开来，亦非绝境。倘若白方坚持固守现有地盘，则黑方形势亦难言乐观。"

然而，这一手却并非败笔所在，更谈不上导致局势滑向颓势。事实上，大竹七段早已预见到名人会采取这一策略，旁观者亦认为此着儿是名人的必然选择。

面对白子一百手的封盘，大竹七段或许早在三月前便已洞悉应对之策。随后黑子唯有一途可走，即毅然决然地深入右下角白阵之中。在我们这些门外汉眼中，此二路跳进之举，是直捣黄龙的不二法门。然而，匪夷所思的是，临近十二点的午休时分，大竹七段仍按兵不动，未曾落子。

午休之际，名人罕见地在庭院中漫步。彼时，梅枝与松叶在阳光照耀下熠熠生辉，八角金盘与大吴风草亦竞相绽放风华。大竹七段屋檐之下的山茶花丛中，一朵斑点花竟提前绽放。名人静立其间，驻足凝眸，目光久久未曾移开。

及至下午时分，对局室内纸拉窗上投映出斑驳的松影，偶然飞来的绣眼鸟在窗外轻啼。而那檐下泉水池中，几条硕大的鲤鱼悠然游弋。与箱根奈良屋所见的锦鲤不同，这里的是黑鲤。

然而，大竹七段却迟迟未落子一百零一手。名人似乎也等累了，闭上了眼睛休息养神。

安永四段见状，不禁轻声感叹道："此处真是举步维艰啊！"言罢便盘膝而坐，闭目沉思。

我心中疑虑重重：七段为何如此犹豫不决？他迟迟不应"十八・十三"位，难道仅仅是为了消磨时间？工作人员亦显得焦躁不安。直至后来，在《对弈者的感想》中，我才得以窥见当时大竹七段内心的挣扎——他在考虑是选择“十八·十三”位跳还是“十八·十二”位爬。名人在某次讲评时也说过：“事关得失，实难抉择。”

续弈之初，大竹七段竟耗时三个半小时方落子，此举令人倍感诧异。待此手落定，秋阳已西落，暮色渐浓，该掌灯了。

名人则以迅雷不及掩耳之势，仅思考五分钟便以白子一百零二手冲，直指黑方要害，对抗其间跳刺入。随后，大竹七段又花费四十二分钟，方才完成黑子一百零五手的布局。至此，伊东首日之战仅下五手便告一段落，黑子一百零五手封盘。

当日棋局，名人所用时间不过十分钟，而大竹七段却耗费长达四小时十五分。自第一手起算，黑方累计用时二十一小时二分，已然超过规定时间四十个小时的一半，堪称前所未有之举。

小野田六段与岩本六段因需要出席日本棋院升段大赛，当日便未能亲临现场。不过此前，在箱根之时，我曾听岩本六段说起过：“近日来，大竹先生的棋似乎变得晦暗，缺乏往日的明朗。”

“围棋之道也会有晦暗与明朗的分别吗？”

“是的，毕竟棋风各异啊。不过围棋本身便非明朗之物，往往给人以晦涩难解之感。但这所谓的晦暗与明朗，与胜负并无直接关联，也不意味着大竹先生的实力有所减退……”

在日本棋院的春季升段赛上，大竹七段遭遇了八战皆墨的挫败。然而，在挑选名人告别赛对手的新闻杯赛中，他却以全胜之姿震撼四方。其成绩的起伏跌宕，实在令人惊异。

黑子对阵名人之时，战术亦晦涩凝重，犹如深渊中压抑已久的怒吼，试图冲破束缚。这股力量是源于内心深处那股凝滞已久、亟待爆发的情感，并非顺畅自如的表达。从开局伊始，黑子便展现出一种沉重而缓慢的步伐；随后，则如同蚂蚁啃噬大象般，一点一滴地侵蚀对手。

棋手性格大致可分为两类：一类是永远在自省，总觉自身尚存不足之处；另一类则是自信满满，仿佛一切尽在掌握之中。大竹七段属于前者，而吴清源六段则是后者的代表。

大竹七段，这位“自觉能力不足”的棋手，也承认眼前这盘棋局已经进入胜负难料的细棋阶段。正因如此，在没有绝对把握之前，他不敢轻易落子，生怕一步错导致满盘皆输。

三十三

在伊东的首日，纷争如预料般袭来，竟至续弈之日都难以为继。

在箱根的旧事重演，名人因身体抱恙恳求调整对局条件，而大竹七段却如吃秤砣般铁了心拒绝，甚至固执程度更胜往昔。或许是心里还想着箱根那回事。

此等秘辛不便载入观战记录，因而我记忆也有些模糊了。印象中矛盾似乎聚焦于对局的时间。

初时议定，四日一歇，第五日重启棋局。这是仿效箱根的旧例，意在让棋手得以休养。然而困居旅馆，反而使名人疲惫感加剧。名人的病情日益严重，曾请求缩减四天的休赛期，未料大竹七段断然否决。最终，主办方将箱根的最后一役提前了一日，在第四天就开始了。当日名人仅下了一子。虽然遵守了约定日期，却打破了早晨十点至下午四点的医嘱。

名人的心疾是沉疴，且不知道什么时候能治愈，因此圣路加医院的稻田博士勉强应允了伊东之行，并且叮嘱名人务必在一个月之内完成这盘棋。然而伊东比赛的首日，名人就眼睑微肿，精神不济。

名人忧虑自己的病情，所以提出尽早结束。而报社也考虑到此棋人气正旺，担心拖延日久，恐生变故，令棋局抱憾。两方都提出缩短对弈的间隔，奈何大竹七段却不为所动。

村岛五段提出：“我与大竹兄交情甚笃，可以去劝劝他。”

村岛与大竹同为关西棋坛的后起之秀，早年共赴东京，各投名师门下。村岛得本因坊青睐，大竹则拜于铃木七段门下。二人感情深厚，同在棋途为伴。因此村岛看上去十分有把握，以为只要能道破名人的病情，大竹必能体谅。岂料言之凿凿，却起到了反效果。大竹听后，非但没能答应，反而更加强硬地质询众人：“你们竟隐瞒了名人的身体情况，还让我与病人对弈？”

村岛身为名人高足，对局期间，常频繁探访老师，殊不知此举已触大竹的忌讳。大竹心中早有芥蒂，视此为玷污棋赛圣洁之举。前田六段作为名人的徒弟，七段的姻亲，在箱根对弈期间就选择住在其他地方，从来不会去名人的房间。大概是因为对弈期间必须严守规则，不能容许掺杂任何私情，以免给赛事蒙上阴影。这也正是大竹七段愤懑的原因。

更有甚者，是让他与年老体弱的人对弈。而对弈之人又是名人，则更加重了大竹内心抑郁的情绪。

事态愈演愈烈，大竹竟直言放弃对弈。和箱根那时一样，夫人又携家带口自平塚赶来，苦口婆心地劝说七段，还叫来了一位名叫东乡的手掌疗法大师助阵。东乡之名已响彻棋界，大竹也在同僚的推荐下接受其治疗。在治疗上大竹笃信东乡的办法，生活起居上也尊重东乡的意见。东乡身上有修行者的气质。每日晨起诵读《法华经》的大竹，东乡之言于他而言无异于金科玉律，足见其人重情重义。

“东乡之言，大竹先生必恭谨从命。观其态势，东乡似乎正在劝他不要放弃……”工作人员说。

大竹七段十分热心，觉得机会难得，便拜托了东乡替我诊断。一进房间，东乡的手就靠了过来，为我触诊。他仅仅摸了摸就对我说：“您身体无恙。虽然身子骨不硬朗，但却有长寿之相。”

须臾，东乡又把掌心贴在我胸口。我自己摸了摸，感觉右胸处的棉袍似乎渐生温热，真是奇怪！东乡手掌靠近胸口，明明左右动作一致，但右胸竟比左胸热乎。据东乡解释，温热其实是疗愈的征兆。这是因为已经将毒素排出了右胸外。我的肺与胸膜并没有不适的症状，X光之下亦未发现异样，唯独右胸偶尔有憋闷之感。或许是因为往昔肺部曾患微疾。而今，病根潜藏的右胸，竟然被东乡玄妙的手掌疗法治好了。然而，这层功力是如何透过棉袍抵达右胸的呢？我内心震撼不已。

东乡也告诉过我，这场棋战，实际对大竹七段而言意义重大，如果放弃，必然招致世人诟病，心中难安。

名人身处僵局，却也只能静候工作人员与七段交涉的结果，别无他法。种种详情，未敢泄露给名人，他不清楚局势已然纷乱到对手扬言罢赛这种地步。然而空耗时日终究令人心焦，于是名人便前往川奈饭店散心，疏解郁闷。我也受邀同行。第二天，我又邀请了大竹七段共赴。

七段虽言弃赛，却并未即刻返邸，仍留宿于对局室旁边的旅馆，我想应该还有转圜之机。果不其然，经由一番恳谈，二十三日终达成默契，约定对局每隔三日举行一次，且至下午四时暂停。自十八日停弈以来，被困扰了五日的问题，终得解决。

回忆起之前在箱根将第五日对局改为第四日对局时，七段曾经说过："休息三天，实在难以消除疲劳；而且每日有两个半小时，我也力不从心。"

而今，间歇之期又缩减为两日了。

三十四

然而，来之不易的胜利，却不幸地再度被击碎。

名人听闻事情已经谈妥，便迫不及待地告知工作人员：“就明天吧……”

然而大竹七段却表示需要休息一日，后日再续棋局。

名人一直焦灼地等待着答复，得知大竹七段答应后立马精神抖擞，恨不能立刻上阵对弈。然而他的这种近乎天真的状态，却刺激了七段的戒备心。几日以来的纠缠，已经令他头晕目眩、筋疲力尽了。他必须平复心情，凝神备战新的对决。这也是二人的性格差异所在吧。再加上七段近期过度劳累导致肠胃不适，以及随行至旅馆的孩子突发高烧，使得爱子心切的七段更加忧心忡忡。因此，次日恐怕难以应战。

而工作人员处理不当，竟一直晾着名人。可又无人敢直言相告——刚刚谈拢的日期，又因大竹七段的关系不得不延期一天，让名人白高兴一场。反观名人则一直坚持“明天就开始”的想法，毫无商榷的可能。由于二人的地位悬殊，唯有说服七段一途可行。然而，听完这些的七段勃然大怒，盛怒之下的他更是不肯答应了，甚至声称要弃赛。

二楼的小房间里，日本棋院的八幡干事与《东京每日新闻》的五井记者一声不吭地闷头坐着，看上去心力交瘁，一副无能为力、想要随波逐流的样子。平日里寡言少语的二人，在这种时刻就越显沉默局促。晚饭后，我也加入了他们的行列。这时，旅馆女佣找到我，对我说道：“大竹先生说与浦上先生有要事相商，想请您去另一个房间。”

“与我？”

此言一出，我不禁愕然。在场的两位也用惊诧的目光注视着我。在女佣的引领下，我步入一间宽敞的房间，只见大竹七段独自端坐于其中。尽管室内摆放着火盆，但依旧寒气逼人。

“承蒙先生长期关照，今日冒昧相请，实在抱歉。然而，经过深思熟虑，我已决定放弃此次比赛。实在是因为，目前这种情况，非我所能接受的。”七段语气坚定地说。

“哦？”

“因此，我想亲自向您说明……”

我只是一名观战记者，身处他的位置，原本无须特别向我解释此事。但他却郑重地将我请来告知此事，这无疑是一种友好的姿态。面对如此情形，我也不得不调整自己的立场，不能仅仅说几句场面话敷衍了事。

自箱根以来的种种纠葛中，我一直扮演着旁观者的角色，从未介入其中。而且此刻，也并非七段与我商量，而是告知我他的决定。我们面对面坐着，我听他诉说着心中的苦楚，这时我才真正动了参与劝解的心思。如果我有资格出面调解，或许我应该提出自己的看法。

我的观点大致如下：在秀哉名人的告别赛中，大竹七段以一己之力独战群雄。然而，这不仅仅是他个人的较量，更是继承历史潮流的新时代棋手与名人之间的交锋。在大竹七段脱颖而出之前，曾经经历了一场历时约一年的“名人隐退告别赛挑战者选拔赛”。首先是六段级别的较量，久保松、前田优两位脱颖而出；而铃木、濑越、加藤以及大竹则参与了七段级角逐。在这场循环赛中，大竹七段所向披靡，接连击败了五位对手，其中包括资历深厚的铃木和久保松两位前辈。尤其是对于正值壮年的铃木七段而言，原本计划通过让先的方式取得优势后再转为互相追击，却因种种原因未能如愿，据说这成了他一生之憾事。按照常理，作为弟子的大竹理应给予这两位师长再次与名人对弈的机会以示尊敬。然而，现实却是大竹七段毫不留情地战胜了铃木七段。最终争夺冠军宝座的是连获四胜佳绩的久保松及其弟子大竹。如此一来，便赋予了这场比赛更深层次的意义——大竹不仅是为自己而战，更是肩负着两位师傅未竟之志向名人发起挑战。相较于早已成名的老将如铃木或久保松，年轻的大竹无疑成了新一代现役棋手中最具代表性的人物之一。与此同时，他的好友兼劲敌吴清源六段同样可以被视为这一代棋手中的佼佼者。但值得注意的是，五年前当吴清源首次面对名人时采用了新颖布局却遭遇惨败，彼时他还只是一个五段棋手，因此即便获得了参赛资格也难以构成实质性威胁，使得整个赛事显得黯淡无光。追溯到十二三年前一场日本棋院对抗棋正社的比赛，那场名人决赛中的对抗选手是雁金七段。这位长期以来被视为名人的宿敌，不过那场比赛名人获胜。此后，名人的职业生涯未尝有败绩。由此可见，“不败名人”的最后一场战役无疑就是此次隐退告别赛。不同于以往任何一次对决，这次胜利不仅不会给未来接任者带来困扰，反而标志着一个时代的结束与另一个新时代的到来，预示着后来者将为围棋界注入新的活力与希望。告别赛的中断，无疑是历史洪流中的一次重大阻断。大竹七段肩负着沉重的责任，怎能因个人情感而轻易放弃比赛呢？要知道，从现在算起活到名人当前的年龄，还有整整三十五年的漫长岁月，这比大竹七段自出生至今所经历的三十年还要多出五年。作为在日本棋院黄金时期成长起来的新一代棋手，大竹七段的成长环境与前辈们不可同日而语。相比之下，名人一生历经围棋从明治草创期至兴盛再到近年来的辉煌阶段，说到底是承载了重大责任的棋界领袖人物。因此，为这位传奇人物举办一场完美的隐退告别赛，是每一位后来者义不容辞的责任。即便在箱根疗养期间身体状况不佳，名人依旧坚持完成最后的比赛，并且还拖着病躯，为了伊东的续弈特意染黑头发。他誓要全力以赴。然而，面对这样一位老将，年轻对手却选择了退缩，这无疑会让社会舆论倾向于支持名人一方，大竹七段反而会陷入前所未有的舆论困境之中。即便他拥有充分的理由解释自己的决定，但在公众眼中似乎也不再重要。随之而来的将是无尽的争论甚至相互指责。这是一场具有划时代意义的告别赛，大竹七段若放弃比赛，也必将被镌刻于围棋史册之上，成为后世棋手们反复咀嚼的历史瞬间。更重要的是，放弃此次机会，意味着大竹七段不仅未能履行好自己作为新时代代表应有的职责，还会引来世人关于胜负结局的种种猜测与非议，让本应成为佳话的对决蒙尘。年轻一代搅黄了患病名人的告别赛，实在有损形象且无益于己身发展。

我断断续续地陈述了许多，然而七段依旧坚如磐石，没有给予一个肯定的答复。诚然，七段自有道理，他屡次退让，心中早已积压了不满与不甘。若再退一步，明日便要对战，哪还顾得上七七八八……如此行事实在令他心中不悦，弃赛或许更贴近他的心意。

“那么，延期一日，后日再战如何？”我提议道。

“唉，事已至此，恐怕难以回天了。”

我又转向大竹先生确认：“大竹先生，后天应该无碍吧？”言罢，没说与名人商量的事，我便匆匆告辞，七段仍然坚持唯有放弃比赛一途……

返回房间时，五井记者正枕着双手横卧在床上。

“大竹决定不下了？”他问道。

“是的，他说要先告诉我……”

八幡干事则蜷缩着肥胖的身体靠在桌上。

“不过，我认为或许延后一天尚有转机。我去与名人商议看看。”

说罢，我便起身前往名人的房间，并直言告知了情况：“实际上，我是来恳求先生的……本不该由我多嘴，但请允许我斗胆一问，能否将明日的对局推迟至后天？大竹先生表示希望能延后一天。据说他的小儿子突发高烧，令他忧心忡忡。而且，大竹先生本人似乎也肠胃不适……”

名人静静地听了一会，随后慷慨应允：“可以。”

“那就这么办。”

泪水几乎夺眶而出。真是突如其来的转机。

问题就这样轻而易举地得到了解决，但我不好立即离开，所以与名人的夫人闲聊了几句。关于延期或是对手大竹七段的话题，名人都未再提及。虽然延后一天看似小事一桩，但对于早已迫不及待、准备在明日展开对局的名人而言，这样的变动无疑会挫伤其情绪，对于身处对弈中的棋手来说，这并非小事。这些话，工作人员都不敢向名人透露。我之所以前来相求，实属无奈之举。名人必定敏锐地察觉到了这一点，但他却表现得若无其事，还应允了我的请求。这种大度深深触动了我。

我先返回工作人员的房间通报这一喜讯，随后又来到大竹七段的房间。

“名人同意将比赛延后一天，后天进行也是可以的……”

七段显得颇为意外。

“这样一来，等于名人给了大竹先生一个让步；下次遇到什么事情，也麻烦大竹先生让让他了。”我补充道。

房间里一片凌乱，七段夫人正在床边照料着患病的孩子。听完这些，她郑重地向我道谢。

三十五

十一月二十五日，即约定之后的第三日，棋局再启。距离十八日已经过去了七日。小野田六段与岩本六段两位列席的高手，因为在棋院段位赛中轮空，也于前夜匆匆赶来。

名人坐在绯红缎面的坐垫上，一旁摆着一张紫色凭几，宛如僧侣入定。自本因坊初代日海即算砂起，历代名人皆皈依佛门，僧衣加身，禅心弈棋。

八幡干事轻声言道："如今的名人，也是出家人，僧号日温，还有袈裟呢。"

对局室内，半峰匾额高悬，上书"生涯一片山水"，字迹飘逸。我目光流转至右下方题字，心中不禁忆起报上所说高田早苗博士病危的消息。另一匾额，则记载着中洲三岛毅博士伊东十二胜。在八叠榻榻米的邻室，云水僧的流浪诗卷轴悬挂其间，墨香四溢。

名人身旁，一椭圆形梧桐木大火盆熊熊燃烧，火光映照着他专注的面容。为抵御风寒，其身后还放置了一个长方形火盆，热气蒸腾。七段请名人自便，名人便顺势围上围巾，身着毛线内衬的他，外层又裹上外罩御寒。听闻他低烧缠身。

黑子一百零五手启封，白子以一百零六手应之，名人于此步凝思两分钟。随后，大竹七段又深陷长时间的沉思之中，不仅如此，他口中还喃喃自语，犹如梦呓：“真是奇哉怪也！怎么这么快就到时间了？四十个小时的对弈，即便高手来了也招架不住啊。真是从未有过，简直是浪费时间啊。原本一分钟就能决定的……”

当天阴云密布，白头鸟啼鸣不绝于耳。廊下泉畔，两朵杜鹃花傲然绽放，更有数枚蓓蕾含羞待放。黄鹡鸰轻盈掠过廊前，添得几分生机。远处传来温泉水泵的轰鸣声。

黑子一百零七手，七段思考历时一小时三分钟。而黑子一百零一手已然直捣黄龙，打入右下方白子腹地，奠定先手十四五目的基业。而后续黑子一百零七手，则在左下角扩张领地，此手是后手约二十目。两手之下，黑子获益匪浅，观者无不叹服。

随后由白方执子。只见名人神色严肃，双目微闭，屏气凝神，面色由红润转为紫铜色，颊上肌肉亦轻微颤动，周遭风声与法华大鼓之音于他而言皆已消失，仿佛遁入无声之境。此一着儿，名人沉思四十七分钟方才落子，堪称伊东之地前所未有的长考之举。而对手大竹七段，随后执黑一百零九手，直至封盘，耗时竟达两小时四十三分钟之久。这一天仅下出四手，七段耗时三小时四十六分，名人则用时四十九分。

“此等生死攸关之际……真是实属罕见啊，实在是残酷至极！”午间小憩之时，七段半带戏谑地说道。

白子一百零八手蕴含多重深意——既对左上角黑子构成威胁，又削弱中部黑子之势，同时稳固左侧白子防线。

对此，吴清源亦有高见：“白子一百零八手，实在是十分精妙的一着儿。我们也怀着巨大兴趣，翘首以待，观望其落子何处……”

三十六

间隔了两日，第三日对局开始。然而当天早晨，名人与七段皆感到腹中不适。听说大竹七段自凌晨五点便被腹痛惊醒，一直到天色大亮。

黑子落下一百零九手后，七段离席如厕去了。待他重返座位，惊讶地发现白子已经走出了一百一十手。

“这么快就下完了吗？”他惊讶地问道。

“你刚离开我就下了这一手，真是不好意思……”名人回答道。

七段双臂交叉于胸前，听着窗外瑟瑟作响的寒风，感叹道：“风声不绝啊！如今已是十一月二十八日，确实可以称之为寒风了。”

昨夜西风呼啸不止，直至今日清晨才稍做停歇，但偶尔仍会卷起阵阵狂风掠过天际。

注视着棋盘上白子一百一十手以及左上角黑子所形成的局势，七段通过黑子一百零九手和一百一十一手，成功化解了边隅危机，使得整个局势逐渐向他倾斜。此处若被对方突破，则可能陷入生死存亡或复杂纠缠之中。仿佛一盘玲珑棋局，一子足以改变整盘棋的命运。

“这个角落是否需要加固？长期积累下来的问题，利息可真够高的。”黑子一百零九手启封时，大竹七段如是说。

黑子落下后，威胁得以消除，双方力量趋于平衡。

当日不同寻常，上午十一点前竟已进行了五回合较量。至黑方一百一十五手时，胜负已然明朗。此着儿将严重削弱白方势力范围，在这决定成败的关键时刻，七段不会轻易落子。

名人一边静待对手落子，一边谈起了往昔热海鳗鱼铺重箱和泽庄的趣事。他还回忆起当年去热海的经历：从东京出发乘坐火车至横滨后换乘轿子，历经颠簸在小田原夜宿一晚最终抵达目的地。

“那已是五十年前的事了，当时我大约十三岁吧……”

“真是久远啊。那时候，恐怕连家父都尚未出生呢……”大竹七段笑着说道。

思考棋局的时候，七段总说自己肚子痛，离席数次。他不在时，名人便问：“真是好耐性啊。已经过去一个多小时了吧？”

“接近一个半小时了。”负责记录的少女回答。正午时分，汽笛声长鸣，少女用她擅长的方式，估算着长鸣的时长。

“正好一分钟，最紧的时候是五十五秒。”

七段回到座位上，在额头抹了一些冬青油，并用力捻了捻手指。旁边还放着一瓶微笑牌眼药水。

看到他这副模样，在场的人都以为午休前他不会再落子了。然而，在十二点八分时，他却突然“啪”的一声落下一子。

倚靠在茶几上的名人不禁发出了一声轻叹。他立刻调整坐姿，收紧下巴，抬起眼睑，目光如炬地紧盯着棋盘。名人的眼睛深邃而明亮，睫毛与眼球间有道深痕，他的凝视仿佛能穿透一切。

黑子一百一十五手落子稳健有力，白方则只能坚守中盘。此时正值午休时间。

下午，大竹七段在棋盘前稍做停留后便返回房间，往喉咙喷了些药水，空气中弥漫着一股淡淡的药味。他还滴了几滴眼药水，怀里揣了两个暖炉。

白子一百一十六手耗时二十二分钟，直至一百二十手方皆落子如飞。名人所执的一百二十手，在面对处于劣势的三角地带时，布局稳健又不失松弛。这一着儿是决胜的关键所在，稍有不慎，则可能损失一目乃至更多。局势微妙至极，不容有丝毫懈怠。或许正是那看似平凡无奇的一手，将决定整盘棋局的命运走向。但名人竟然仅仅用一分钟便完成了这一至关重要的决策过程，连对手看了都心生畏惧。尤其在此之前，名人已经开始了他的心算——只见他的脑袋微微颤抖，双目如炬般快速扫过棋盘上的每一个角落。这种心算速度令人咋舌。

观战的人员纷纷猜测，双方胜负仅在一目之间徘徊；若白方欲争取两目，则黑方亦须展现实力以做回应。大竹七段此刻坐立难安，那张充满稚气的脸庞因紧张而涨得通红，额头上青筋暴起，手中扇子“呼啦呼啦”地不停挥动。

即便是向来以冷静著称的名人也不由自主地打开了折扇，神经质地扇动起来。我不忍直视如此紧迫的态势。终于在某一刻，名人看上去像是解脱了，整个人顿时轻松了许多。轮到七段落子了，他脱下了外套。

“真是不好意思，思考的时间太长了，弄得我都出汗了……”

受此影响，即便是优雅如名人，也将衣领翻至颈后，脖颈伸得长长的，呈现出一副滑稽之态。

“热啊，真是酷热难耐！如此漫长，简直令人窒息——形势凶险啊，败局似乎已定……”

大竹七段竭力压制着内心的焦躁不安。经过长达一小时四十四分钟的苦思冥想，终于在下午三点四十三分时以黑子一百二十一手宣告封盘。

自伊东续弈以来的三日对局中，从黑子一百零一手直至一百二十一手，共下了二十一手。双方所用时间对比悬殊：黑子耗时十一小时四十八分，而白子仅用了一小时三十七分。若换作平日里的比赛，恐怕大竹七段仅需下出十一手便已超时。

黑白双方思考时间上的天壤之别，不禁让人感叹：名人与七段之间在心理与身体状态上都判若云泥。事实上，耗时斟酌也是名人一贯的棋风。

三十七

对局前的每晚都会刮起凛冽的西风，然而到了十二月一日早晨，却是阳光明媚、生机勃勃的好天气。

前一日白天，名人下完了将棋后又去了台球桌上挥杆，晚上又与岩本六段、村岛五段及八幡干事围炉打麻将，直至深夜十一点方才罢手。次日不到八点，他就起床了。起床后便到庭院中闲逛。其间有一只红蜻蜓曾在院中短暂停留。

大竹七段住在二楼。二楼窗外的枫树叶子半绿半红，煞是好看。大竹七点半醒来时曾说自己腹中剧痛难忍，担心自己染上了恶疾。桌上摆放着十余种各式各样的药瓶。

年老的名人刚刚从感冒中恢复，年轻的七段又出现了各种各样的问题，甚至比名人的身体还要脆弱敏感。即便在体格上，大竹七段看上去比名人更胜一筹。每当离开对弈室，名人便试图彻底忘却棋盘上的较量，转而投身于其他形式的竞技之中，在自己的居所内也从不触碰任何一枚棋子；反观七段，即便是在休息日里也心系棋盘，全神贯注地研究暂停后的局面变化。此等差异或许不仅仅源于年龄差距，更在于他们各自独特的棋风。

“‘神鹰’号已经抵达了？昨晚十点半啊……真是太迅速了！”

十二月一日的清晨，名人满怀期待地步入工作人员的房间询问道。

此刻，灿烂的朝晖铺洒在对局室朝东南方向的拉窗上，空气中都充满了希望与活力。

然而，在续弈之前，谁能预料到竟会发生如此匪夷所思之事？

八幡干事展示封印给对局双方过目后，小心翼翼地拆开信封取出棋谱，并将之平铺于棋盘之上以复原局势。他屏息凝神，试图从密密麻麻的黑白交错中寻找那封盘的黑子一百二十一手。然而，令人惊愕的是，这一关键之步似乎消失了……

按照惯例，封盘记录应由当轮下棋者亲手书写并密封于信封内，此过程严禁他人窥视或干预。上一次休战之际，正是大竹七段在长廊内完成的。随后，他将装有珍贵信息的小信封置于另一封更大一号的信封中，再由八幡干事亲自加封确认无误。直至今日清晨续弈之时，这个大信封始终被安放在旅馆的保险柜里。因此，无论是名人还是八幡本人，对于大竹七段究竟如何落子均一无所知。但旁观者们依据种种迹象或多或少可以猜测得出。不过黑一百二十一手的封盘之子，究竟在何处呢？它是此棋局的点睛之笔，因此众人皆屏息凝神，向棋盘上看去。

这一子究竟在哪儿？八幡干事对照着棋谱，焦急地寻找着这关键一子，一时间竟手忙脚乱。突然，伴随着“啊”的一声惊呼，找到了。

黑子已然落下，而我因位置偏远，未能窥其全貌。不过，即便知晓了那棋子的落点，也难以揣摩其背后的深意。这一着儿，竟出人意料地孤零零落在了棋盘上方的边缘，偏离了战况胶着的中部战场。

即便是不懂棋艺之人也能敏锐察觉到，这不是一次简单的布局，更像是一场精心策划的突围。这究竟是大竹七段单纯为封盘落下的一子？还是他故意为之，以此作为某种战术策略？无论如何解释，在我看来都显得有些不够光明磊落，甚至带有些许狡黠与卑劣之感。

“我原本以为他会将棋子落在中部……”八幡干事面带苦笑，静静退离了棋盘。

黑子那时正面临着一场激烈的攻防战，必须削减右下方延伸至中央的大片白子领地。对战如火如荼，显然无暇顾及其他领地。八幡干事自然也一直聚焦于中央往右下的主战场。

针对黑子一百二十一手，名人以白子一百二十二手巧妙地做眼成活了上边的白子。稍有疏忽，那八目的一团白子便可能被吞噬，且无力回天。

七段伸手探入棋匣，抓起一枚棋子，再次陷入了长时间的沉思。名人则紧握双拳，置于膝上，歪着头屏住呼吸，紧张地注视着局势的发展。

黑子一百二十三手耗时三分钟后，果然出手去削减白子领地。首先攻入右下，紧接着，黑子又以一百二十七手再度剑指中部；随后，一百二十九手毅然侵入了白子的腹地。一系列的连招摧毁了名人以白子一百二十手建立起的三角形突出部。

“面对白子一百二十手的凌厉压制，黑子似乎已被逼至绝境。抱着破釜沉舟的决心，毅然决然地施展出了从一百二十三手至一百二十九手的连环妙着儿。此等手法，在细棋的世界中实属罕见，充满了决一死战的悲壮。”吴六段如此解释道。

名人面对黑子的孤注一掷，却仿佛置身事外，转而将战火引向右侧，以雷霆万钧之势压制住黑子的锋芒。我见状不禁心头一震，这一手出人意料，令我对名人的超凡脱俗之才深感敬畏。难道说，在大竹七段那看似无懈可击的一百二十九手中，名人竟洞察出了一丝破绽，从而祭出了一着儿回马枪？抑或是他壮士断腕，以命相搏？白子一百三十手，与其说是凭借决胜的气势，不如说是名人愤怒的一搏。

“状况太惨烈了，真棘手呀！这……”大竹七段喃喃自语，反复念叨着。在考量黑子的下一手一百三十一手时，已是午饭时间。而列席岩本六段目睹这一切时，也不禁发出感慨："图穷匕见了！此棋一出，确实是惊世骇俗啊。本以为胜利在望，却不料被这一记回马枪搅得天翻地覆……"

"对战中，这样的转折并不鲜见……"

在实战的棋盘上，风云突变，一着儿之差往往能决定整局的生死存亡。白子一百三十手，正是这样足以改变战局走向的一着儿。旁观者自不必说，对弈者煞费苦心地钻研和精心安排的布局，都被这一着儿颠覆和击碎了。

而我，作为一个门外汉，显然无法完全理解这一手为何能让"不败的名人"陷入溃败的绝境。

三十八

然而，此种情形实属罕见。时至午休，我们依然浑浑噩噩，如同梦游一般，甚至已经忘记了是自己模模糊糊地跟着名人的步伐，还是名人在不经意间引着我们回房。等回过神来，已经踏入了名人的居室，尚未及落座，名人便对我们说道："这盘棋已然宣告结束了。大竹那封盘一步，彻底搅乱了棋盘的局面，就像在精心绘制的画卷上随意甩上了几点墨汁……"

其声虽不高，却饱含激荡之情。

"目睹他那一手，我心念一动，想要就此罢手，放弃整盘棋算了……我以为此时放弃最好，然而最终难以下此决心，所以还是改变了想法，把棋下完。"

彼时，八幡干事与五井记者是否在场，抑或二人皆在，我已记不真切。总之，我们皆默不作声。

"走了那样一步，得了两日的休息。他却还要偷偷在场下钻研？真是精明啊。"名人向我们吐露了他的心声。

但是，我们依旧沉默不语。立场上，我们既不宜附和名人之言，亦不能为七段辩解。然而，我们心中所感，与名人无异。

我竟未曾察觉，名人稍纵即逝的放弃之意，以及他的激动、愤懑与颓丧。面对棋盘的名人，其面色与举止并未显露丝毫情绪波动。无人能料，名人内心竟掀起如此巨大波澜。

一开始八幡干事在棋谱上寻觅黑子一百二十一手封子未果，虽然最后终于寻得，但我们的注意力始终聚焦于此，因此无人留意此间名人的表情变化。然而，暂停不过片刻，名人便走出白子一百二十二手。也无怪乎我们未能察觉名人内心的波动。因为，这一步并非在八幡找到封子后的一分钟内所下，而是在计时即将开始之际便已落下。名人在短暂的时间里，压制住了自己的情绪波动，保持了对弈应有的态度。

棋盘上选择用若无其事的态度继续对弈的名人，突然在场下向我吐露他内心的不平，这种变化令我心生忐忑。从六月到现如今的十二月，目睹了名人对这场告别棋赛的坚持，我心中感慨万千。

名人始终将围棋视作一种艺术瑰宝。此局棋犹如一幅精心绘制的画卷，正当画家情绪激昂、灵感如泉涌之际，却被无情地洒上了一点刺目的墨汁。围棋棋盘之上，黑白交错，每一子皆蕴含着创造者的深邃意图与精妙布局，恰似音乐中流淌的心绪与旋律。然而乐曲之中，若突兀地跳出一个怪异之音，或二重奏中骤然变调，无疑将整首曲子推向毁灭。同理，围棋对弈中，因对方一时疏忽或漏看，亦可能将一盘名局化为乌有。总而言之，大竹七段的黑一百二十一手，无疑在大家心中掀起了轩然大波，任谁都感到震惊与古怪，且生出许多猜疑。因为此举彻底破坏了棋局原有的和谐旋律与节奏。

果不其然，这一棋局的封盘之子引发了世人广泛的关注和激烈的讨论。外行人如我，观此黑子一百二十一手，亦感觉其异常突兀，心中不免生出不适。然而，在专业棋手的眼中，此举或有其适时之效，不失为一种策略上的考量。

大竹七段在《对弈者的感想》一文中曾言："黑一百二十一手的落子早在我的考虑之中，只不过是早晚罢了。"

据吴清源六段解说，若白子以"五・一""六・一"之扳粘，即便黑子走出一百二十一手，白子亦可选择不跟一百二十二手，而以"八・一"位求活。如此一来，黑子便难以形成劫争。

吴清源六段此言，提到了黑子一百二十一手的意义。毫无疑问，此言也揭示了大竹七段此着儿背后的考量。

中部腹地的鏖战之际，此封盘之举，犹如平地惊雷，不仅激起了棋坛巨擘的愤慨，更在世人心中投下了疑惑的种子。这一暂停之着儿，即当日终局前的最后一击，若是在困境中不得已而为之的策略，那么三日的休息间隔，便给予了充裕的时间去思考那原本应下的一着儿。在日本棋院激烈的段位大赛上，不乏棋士在读秒阶段的最后关头，以一记巧妙的打劫手段为自己争取宝贵的一分钟；亦有人潜心研究如何在中途休憩或封盘时刻寻找对自己最为有利的局面布置。新规则刺激着新策略的诞生。伊东续弈后，连续四次轮到黑方封盘，这或许并非纯属巧合。

就连名人也曾感叹道："若是处于轻松自在的状态之下，那么一百二十手确实存在着破绽。"

由此可见，名人是在高压状态下落子的。紧接着便是大竹七段打出的黑子一百二十一手。

总而言之，一个不争的事实在于：大竹七段所下的这一百二十一手，令名人感到前所未有的愤懑、颓丧乃至动摇。

在那场惊心动魄的棋局落幕之后，名人在讲评时也未曾提及那决定性的黑子一百二十一手。

然而一年后，这位棋坛巨擘在其著作《名人围棋全集》中的《棋谱选集》里，又以相当确认的语气写道："黑子一百二十一手，正是抓住了那稍纵即逝的良机。"他又提示道，"须切记，若稍有迟疑（即白方下扳粘之后），则此着儿将难以奏效。"

既然对手已然给予了极高的评价，那么证明此着儿是光明磊落的。而名人之所以愤怒，实则源于当时出乎意料的变故。他怀疑大竹七段是否早有预谋，这种误解也让他一时之间气急败坏。

或许是愧疚于自己当初的昏聩不明，名人特意在此提及了黑子一百二十一手。然而，《棋谱选集》的问世已是告别赛结束整整一年之后，距离他离世还有半年光景。那时，名人回想起大竹七段执黑子一百二十一手所引发的轩然大波，才恍然大悟，自觉应当心平气和地认可这一着儿妙手。

如此看来，大竹七段口中所言的“早晚”，或许就是名人的“现在”？我这个外行依然无法了解其中深意。

三十九

为何名人会在这关键时刻犯下如此令人费解的错误？众人百思不得其解。

名人在上午十一点三十四分落子前，花费了二十七分钟的时间进行长考。按理说，经过近半个小时的苦思冥想之后出现失误也尚可理解，但为何不选择利用午休时间再做考量？名人的这一决定实在令人惋惜不已。若暂时离开赛场休息一小时，或许就能避免这个失误的发生。难道是鬼摸脑壳，一时恍惚了？当时白子仍有二十三个小时的时间可用，因此即便多花费一两个小时也并非不可接受。然而，名人似乎并未将午休视为一种策略上的调整机会，反倒是对手巧妙地利用了这段时间。

白子一百三十手落子犀利，反击迅速。对此大竹七段感叹道："当时确实受到了干扰和牵制。"

吴六段亦指出："这里局势微妙至极，当黑子以一百二十九手断开时，白子则通过一百三十手进行反断……"

白子枕戈待旦，严防黑子的断。双方你来我往、互不相让，任何一方稍有松懈，都将被对手瞬间击溃。

随着比赛在伊东续弈，大竹七段展现出其稳健且谨慎的一面，全力以赴寻找破解之道。终于，黑子那股蓄势待发的磅礴之力，终于在一百二十九手时喷薄而出。众人皆惊异于白子竟以一百三十手应对，七段想必毫发无损。假如白方吃掉右侧四个黑子的话，那么黑方将有机会长驱直入，彻底摧毁白子中央地带的防线。然而，面对白方一百三十手的挑战，黑方并没有直接回应，而是选择了从一百二十九手延伸至一百三十一手。随后，名人果然采取了回粘战术来巩固中央地位。其实，如果白方当初能够直接针对黑子一百二十九手做出反应的话，或许结果就会完全不同了。

名人在讲评时也曾经提道："白子一百三十手，实在是一处关键性失误。此手本当直接断于'十七·九'之位，静待黑方回应。若黑子应于'十七·八'，则白方一百三十手自成妙着儿。换言之，纵使黑子续以一百三十一手长驱直入，白方亦无须忧虑'十六·十二'的威胁，尽可从容布局，应对'十二·十一'。然而，棋局变幻莫测，即便预见种种可能，其真实复杂程度犹胜棋谱百倍，故而此役实为一场微妙至极的较量。黑子一百三十三手的凌厉一断，犹如利剑穿心，予白子致命一击。此后虽奋力挣扎以求翻盘，然大势已去，无力回天。"

白子那决定命运的一步，或许正是名人内心深处或身体状态微妙变化的外在显现。表面看似强硬且经验老到的一百三十手，在我们这些门外汉眼中，意味着身处守势的名人要放手一搏。名人当时的情态，犹如困兽，显见其忍耐已至极限，如狂风骤雨一般，势要孤注一掷。据说，白方只需一子便可断黑，奠定胜局。然而，这一失算之举，是否源于大竹七段封盘时名人心中激荡不已的情绪余波？其中缘由并不明朗。就连名人自身，或许亦难以洞悉其心海深处那汹涌澎湃的命运波涛与潜藏的妖魔魅影。

名人落下一百三十手之后，不知何处飘来尺八声，悦耳动听的声音，暂时平息了棋盘上的波澜。名人侧耳倾听，似乎勾起了他心中的某些回忆。

“从高山之巅俯瞰深谷，瓜儿和茄子的花竞相绽放……初学尺八，首先要学会这种旋律。有一种比尺八少一个洞的乐器，叫竖笛。”

轮到大竹七段执黑子一百三十一手时，正值午休之际。他心神不乱，专心致志地思考了一小时十五分钟。下午两点，当他重新抓起棋子时，又发出一声叹息，再次陷入沉思，一分钟后终于落子。

名人注视着大竹落下一百三十一手，胸膛不知不觉地挺直了，脖子也向上伸着。他无意识地敲击着桐木火盆的边缘，目光锐利地扫视着棋盘，心中快速盘算着。

黑子一百二十九手断，紧接着一百三十三手再断，形成了叫吃三目，威胁到了白子三角地带的另一侧。随后，黑子一百三十九手连续叫吃，以雷霆之势强力突入，最终引发了大竹七段口中所说的“惊天动地”的巨大变化。黑子如猛虎下山般突入一片白子的中央，我仿佛听见了白子阵地轰然崩塌的声音。

面对这一局势，白子一百四十手究竟是直接逃脱还是吃掉旁边的二目黑子呢？名人不停地哗啦啦扇动着扇子，似乎有些急躁不安。

“不懂，难道就没路了吗……不知道啊。”

他下意识地喃喃自语——

“不明白，看不懂啊。”

然而，这步棋同样迅速，竟只用了二十八分钟。不久之后，三点的点心端了上来。名人对七段说道：“尝尝蒸寿司吧？”

“我肚子有点不舒服……”七段答道。

“说不定寿司能治好你的肚子疼呢……”名人说。

大竹七段看着名人下出白子一百四十手，感叹道：“我以为这就封盘了呢，竟然还有……而且还如此猛烈，真是令人惊叹。再这样下去就要累垮了。”

名人鏖战至白子一百四十四手，轮黑子一百四十五手封盘。大竹七段抓起棋子，准备落下，然而却骤然陷入沉思。到了暂停时间，七段缓缓走出廊下，郑重其事地封盘。而名人则如石雕般一动不动，目光紧紧锁定在棋盘上。因长时间的激战，他的下眼睑微微红肿。在伊东对局时，名人总是频频瞥向钟表。

四十

“今天就结束了吧。”

十二月四日一早，名人就对工作人员说道。

上午对弈时，他又同大竹七段说：“我想今天就决出胜负。”

七段默然点头。

作为忠诚记录这场旷世对决的记者，一想到这长达半年的棋局即将落下帷幕，心中不禁涌起波澜。而名人落败的局面，已经是众所周知的事实了。

当日上午，七段自棋盘前起身离去后，名人目光扫过在场众人，嘴角微微上扬，轻声笑道：“大势已去了！已经不知道何处还能落子了……”

早晨的时候，名人突然叫来理发师为其修剪头发，不仅剪短了，还剃成了和尚模样。此前住院期间，他留着一头长发；移居伊东之后，更是将白发染黑以显年轻。此番突然变换发型，顿时令人觉得颇有戏剧色彩——似乎借此洗净尘世间一切污浊烦恼，整个人容光焕发如同新生一般。

庭院内梅花初绽。因为四日是周日，访客众多，故而将比赛场地移至新馆。平日里，我经常拜访名人。他的房间位于新馆深处。在名人房间正上方的两间客房则安排给工作人员居住，确保名人能够得到充分的休息。

大竹七段原本住在二楼，但他说自己身体不适，难以上下楼梯，所以也迁到了一楼安顿下来。

新馆正南面向开阔的庭院，明媚的阳光照耀在棋盘四周。在等待黑方一百四十五手解封之际，名人侧首凝眸紧盯棋盘布局，神情严峻至极，蓄势待发。与此同时，大竹七段显然已察觉到胜利正向自己招手，落子速度越发迅捷。

随着棋局进入尾声阶段，两位高手之间的较量已不像开局或是中盘时那般。棋手们那近乎痉挛般的探身姿态，无形中为周遭空气添上了几分凝重与迫切，使得整个对弈空间弥漫着一种令人窒息的紧张氛围。犹如锋利短刃交错，碰撞之间迸发出耀眼火花，智慧之光闪烁其间。

倘若换作寻常棋局，于最后一分钟内，大竹七段定能如疾风骤雨般连下百手，紧锣密鼓地追击。然而此役，他尚余六七个小时的余裕，一旦步入收官阶段，那份竞赛的紧张氛围便犹如决堤之水，汹涌澎湃。他仿佛在进行自我催眠，频频伸手至棋盒，又猛然陷入沉思。名人也时而握子悬空，若有所思。

观此收官之景，秩序井然之美跃然眼前，不禁令人心生愉悦之感。犹如灵动的精密机械、敏锐的数理逻辑，在棋盘上翩翩起舞。虽说是一场激烈的弈战，却以一种和谐而规整的形式展现，棋手们目不斜视，更添一抹超凡脱俗的美感。

黑一百七十七手至一百八十手之间，大竹七段的心境似乎游离于现实之外，沉醉于自己那激昂澎湃的心绪海洋之中。其圆润的脸庞，宛如一尊功德圆满的佛陀，或许已踏入艺术创作的极乐境界，展现出一种难以言喻的神圣容貌。至于先前所谓的腹痛之苦，早已抛诸脑后，不值一提。

大竹夫人或许因担忧夫君身体状况，先前在屋内徘徊不定，此刻便怀抱着宛如桃太郎般可爱的婴儿，在庭院中漫步，远远注视着对局室。

忽闻海边汽笛长鸣，声声入耳，待其声歇之际，名人正落下白子一百八十六手，落子后随即抬头望向众人，面带和煦笑容，亲切地招呼道："这里还有空位，各位可以移步这边。"

当日，小野田六段在秋季升段大赛落幕之后，亦来到现场观战。此外，八幡干事、五井与砂田两位记者，以及《东京每日新闻》驻伊东通讯员等，皆汇聚一堂，连同棋赛工作人员一道，围观这场接近尾声的棋局盛事。隔壁房间亦是人满为患，还有人站立于隔扇之后。名人见状，热情邀请众人靠近观摩。

转瞬之间，大竹七段那原本如佛陀般宁静的面容忽又焕发激昂之色。名人虽身形瘦削，却稳若磐石，安坐不动，其气度宛若山岳，令人感觉其形象高大无比。他全神贯注，盘算着棋局。待到七段黑子一百九十一手落下，名人猛地低首，双目圆睁，犹如猛虎下山，腿脚前伸，蓄势待发。而后便听闻扇动之声急促如擂鼓。及至黑子一百九十五手落定，午休之刻已至。

午后，对弈之地移至旧馆六号室。云遮雾绕，鸟鸣啾啾。棋盘上方亮起了灯。之前因为百瓦灯泡太过刺眼，遂换成了六十瓦的。棋盘上，棋子阴影斑驳，更显局势错综。终局之日，旅馆主人格外用心，壁龛中挂上了川端玉章双幅山水画轴；摆物则是骑象佛像，旁边还有胡萝卜、黄瓜、西红柿、香菇、鸭儿芹等供品。

传闻此类大赛终局阶段，杀伐决断，惨烈异常，目不忍视。然而名人面色不改，从容自若。仅从态度上，根本看不出他有失败的迹象。约莫自二百手起，名人面颊泛起红晕。他第一次摘去围巾，情绪激荡，气势逼人，但仍不失其凛然风骨。直至黑子二百三十七手落定，名人情绪方渐趋平和。在这噤若寒蝉、胜负明朗之际，小野田六段轻声问道："是五目吗？"

"嗯，正是五目……"名人喃喃低语，抬起略显浮肿的眼睑，眼中已无复盘清点之意。终局之时，时钟指向下午两点四十二分。

翌日，名人在谈及对弈感悟时，面带微笑，优雅地进行了复盘。

“未曾复盘，便说是五目……彼时目测，应是六十八对七十三。复盘之后实际上差距会更小。”

结果揭示，黑五十六目，白五十一目。真是五目之差。

白子一百三十手，实为败笔，令黑子洞悉白子布局的奥秘，一举击溃了白子的防线。此结局，出乎所有人预料。自白子一百三十手之后，约至一百六十手之际，不慎疏忽了‘十七・十八’先手之断，错失了名人所言‘减少几分差距’的良机。如此观之，即便白子有此致命失误，败差亦能控制在五目以内、三目左右。试想，若无白子一百三十手的失误，就不会有那‘惊天动地’的巨变，则此役胜负又将如何呢？黑子会否饮恨败北？于外行而言，此中玄妙，实难窥破。然而，我认为黑子不会败。观大竹七段的临场状态与精神态度，我几乎可以断言，即便白子偶有斩获，黑子亦将稳操胜券。

然而，六十五岁的老名人，即便身受病魔侵扰，却仍旧下出了一盘惊世好棋。面对现役棋坛霸主，他令其先手之利尽丧。名人并未趁势追击黑子之破绽，亦未施展白子之巧计，反以大师风范，主动引领棋局至一决生死的微妙局面。遗憾的是，终因疾病困扰，心神不宁，失去了耐性，未能坚守至决战时刻。

“不败名人”于告别赛中遗憾落败。据一位弟子透露：“名人曾经说过，只有对位居第二、紧追己身的后继者，方会倾尽全力。”

此言是否出自名人之口虽未可知，但其一生行棋之道，毫无疑义确系此等信念的实践。

终局次日，我自伊东匆匆返归镰仓的府邸，心潮澎湃地写下了这长达六十六日的观战记录。此文既成，我随即踏上伊势、京都之旅，仿佛要从这场棋局中摆脱出来。

听闻名人依旧滞留在伊东。他的体重增加了两斤多，已经八十多斤了。听说他还带了二十盒棋具，到疗养所慰问伤兵病员。昭和十三年（1938年）底，温泉旅馆已经成为伤残士兵的康复之地。